Minnaar

Van Ilse Ruijters verscheen eveneens
bij Ambo|Anthos *uitgevers*

Meisje van me

Ilse Ruijters

Minnaar

Ambo|Anthos
Amsterdam

FSC
www.fsc.org
MIX
Papier van verantwoorde herkomst
FSC® C014496

Eerste druk 2021
Vierde druk 2023

ISBN 978 90 263 6538 6

Omslagontwerp Riesenkind
Omslagillustratie © Vanesa Munoz / Trevillion Images
Foto auteur © Ruud Pos

Verspreiding voor België:
Veen Bosch & Keuning uitgevers nv, Antwerpen

Maar zulke perfectie bestaat niet...
Voor Bas

Liefste,

Ik kan alleen maar denken aan ons. Aan jouw lijf tegen het mijne, aan jouw woorden die precies de juiste zijn.

Ik mis je. Ik mis je al mijn hele leven.

Wordt het niet hoog tijd om te stoppen met dit – wat het dan ook is wat wij hebben? Laten we ons hart volgen, ervoor gaan, ongeacht de consequenties.

Ik hoor bij jou en jij hoort bij mij.

Zo.

Duidelijk.

God, ik heb dit al zo vaak hier in mijn dagboek geschreven, maar nu voelen deze woorden opeens zo ontzettend anders; schieten de tranen in mijn ogen terwijl ik dit schrijf. Want ik meen het. Nu echt. Omdat jij het meent. Eindelijk.

Elke keer dat ik mijn ogen sluit, zie ik het voor me. Elke nacht – echt élke nacht – samen in ons bed. Elke ochtend samen wakker worden. Samen eten, 's avonds nog een wijntje op de bank.

Ook als jij een keer niet thuis bent, of ik een late vergadering heb, zouden we samen zijn; je hoeft niet naast elkaar te zitten om elkaars aanwezigheid te voelen.

Ik zal je voor of na mijn vergadering een appje sturen. Niets bijzonders. Iets in de trant van 'het loopt hier uit' of 'ik kom er nu aan'. Gewoon, in het openbaar.

Ik zou je kunnen bellen, zonder eerst de deur achter me te sluiten.

We zouden al die dingen kunnen doen die normale geliefden doen.

Weet je wel hoezeer ik daarnaar verlang? Naar gewoon zomaar met jou over straat kunnen lopen.

Naar boodschappenlijstjes opstellen aan tafel en dat ik dan aan jou vraag: 'Heb jij nog wat nodig?', en dat jij dan zegt: 'Brood en pesto.'

Naar samen chocoladepinda's eten in bed.

De gewone dingen.

Een leven samen.

Want liefste, dit is allang geen verliefdheid meer, dit is een diep verankerd houden van.

O, ik moet ophouden. Ik hoor hem... Hij komt naar boven.

Weet dat ik van je hou.

Dat jij van mij bent en ik van jou.

Met liefde.

Zucht

'Søren?' Ze legde haar hand op de openstaande deur en keek het appartement in. 'Søren, ben je hier?'

De loft lag er verlaten bij.

'Søren? Hallo?'

Ze fronste haar voorhoofd. Zonder iets te zeggen had hij net de centrale toegangsdeur voor haar ontgrendeld, ze had de lift genomen en nu stond zijn voordeur wagenwijd open.

'Ja, kom maar tevoorschijn, hoor.'

Ze draaide zich om, maar ook achter haar was niemand te bekennen. Een lege hal met dichte deuren.

Waar was hij? Wat betekende dit?

Ze keek weer naar binnen, naar de ruimte die ze zo goed kende, maar die altijd nieuw bleef: het keukenblok met drie bierflesjes erop, de gitaar, het surfboard tegen de muur – zijn allereerste board ooit. Een stilleven van het bestaan van een drieëntwintigjarige.

'Søren? Kom op, dit is niet leuk meer! Waar ben je?'

Op haar hoede stapte ze naar binnen. Onder haar hakken voelde ze zand, de geur van een drogende wetsuit kroop in haar neus.

Geïrriteerd haalde ze haar mobiele telefoon uit haar handtas, klaar om hem een berichtje te sturen. Wat was dit voor onzin? Waarom was hij hier niet gewoon om haar...

Het was alsof een tijger haar besprong. Zomaar, uit het niets. Ruw, onverwacht en behendig.

Instinctief probeerde ze om te kijken, maar degene die haar vasthad, hield haar zo stevig beet dat dat niet ging.

Ze gilde, waarop de man achter haar meteen zijn hand over haar mond heen legde. 'Sssst.'

Ze gilde harder.

'Sssst,' klonk het strenger. De duim die bij de hand hoorde drukte tegen haar neusgaten. Paniekerig probeerde ze lucht naar binnen te zuigen, maar het ging niet. Allemensen, het ging niet!

Wie? Wat? Met al haar kracht probeerde ze zich los te wurmen, maar de grip om haar bovenlijf was zo stevig dat ze zich met de beste wil van de wereld niet kon bewegen.

De man achter haar blies in haar oor. Haar ogen draaiden zich zo ver mogelijk naar rechts, zodat ze tenminste een glimp van hem kon opvangen.

Met een ferme ruk werd haar te verstaan gegeven dat dat niet de bedoeling was. De grip om haar hoofd verstevigde, de andere hand liet haar los. Eén tel dacht ze dat ze vrij kon komen, maar het volgende moment werd er een blinddoek over haar ogen heen getrokken; een strakke band die geen spoortje licht doorliet.

'Stil zeg ik.'

Het was zijn stem.

Søren.

Alsof ze niets woog, tilde hij haar op en droeg hij haar naar het bed. Ze hoorde hoe de deur achter haar in het slot viel. Hij smeet haar op het matras. Een zoete tremor van opwinding kroop door haar lichaam toen hij tergend traag haar schoenen een voor een uitdeed.

'Je liet me schrikken, gek.'

'Sssst.' Zijn vingers kropen omhoog, naar de sluiting van haar leren rok. Zijn handen waren groot en grof. Zijn lange, blonde haar kriebelde over haar benen.

Ik zou hier niet moeten zijn, dacht ze nog, maar die gedachte was al vervlogen toen zijn tong nog maar bij de binnenkant van haar knie was.

Ze streek met het puntje van haar vinger over het grote litteken op zijn borst. Het was haar lievelingsplek; hier kwam alles aan hem waarvan ze hield samen. Zijn stoerheid (het litteken was het gevolg van een kitesurfongeluk), zijn onvoorspelbaarheid (net als zijn karakter was de lijn grillig en grof), maar ook zijn kwetsbaarheid.

Het was net alsof hier, op dit onvolmaakte deel van zijn huid, een stukje van zijn innerlijk naar buiten kwam.

Hij, echter, wilde niet dat ze het aanraakte. Hij pakte haar hand vast en draaide zijn gezicht naar haar toe. 'Waar denk je aan?'

'Nergens aan.'

'Alsof jij het type bent dat nergens aan kan denken.'

'Je schat me te hoog in.'

Hij grijnsde. Zijn ogen hadden dezelfde kleur als de Noordzee op de dag waarop ze elkaar hadden ontmoet: haar veertigste verjaardag. Windkracht zes. Lentestorm. Ze had het meteen geweten: ik moet wegrennen van deze jongen. Maar zijn natte, koude hand had de hare geschud en zijn aanraking had zo'n siddering in haar lijf teweeggebracht dat alles al gebeurd was voordat hij zelfs maar zijn naam gezegd had.

Søren.

Seks.

'Nien?'

Ze lachte terug. 'Ik denk aan hoe dit allemaal niets te maken heeft met het echte leven.'

'Ah, het échte leven.' Hij lachte kort en schor en trok haar dichter tegen zich aan. 'Dat was ik even vergeten; dat jij twee levens leidt. Eén echt leven en één nepleven.'

'Je snapt wat ik bedoel.'

'Ja, natuurlijk snap ik wat je bedoelt, maar dit...' Hij verplaatste zijn hand naar haar bil en kneep er zachtjes in. 'Dit voel ik toch echt écht. Je ligt hier toch? Je haalt toch adem? Lééft nu toch?'

'Ik heb het niet over leven als werkwoord, maar over het leven dat ik leid.'

'Het leven waar ik onderdeel van ben, bedoel je?'

'Jij bent geen onderdeel van mijn leven.'

'O nee.' Hij zei het cynisch. 'Sorry, mevrouw Metsaers. Dit is inderdaad allemaal nep. Dit gebeurt eigenlijk helemaal niet.'

Hij had gelijk. Natuurlijk had hij gelijk. Dat wist hij, dat wist zij en dat was ook precies het probleem. Langzaam maar zeker werd hij inderdaad onderdeel van haar leven.

En daarom moest het stoppen.

Nu.

Hier.

'Søren?'

'Ja?'

Onder haar oor hoorde ze zijn rustige hartslag, voor haar lag zijn vrijwel onbehaarde, strakke jonge jongensbuik. Plat met het streepje donshaar dat naar beneden liep en onder het dekbed verdween.

Ze trommelde op zijn heup.

Tegenover het bed hing een poster van een freerunner. De man sprong van de ene op de andere wolkenkrabber. Net niet genoeg kracht, net te veel twijfel bij de afzet en hij was dood.

'Wat?' Onschuldig keek hij haar aan en voordat ze de kans kreeg te antwoorden was hij al boven op haar gerold. In zijn ogen schitterden pretlichtjes, om zijn lippen krulde een glimlach. 'U wilt toch niet zeggen dat dit de laatste keer is?' Hij liet een stilte vallen, die veel te lang duurde.

Nu moest ze het zeggen. Nu. Kom op: het is over.

'Hé.' Een moment leek hij te schrikken.

En meteen bedacht ze zich. Want hoe kon ze hem kwetsen? En hoe kon ze zeggen dat ze niet meer wilde, terwijl dit zo verzengend goed voelde?

Ze schudde haar hoofd. Niets aan de hand. Nee joh, ben je gek? Natuurlijk was dit niet de laatste keer.

'O, gelukkig dan maar.' Hij haalde theatraal overdreven opgelucht adem, de speelse vrolijkheid in zijn ogen was meteen weer terug. Hij kuste haar op de mond. 'Je mag me nooit in de steek laten, dat weet je toch?'

Ze lachte om zijn show. 'Ik blijf voor altijd hier, bij jou,' zei ze voor de nep.

'Mooi zo.' Hij bracht zijn handen naar haar heupen en drukte zijn onderlichaam tegen het hare. 'Want ik wil nog zo ongelooflijk vaak, zulke ontzettend hete seks met je hebben.'

Ze gaf zich aan hem over. Alleen voor de seks was goed. Alleen voor de seks leverde geen gevaar op voor haar echte leven.

Hij drukte zijn vingers steviger in haar borsten, gromde in haar oor: 'Kom, dan gaan we het nog een keer nep doen.'

'Jongen, hoe kun je drie keer achter elkaar...'

Zijn mond belette haar haar vraag af te maken.

'Hai mam.' Lisanne keek kort op van haar mobieltje. Terwijl het nog geen zeven uur was, zat zij al in pyjama op de bank; een dekentje over haar schoot, de wikkel van een reep chocola en een lege chipszak naast haar.

'Dag schat.' Ongemakkelijk bleef ze in de woonkamer van hun jarendertighuis staan. Moest ze haar dochter nu wel of niet een kus geven? Tegenover haar gaan zitten en vragen hoe haar dag was geweest?

Lisanne richtte haar ogen weer op haar telefoon en typte iets.

Geen praatje dus, geen kus.

Confronterend. Een halfjaar op zichzelf en nu ze weer thuis was, was ze kind en gast tegelijk.

In de spiegel boven het dressoir, een erfstuk van Nicks ouders, zag ze hoe er vlekken in haar nek verschenen. Vlekken van Søren. Zowel van zijn vingers, als van de schaamte die steevast op hun ontmoetingen volgde.

Ze kon dit niet maken; van het bed van haar minnaar zo, hup, terug in de rol van moeder die liefdevol voor je klaarstaat wanneer je vriendje je bedrogen heeft. *Ja hoor, kom maar weer thuis, uithuilen, hier ben je veilig. Wij betalen je kamer wel door. Je hoeft pas weer terug wanneer je er zelf aan toe bent.*

Zou ze ook zo gereageerd hebben als Søren er niet was geweest?

'Nog iets gebeurd?' Ze hoorde de huichelachtigheid in haar eigen stem.

'Neuh.' Lisanne had totaal niet door hoe hard zij haar best moest doen om normaal over te komen. Waarom zou ze ook? Voor haar was haar moeder gewoon haar moeder.

'Papa komt over een halfuurtje thuis.' Keer op keer verbaasde ze zichzelf: hoe goed ze kon liegen en hoe makkelijk het was om haar echte van haar tweede leven te scheiden. 'Ik ga meteen maar koken, oké? Heb je honger?'

'Mwah.' Lisanne hield demonstratief haar mobiel op. 'Je vindt het toch niet erg dat ik even...'

'Nee schat. Nee, natuurlijk niet.'

Ze haalde opgelucht adem toen ze de keukendeur achter zich dichttrok. Ze trok het comfortabele vest dat in de bijkeuken hing aan over haar blouse en het paar sokken dat op de verwarming lag over haar voeten in panty. Vorig jaar was het nog heerlijk warm geweest rond deze tijd, maar nu voelde je de naderende herfst al in de lucht hangen.

Oké. Normaal blijven doen.

Koken.

Hoofd erbij houden.

Ze haalde een van de maaltijdboxen uit de koelkast en legde de receptenkaart op het aanrecht. Stap voor stap volgde ze de handelingen. Linguine met garnalen was het vanavond. Drie personen. Vers en verantwoord.

Terwijl haar handen de handelingen uitvoerden, gleden haar gedachten terug naar vanmiddag.

'Stel nou dat Nick er niet was...'

'Nick? Hoezo wil jij het over hem hebben? Alsof ik daar zin in heb... Bovendien, we hadden afgesproken dat we zijn naam hier niet zouden noemen.'

'Oké. Stel dan dat E. er niet was...'

'E.?'

'Echtgenoot.'

'Sukkel.'

Ze sneed de tomaatjes doormidden en de courgette in kleine blokjes.

Søren had haar uitdagend aangekeken, op zijn voorhoofd lagen nog steeds wat zweetpareltjes. 'Stel nou dat E. er niet was. Hoe zou jouw leven er dan uitzien?'

'Daar ga ik het met jou niet over hebben.'

'Want?'

'Want dat heeft geen nut.'

'Niets in het leven heeft nut.'

'Kom op, nou.'

Søren richtte zich op. Zijn gezicht blozend, zijn borstkas glanzend. Verwachtingsvol keek hij haar aan.

'Vrij, denk ik?'

'Is dat een antwoord of een vraag? Want ik weet het niet, hoor. Daarom vraag ik het juist.'

'Maar waaróm vraag je het?'

'Waarom niet?'

'Wil je weten of er een "ons" zou zijn? Want het antwoord daarop is nee, dat weet je toch?'

'Ja, dat weet ik. Elke keer dat je hier bent, benadruk je dat namelijk. Doe niet zo flauw, Nien. Ik stel je gewoon een vraag over je leven. Alleen voor de nep.'

'Voor de nep?'

'Ja. Vanuit deze nepwereld, waarin we nepleven, stel ik jou een vraag over jouw echte leven en hoe dat eruit zou zien als alles anders was.'

'Ha, alleen al door dit soort formuleringen zou er nooit een "ons" zijn.' Ze draaide met haar ogen, maar gaf uiteindelijk toch toe. 'Zonder Nick zou mijn leven interessanter zijn. Spannender.'

'Ik vind jou nu al spannend.'

'Ik weet dat je dat vindt, maar dat ben ik niet. In het echte leven.'

'En ik, mevrouw de moeder van Ruben, denk dat u dat wel bent.'

Ze voelde dat ze van kleur verschoot.

'En?'

'Iemand wil nog een vergaderpunt inbrengen voor morgen.' Snel deletete ze het berichtje.

'Enerverende levens hebben jullie toch.' Lisanne liep naar de koelkast, waar haar mobiel twintig seconden eerder precies naast had gelegen, en pakte de fles wijn uit de deur. 'Jullie ook?'

Ze schudden allebei hun hoofd. Doordeweeks dronken ze niet. Dat was de regel.

Maar regels gelden niet voor gasten.

En zij had een paar uur geleden zelf nog gedronken.

'Jullie vinden het toch niet erg?'

'Nou...' begon Nick. Hij zorgde goed voor zijn lijf; gezond eten, wielrennen, af en toe hardlopen of squashen.

Ze legde haar hand op zijn arm.

'Nee, natuurlijk niet, schat. Je bent een volwassen vrouw.'

Ze parkeerde haar auto in haar eigen vak, checkte haar lippenstift en hield, toen ze uitstapte, haar jas bij de kraag vast tegen de kou. Hasib, met wie ze samen de directie van de lokale bank vormde, kwam net aanrijden. Hij stak zijn hand naar haar op.

'Goedemorgen.' Fit als altijd stapte hij uit. Met een achterwaartse beweging drukte hij op zijn sleutel, waarop zijn leasebak op slot sprong. 'Drukke dag voor de boeg?'

'Altijd toch?'

Kantoorhumor.

Zij aan zij liepen ze richting de banktoren die uit wit natuursteen opgetrokken leek. Zij met haar handtas over haar schouder, hij met zijn aktetas in zijn hand.

Toen ze opkeek, schrok ze. Zag ze dat nou goed? Stond Søren daar bij de ingang?

'Ik lunch vandaag met Cees. *Join* je ons?'

Ja, dat was hem. Dat was hem echt! Hij stond nonchalant tegen de leuning van het trappetje. Hij droeg een legergroene hoofdband om zijn halflange haar, zijn gezicht straalde als goud in de ochtendzon die net langs het gebouw scheen. Shit, wat deed hij hier?

'Helaas,' antwoordde ze, terwijl ze haar ogen op Søren gericht hield. Alsof hij haar blik voelde, draaide hij zijn gezicht naar haar toe. Hij keek haar recht aan, met lichtjes in zijn ogen, die er geen doekjes om wonden. Waar hij voor kwam was duidelijk. Overduidelijk. 'Ik heb een meeting op het hoofdkantoor.' Met elke stap die ze naar de ingang zette, sloeg haar hart wat harder.

'Och, dat is waar ook. Over de nieuwe CDD-strategie toch?'

Ze knikte. Welke van de twee kwaden moest ze kiezen? Haar mededirecteur aan haar veel te jonge minnaar voorstellen, of haar surfboy straal voorbijlopen?

Ze koos voor optie drie. 'Ik heb iets laten liggen in mijn auto. Zeg tegen Cees dat ik hem snel bel.'

Hasib knikte en liep energiek verder. Ze draaide zich om en begon langzaam terug naar haar auto te lopen. Søren begreep de hint en snelde op haar af.

'Wat doe jij hier?' fluisterde ze kwaad toen hij naast haar stond. 'Zeg, niet zo dichtbij. Het hele kantoor kan ons zien.'

'Ik kon me niet inhouden.'

'Wat is dat nou voor onzin?'

'Wanneer kom je weer langs, Nien? Ik wil je. Nu. Kunnen we niet even op jouw kantoor...'

'Geen denken aan, Søren. Ga naar huis. Dit is mijn leven.'

'Maar ik mis je.'

Ze schudde haar hoofd. 'Niet nu. Niet hier.'

'Maar snel?'

Ze huiverde, van de schaduwkou, maar vooral door zijn woorden. Dit ging te ver. Missen betekende emotionele betrokkenheid en emotionele betrokkenheid was zeer tegen de afspraak.

En daarnaast: wie stond er nu uit het raam naar haar te kijken?

'Vanmiddag?'

'Snel,' beloofde ze om van hem af te zijn.

Ze opende het portier van haar auto en pakte iets onzichtbaars van de achterbank. Zonder nog iets te zeggen draaide ze zich van hem af en liep ze weer naar de bank toe.

'Denk aan me, als je daar in die ivoren toren zit,' fluisterde hij haar achterna.

Vanuit haar raam op de twaalfde verdieping kon je op heldere dagen de zee in de verte zien. Dan lichtten de duinen wit op en had het helmgras de onwerkelijke kleur van donkergroene viltstift.

Daar kreeg ik mijn eerste kus van hem, dacht ze zo vaak als ze naar het uitzicht staarde. In dat water. Onder het mom van een kitesurfles. In werkelijkheid was het één grote handtastelijkheidsoefening geweest; een excuus om tegen elkaar aan te zwemmen, elkaar vast te pakken, elkaar te grijpen.

'Dus dit is wat je doet,' had ze na afloop gezegd.

Hij had zijn hoofd geschud. 'Dit is wie ik ben.'

Zij had gekeken naar zijn ogen die naar de golven keken en naar het litteken op zijn borst. Hoe hij daar zat; zijn pak half afgestroopt, telkens wanneer hij bewoog spanden zijn spierballen.

'Ik ben de wind. Ik ben de zee. De storm, het water...'

En toen was het gebeurd. Die kus. Dé kus.

Vandaag ging de horizon in de mist verloren. Søren stond tegen zijn motorkap geleund op het parkeerterrein.

De ene na de andere collega bekeek hem met argusogen. Hij viel niet alleen qua fysiek uit de toom bij de bankmedewerkers in pak, ook zijn auto deed hun wenkbrauwen rijzen. Een Amerikaanse pick-up; zo'n gitzwarte Ram Van die zeker twintig centimeter hoger op zijn wielen stond dan normale auto's en die de afmetingen van een busje had.

Ooit had ze met Nick op de snelweg achter zo'n ding gezeten en toen had hij die omschreven als een genetisch gemanipuleerde bak voor mannen met een te kleine pik.

Søren gebruikte hem voor het vervoer van surfboards.

En met de inhoud van zijn broek had die auto absoluut niets te maken.

'Wat doe je nou toch moeilijk, zus?' Bart lag ontspannen op de designbank in haar kantoor. Hij legde zijn voeten op de armleuning, ondersteunde zijn hoofd met één hand. 'Het is gewoon voor de fun, toch. Wat wil je anders? Nog zestig jaar zo verder?' Hij wees naar haar bureau, waar haar leven op stond: de foto die acht jaar geleden van hen allemaal in de Efteling was gemaakt, het pennenbakje dat Lisanne toen ze vijf was voor Moederdag voor haar had gekleid, de plant die Ruben haar had gegeven op de dag dat hij naar zijn studentenflat in Amsterdam was verhuisd – 'Hier mam, heb je toch nog iets om voor te zorgen.' Het laatste wat erbij was gekomen was de kaart met een balletdansende bejaarde op de voorkant. *Het leven begint bij veertig*, stond erop. In de binnenkant hadden alle gasten die op haar verjaardag geweest waren hun naam geschreven. *Hoog tijd voor een tweede jeugd*, grapte Floor in paarse viltstiftletters.

Deze tastbare dingen definieerden haar. Niet het water en de wind die nooit stilliggen. Die je al helemaal niet vast kunt houden.

Van schuin naast de muur keek ze naar beneden, naar haar toyboy die haar niet kon zien.

'Gaat het je daarom?' las Bart haar gedachten. 'Begin je toch iets te voelen?'

'Hou toch je mond, man.'

Als reactie maakte hij het zich nog iets gemakkelijker. Hij strekte één arm voor zich uit, vernauwde zijn ogen tot spleetjes en keek over de rug van zijn hand. 'Eén grote leegte, zie ik daar, voor me in de verte. Eén dorre woestijn gevuld met helemaal niets, en daardoorheen één kaarsrechte weg. Zestig jaar doorkachelen, tot aan je dood, nooit meer één jong groen blaadje, nooit meer één bocht, nooit meer één...'

'Hou op, Bart. Alsjeblief, ga weg, laat me met rust. Je bestaat niet eens. Je bent verdorie al twintig jaar dood.'

'En wat heb je in die twintig jaar gedaan, zus? Een spannend leven geleid? Ha! Wat ik voor me zie is een oneindige herhaling van zetten en...'

'Nina?' Hasib opende na een snelle roffel haar deur. 'Stoor ik?'

'Nee. Natuurlijk niet.'

'Mooi.' Hij liep naar binnen en kwam naast haar bij het raam staan. 'Ken je hem?' Hij wees op Søren. 'Is hij een klant van ons?'

'Hij is een kennis van mijn zoon.'

'Ah, op die manier. Ik dacht even dat...' Hij maakte zijn zin niet af. Dat hoefde ook niet, want ze wist wat hij dacht. Als iemand met zo'n houding in zo'n auto op zo'n manier op de parkeerplaats van de bank ging staan – nog voor negen uur – dan gingen de alarmbellen af. Dan begonnen mensen het hier spontaan te hebben over mogelijke witwaspraktijken, belastingontduiking, dubieuze herkomst van het vermogen, transactierisico's en contante stortingen...

'Hij gaat zo wel weg.'

Haar vergadering begon pas om twee uur, maar rond de lunch hield ze het al niet meer uit. Ze schoof haar laptop in de tas die Nick haar twee jaar geleden voor de kerst had gegeven en trok haar jas aan. Tien minuten later zat ze in de auto naar Utrecht.

Voor een luxe lingeriezaak in de oude binnenstad bleef ze staan. In de etalage stond een paspop in een doorschijnende kanten body met een opengewerkt lijfje. Er hing een prijskaartje aan waar je u tegen zei, maar het minimale stukje stof was het waard, dat zag je in één oogopslag. Het kant was van hoge kwaliteit en het ontwerp was verleidelijk en ingenieus.

Ze keek om zich heen. Alleen winkelend publiek. Welke bekende kon ze hier ook tegenkomen?

Søren verdiende het na zijn actie van vanmorgen niet – hij kwam te dichtbij, ze moest hem uit haar leven zetten – maar elke vezel in haar lichaam verlangde naar zijn aanraking.

Toen ze de deur van de winkel opende ging er een belletje af. Een oudere, gezette dame keek naar haar op. 'Ik zou graag die body uit de etalage eens proberen,' zei ze.

'Onze analyse laat zien dat de huidige CDD-rapporten de mitiganten niet genoeg in kaart brengen en dat...'

De kanten stof brandde in het vloeipapier in de handtas die aan de rugleuning van haar vergaderzaalstoel hing. Als ze Lisanne en Nick appte dat ze moest overwerken, dan kon ze hem straks hier op kantoor in de wc aantrekken en dan bij Søren blijven eten.

Nee, dat moet ik niet doen. Ik moet boos op hem zijn. Hem de waarheid vertellen.

'... want het aantal klanten dat op dit moment in risicocategorie laag valt, is statistisch gezien te gering. Er moet beter onderzoek gedaan worden naar...'

Onder de vergadertafel vloog haar wijsvinger al over het scherm – alleen oude mensen typten met hun wijsvinger, volgens Ruben en Lisan.

Ben je straks thuis?

Ogenblikkelijk kreeg ze antwoord. *Zeker.* Stoere zonnebrilsmiley. *Ik wacht op u, mevrouw Metsaers.* Hartje.

Met blozende wangen parkeerde ze haar auto op de parkeerplek voor de Alberdingk Thijm, het appartementencomplex waarin Søren woonde. Het was een volwassen gebouw. Statig, ruim en duur. Alles wat niet bij Søren paste.

In haar achteruitkijkspiegeltje checkte ze nogmaals haar make-up en kapsel. Stiekem hees ze haar borsten iets omhoog.

Daarna liep ze – nee, zweefde ze – naar het tableau met alle bellen. Nummer 504 moest ze hebben. De loft van R. van Lierop & D. Han; zijn vrienden die een wereldreis maakten. Azië, Australië, Zuid-Amerika. Net zolang weg tot het hun ontbrak aan zin of geld. Of allebei.

De bel klonk als een belofte. Grijnzend deed Søren open. 'Daar ben je dan.' Hij was op blote voeten, zijn grijze sweatpants was onderaan opgerold.

Meteen waren zijn handen overal. Hij trok haar naar binnen, duwde haar tegen de muur en drukte zijn onderlichaam tegen het hare. De bobbel in zijn broek liet niets aan de verbeelding over. Hij rukte haar jas uit, haar blouse open.

'Wauw.' Hebberig gleden zijn ogen over haar body.

Onder zijn blik voelde ze zich mooi. En levend. Zo levend! Ze sloeg haar gladde benen om hem heen, sjorde zijn hoody over zijn hoofd.

'Ik heb je gemist.'

Ze legde haar hand over zijn mond. Niet zeggen.

Hij kuste haar met een passie waar ze niet tegen bestand was, pakte haar bij haar pols en leidde haar naar het bed. 'Kom.'

'Krijg ik niet eerst iets te drinken?'

'Nope.' Weer zijn lippen op de hare. Dwingend, maar speels. Zachtjes beet hij op haar onderlip, met zijn tong duwde hij haar mond open. 'Je bent heerlijk.' Zijn mond daalde af naar beneden, zijn tong gleed over haar schouders naar haar borsten.

Met een glimlach om haar mond gaf ze zich over aan zijn gespierde lichaam. Hier kende ze geen schaamte, alleen genot en de vrijheid zijn mond naar precies de juiste plek te dirigeren.

Dit voelde goed.

Zo goed.

Ze greep het hoeslaken, voelde hoe de stof zijn grip om de matrashoeken verloor, holde haar onderrug, perste haar ogen dicht, voelde de lust door haar lijf pulseren.

Haar vingers in zijn haar – ze moest íéts vasthouden –, zijn kussen onder haar hoofd.

En er was alleen maar dit.

Hier.

Nu.

Voor even.

Ze ontspande.

Met een grote grijns kwam hij omhoog. 'Heeft u het een beetje naar uw zin?'

Ze knikte, niet in staat om ook maar iets te zeggen.

'Mooi zo.' Zonder enige twijfel schoof hij in haar. Groot, hard, altijd *ready for action*. Al haar zintuigen stonden op scherp. Ze drukte haar vingertoppen in zijn rug, voelde hoe zijn spieren zich spanden. Op en neer, op en neer. Hij rook naar zout, smaakte naar Noordzee.

Alleen voor de seks. Alleen voor de seks.

Allemensen, wat miste ze in het normale leven de seks!

Hiervoor was haar lichaam gemaakt. Ze hoorde opgevuld te zijn, haar borsten moesten aangeraakt worden. Biologie. Erogene zones zijn er om te beminnen.

En hij hield het zo lang vol.

Zoveel langer dan...

Niet aan denken.

En straks zouden ze het nog een keer doen en daarna nog een keer en daarna nog eens.

Toen hij klaarkwam, kreunde hij een soort oerkreet. Uitgeput bleven ze naast elkaar liggen.

Na een tijdje keek hij haar met één oog aan. 'Iets te drinken dan maar, lieve Nien?'

'Wat is het spectaculairste wat jij ooit hebt gedaan?'

'Dit.' Hij nam een hap van zijn pizza. Ze aten in bed, zo vanuit de doos.

'Nee, serieus.'

'Ik meen het. Dit.' Hij maakte een gebaar waarmee hij alles in de kamer bedoelde. 'Dit is het spectaculairste wat ik ooit heb gedaan. Jij bent het spectaculairste wat ik ooit...'

Ze hief haar vinger. 'Alleen voor de seks, hè.'

'Alleen voor de seks.' Hij gaf haar een knipoog, maakte zich los uit hun naspel en liep naar het keukenblok. Ze keek naar zijn perfecte, ronde billen. Zijn bovenlijf was een gespierde trechter. Strak, gestroomlijnd, opwindend.

Hij pakte een nieuw biertje voor zichzelf en de fles wijn waar zij eigenlijk al te veel uit had gedronken. 'Ik zat nog te denken, hè – en *for the record*, ik bedoel er niets mee – maar wat je vorige keer zei... Als jouw leven zoveel vrijer en spannender zou zijn zonder E., waarom ga je dan niet bij hem weg?'

Bozig zette ze haar pizzadoos op de stoel die als nachtkastje dienstdeed en schikte ze een kussen in haar rug, maar toen hij naar haar bleef kijken en geen genoegen met haar schouderophalen nam, zuchtte ze diep. 'En vertel mij eens, welke reden heb ik daarvoor?'

'Is er een reden voor nodig?'

'Dat lijkt me wel, ja.'

Niet onder de indruk van haar zwijgen, liep hij naar haar toe, schonk haar wijn bij en plofte terug in bed. 'Ik snap jou niet, hoor. Je hebt alles om het zelf te redden; financieel ben je meer dan onafhankelijk, voor Ruben en Lisanne hoef je niet meer te zorgen, je bent bloedmooi en kunt met gemak de lekkerste mannen krijgen.' Met pretlichtjes in zijn ogen wees hij op zichzelf. 'Wat houdt je tegen?'

'Ik wil het er niet over hebben.'

'Wat?' drong hij aan.

Ze maakte een wegwuivende beweging, haalde haar schouders op. 'Weet ik veel... Van alles... Fatsoen.'

'Jij en fatsoen? Wat we net gedaan hebben...'

'Sssst.' Ze gaf hem een plagerige por in zijn zij en nam een grote slok wijn. 'Je weet er niets van, Søren. Je bent gewoon nog te jong.'

'Te jong. Ja hoor, daar is het gouden argument van mevrouw Metsaers alweer. Haar minnaar is te jong om mee te kunnen praten.'

'Klopt. Ik heb mijn minnaar om heel andere dingen mee te doen.' Ze schoof haar hand veelzeggend tussen zijn benen, maar hij pakte haar pols vast en bracht haar hand boven het dekbed.

'Een kleine pauze, behoort dat tot de mogelijkheden?'

'Hmm, ben je stiekem toch een ouwe vent?'

'Een oude ziel.' Hij sloeg zijn arm om haar heen en trok haar tegen zich aan.

Wonderlijk toch, dat zij hier bloot tegen hem aan kon liggen terwijl hij met één been buiten de deken op zijn gemak een biertje kon drinken, en dat dat normaal was.

Aan zijn blik zag ze dat hij op antwoord wachtte.

'Kinderen binden je voor eeuwig.'

'Maar Ruub en Lisanne zijn toch allang volwassen.'

'Zodra je een kind krijgt, ben je niet alleen meer van jezelf.'

Hij zette zijn flesje bier tegen zijn lippen. Zij luisterde naar hoe zijn slok door zijn hals en borst naar beneden zakte.

'Dus je blijft voor hen?'

'Ja.'

Of nee.

Ze bleef voor Bart. Voor zijn dood die haar voor altijd met iedereen had verbonden: met Nick, met Floor, met haar ouders; een poging iets goed te maken van dat onmetelijke verdriet dat ze hun had aangedaan.

Ze bleef voor hun vrienden die ze onmogelijk konden verdelen, voor het huis, dat na al die jaren de droomplek was van hen allebei, voor de jaarlijkse vakanties naar Frankrijk, voor al die zaken die met geld niet te koop zijn; haar geloof in het concept 'tot de dood je scheidt', al die gedeelde herinneringen, de eerbied voor hun verleden, of misschien gewoon wel de angst om alleen te zijn.

Ze bleef omdat ze een volwassen vrouw was. Omdat ze van Nick hield. Objectief beschouwd was hij de beste man ooit.

Dit is een fase. Deze onrust gaat op een dag wel over.

En tot die tijd heb ik Søren.

'Voor de kinderen... Ik weet niet of ik dat nu ongelooflijk bewonderenswaardig vind, of juist ongelooflijk dom.'

Ze snoof zijn geur diep in en sloot haar ogen. 'Weet je, soms hoop ik dat Nick vreemdgaat. Zo stom, maar dat zou het allemaal zoveel makkelijker maken. Als *híj* nou met een of ander veel te jong, veel te mooi, blond ding...'

Hij richtte zich op. Verbaasd haast. 'Gaat het daarom? Dat jij verder wilt kunnen, zonder dat iemand jou dat ooit kwalijk zou nemen.'

'Ja. Zwak toch?'

Ze zag het zo weer voor zich, hoe Bart daar lag. Door haar.

'Helemaal niet. Je wilt gewoon vrij kunnen zijn, zonder dat het verleden je vasthoudt.'

Ze knikte.

'Zonder schuldgevoel.'

Ze schudde haar hoofd. 'Nee, zonder mensen pijn te doen.'

Teder streek hij een haar uit haar gezicht, alsof zij het mooiste en het liefste was wat hij ooit had gezien en alsof zij hem zojuist een groot geheim had verteld.

Ze verschoof wat. Dit, deze intimiteit, wilde ze niet. Die móch niet. Ze keek naar hun reflectie in het zwarte scherm van zijn opengeklapte laptop die op het bureau stond. Naar hoe hij zijn bier dronk en zij hier zomaar lag.

'Zal ik hem maar verleiden, dan?'

'Hè, hè, eindelijk snap je me.' Blij dat hij met een grapje het ijs brak, gaf ze hem een kus.

Hij lachte – opgelucht? – en stak zijn hand uit als in een zakendeal. 'Ik regel het voor je.'

Zij grijnsde.

Ha, ze zag Søren en Nick samen al voor zich. Twee knappe mannen, aan elkaar gewaagd, beiden even ambitieus – Nick wat betreft zijn carrière, Søren wat betreft zijn sport.

Ze stapte het bed uit, raapte haar body van de grond en draaide haar broek, die binnenstebuiten zat, weer goed.

Hij volgde haar bewegingen. Hij was te jong om 'Julia' te kennen, dat liedje van Henk Westbroek – *als jij je kleren aantrekt zonder haast en haast zonder erbij na te denken, kijk ik naar een omgekeerde striptease van een volmaakte schoonheid* – maar hij had het zomaar voor haar kunnen zingen.

Een warme sensatie kroop uit haar onderbuik omhoog en resulteerde in een glimlach. Toen ze aangekleed was en hem een kus gaf, pakte hij haar hand en keek hij haar doordringend en serieus aan. 'Ik wil alleen maar dat je gelukkig bent.' Hij meende het.

'Maar dit is alleen voor de seks, hè jonkie.'

'Alleen voor de seks.' Hij knikte en grijnsde gelukkig.

'Die jongen is verliefd,' zei Bart toen ze in de auto zat.

Ze keek hem via het achteruitkijkspiegeltje aan.

'Ik zie het aan de manier waarop hij naar je kijkt. Ik hoor het tussen de regels door: hoe hij dichter en dichter bij je probeert te komen. Dat spelletje van hem. *Beschrijf eens...* Beschrijf eens hoe jouw slaapkamer eruitziet, wat je eet voor ontbijt, wat er allemaal in jouw ondergoedlade ligt. Dat is geen onschuld, dat is verliefdheid. Hij wil elk detail van je weten. Hij probeert zich een beeld te vormen van wie je bent zonder hem.'

Geïrriteerd probeerde ze Bart uit haar gedachten te drukken, maar hij had gelijk. Ze moest hiermee stoppen.

Nu.

Nee, toen. Tóén had ze er al mee moeten stoppen.

Het had nooit, helemaal nooit mogen beginnen. Vier maanden geleden had ze haar eigen verjaardagsfeestje niet mogen verlaten. Ze had níét het koude strand op mogen lopen.

Bart keek haar betekenisvol aan.

Ze zuchtte diep.

Het had gevoeld als spijbelen. In het strandpaviljoen toostte iedereen op haar 'tweede jeugd'. Nick, de kinderen, Floor, haar familie en hun vrienden, en zij liep naar zee. Vrij. Los van haar gezin, carrière, huis, alles wat ze had bereikt, alles wat ze had opgebouwd.

In de branding was ze blijven staan kijken naar Ruben en zijn vriend. Wat moest het heerlijk zijn om op de golven te vliegen; je gewichtsloos voelen. Om te zeggen: 'Als jij je verjaardag op het strand viert, mam, dan ga ik eerst surfen en kom ik daarna meteen naar je feestje.' En om dan vervolgens heel lang op het water te blijven.

Ruben was gevallen en naar haar toe komen zwemmen. Søren was achter hem aan gesurft, had zich in het water laten zakken en had naar haar gelachen. 'Hé, de moeder van Ruub.' Hij had zijn natte haar uit zijn gezicht geveegd en een grote, koude hand naar haar uitgestoken.

Ik moet wegrennen van deze jongen, had ze nog gedacht. Maar dat had ze niet gedaan. Ze had naar zijn wetsuit gekeken dat een gespierd en gestroomlijnd lichaam verried en dommig gezegd: 'Ik ben Nina.'

'Weet je niet meer wie ik ben, dan? Søren. Ik ben een keer met jullie mee geweest op vakantie. Toen Ruben en ik samen in de brugklas zaten. Survivallen in de Ardennen.'

Søren...

Zijn ogen waren groengrijs als de Noordzee geweest, onstuimig, zijn gezicht had duidelijke lijnen. In niets had hij nog geleken op het jochie van vroeger. Op het vriendje van Ruben.

Daar, op dat moment, was het allemaal gebeurd.

'Wat jij moet doen, is weer beginnen met leven.' Bart bleef haar in het achteruitkijkspiegeltje aanstaren.

'Ik lééf.'

'Nee, je vergooit het.'

'Onzin. Grote onzin, Bart. Het leven draait niet alleen om mij. Het gaat ook om iedereen om me heen. Relaties, samenzijn, houden van.'

Hij snoof.

'Nick is een goede man. Verstandig. Sterk. Betrouwbaar. Aardig. Knap.'

'Ja, ja, dat weten we.'

Kwaad klapte ze haar spiegeltje op nachtstand. Hij moest zijn mond houden. Haar met rust laten!

Vanavond... Vanavond moest ze in haar dagboek de zaken op een rijtje zetten. Logisch nadenken. Niet zo zeuren. Zich houden aan wat ze zich had voorgenomen: zodra een van ons verliefd wordt, stop ik.

Ze draaide haar autoradio zo hard mogelijk, zodat ze Bart niet meer kon horen – alsof hij zich iets aantrok van tijd, licht of geluid.

Liefste,

We hebben het er zo vaak over: dat we het aan het leven verplicht zijn er alles uit te halen wat erin zit. Het leven is maar zo kort, zo kwetsbaar.

Hoeveel mensen sterven er niet jong?

Hoeveel mensen worden nooit geboren? Ik bedoel: elk leven op zich is toch een wonder. (Hoe fout dat ook klinkt.) Hoeveel zaadcellen heeft een man in één ontlading? Miljoenen! Slechts één daarvan kan een eicel bevruchten, op precies de juiste dag, onder precies de juiste omstandigheden, en dan moet de bevruchting nog slagen ook en dan moet de zwangerschap succesvol zijn.

Dat wij hier met z'n tweeën nu leven, is bijzonder.

Onze ouders hebben het aller-, allerbeste voor ons gewild.

En dan is dit wat we met ons leven doen?

Elkaar missen!

Ons geluk ophangen aan gestolen momenten.

Waardeloos.

Maar elke keer dat ik denk aan iedereen die we kwetsen wanneer wij ons hart volgen, doet het fysiek pijn.

We moeten hiermee stoppen. Ik hou dit niet vol. Niet na vandaag, na alles wat we hebben gezegd.

Ik hou van je. Zo-, zoveel.

Iedere keer dat ik mijn ogen sluit...

Je weet het, ik wil een leven samen. De prijs die we daarvoor zullen moeten betalen is hoog, maar ik weet het zeker: het zal het allemaal waard zijn.

'Mam.' Ruben gaf haar een knuffel en liet zijn sporttas met een plof op de keukenvloer vallen: het wasgoed van de afgelopen drie weken. Dit weekend draaide de wasmachine, zoals altijd wanneer hij even thuis was, als vanouds non-stop.

'Ha Nina.' Er hing een frisse geur om Colette heen. Haar regelmatige, open gezicht, blonde krullen en lange en slanke lichaam werden gecomplementeerd door een prettig en opgeruimd karakter. Ze straalde gezondheid en plezier uit; Ruben mocht zijn handjes met haar dichtknijpen.

'Fijn dat jullie er zijn.' Ze gaf hem een snelle aai over zijn wang. 'Goede reis gehad?'

Achteloos gooide Ruben zijn jas op het aanrecht – in tegenstelling tot zijn zus was hij, zodra hij hier de drempel over stapte, weer kind. Honderd procent.

'Ruub, je jas.'

'Ja-ha.'

'Hé!' Lisanne kwam met een blikje cola in haar hand de keuken in.

Ruben keek haar vragend en strijdvaardig aan. 'En? Mag ik die eikel al op z'n bek slaan?'

'Ruben.'

'Ik meen het, mam.' Hij liep naar zijn zusje toe en sloeg zijn arm om haar heen. 'Je hoeft maar yes te zeggen en die overspelige hond is voor mij, dat weet je toch hè? Als ze aan jou komen, dan komen ze aan mij.'

Colette schonk Lisanne een glimlach. 'Hoe is het?'

'Gaat wel.'

'Ja, ja, en daarom woon je weer thuis...' Ruben klakte met zijn tong.

Hoe en wanneer was dat toch gebeurd, dat haar kinderen van twee vechtende tieners waren veranderd in een volwassen oppositie tegen overspel?

'Wat hoor ik? Gaan we een knokploeg samenstellen?' Nick kwam de keuken in en gaf zijn zoon een mannenomhelzing.

Lisanne rolde met haar ogen. 'Alsjeblieft, zeg... Kunnen we het er niet gewoon níét over hebben?'

'Ja, goed idee.' Bart zat opeens op het aanrecht, naast de jas van Ruben. 'Het er gewoon niet over hebben. Wat je niet uitspreekt, bestaat niet. Laten we het gewoon over totaal iets anders hebben. Over, eh... *let me think*... Tja, de Ardennen. Waarom niet? Weet je nog hoe gezellig het was, dat zogenaamde survivallen? Nick, Ruben, Søren, Lisanne en dat vriendinnetje van Lisanne, kom, hoe heet dat kind ook alweer? Wat zou er eigenlijk van dat meisje geworden zijn, Nientje?'

Nicks telefoon piepte. Hij keek vluchtig op het scherm, maar stelde het antwoorden uit. Hij was er wél voor zijn gezin. Hij had zijn prioriteiten wél op orde.

'Ik heb gevulde koeken gehaald,' zei zij, misselijk van zichzelf – ze moest ophouden met denken aan haar broer en Søren. 'Als we onze jassen aandoen, kunnen we nog in de tuin.'

'Hé,' riep Bart verongelijkt. 'Ik probeer hier gezellig wat herinneringen op te halen. Nina, negeer me niet. Nientje, kom op.'

Ze werd gek van zijn stem, van zijn plagerige aanwezigheid. Ze wilde hem niet horen, ze wilde haar aandacht bij Ruben hebben; bij wat hij vertelde over zijn scriptiebegeleider – 'een totaal incompetent zeikwijf dat alleen maar bezig was met zichzelf omhoogwerken' –, bij Colettes verhaal over haar stage, alles wat haar gezin vertelde!

Ze keek naar hun gezichten. Ze waren allemaal zo eerlijk. Zo eigen.

Rubens armen staken dun en bleek uit zijn overhemd. Een groter verschil met Søren was nauwelijks mogelijk. Twee jongens, vrienden van vroeger. Dezelfde klas, Ruben een vroege leerling en Søren een zittenblijver, waardoor ze twee jaar scheelden. Destijds waren ze goed bevriend geweest.

Nu scherpte Ruben zijn geest en trainde Søren zijn lichaam. Waar Ruben druk bezig was met zijn carrière, wilde Søren maar één ding: op het water staan.

Ambitie versus vrijheid. Verantwoordelijk versus lust.

'... maar we zitten met de bouwvak, hè. Daardoor hebben maar een paar partijen ingeschreven op de aanbesteding van die klus en... Nina?'

Ze schrok op.

Nick keek haar met een vragende blik aan. 'Waar zit je toch met je gedachten?'

'Wat? Nergens. Hier. Bij jullie, natuurlijk. Waar anders?'

Lisanne trok haar wenkbrauwen op. 'Waar ging het dan over?'

'Over de verbouwing van papa's school.'

'En?'

'Hè bah, jongens, doe niet zo.'

Lisanne keek veelbetekenend naar Ruben, waarmee ze zonder woorden zei: zo is het dus, om weer thuis te wonen.

'Lisan, niet doen.' Nick pakte haar hand vast, en daarna die van Ruben. Hij keek alsof hij iets belangrijks ging zeggen, een speech ging houden. 'Ik weet het, het klinkt pathetisch, maar ik wil even zeggen dat ik trots op jullie ben. Jullie zijn sterke, krachtige mensen geworden. Wij,' hij keek de kinderen en Colette aan, 'zijn er voor elkaar.'

Lisanne glimlachte dankbaar, Ruben knikte naar zijn zus.

Zij dacht aan haar mobieltje in haar broekzak.

'Mam,' zei Lisanne. 'Als jij je gevulde koek niet wilt, mag ik hem dan?'

Na de koffie pakte Ruben zijn racefiets uit de schuur en hij verdween naar het strand. Colette trok zich boven terug om zich voor te bereiden op een tentamen.

Zij stond in de keuken, met haar telefoon weifelend in haar hand. Ze had haar berichtje aan Søren al opgesteld. Haar wijsvinger hing boven de groene *send*-knop.

Lieve Søren, het spijt me dat ik dit via de app doe, maar we kunnen elkaar niet meer zien. Ik kan dit mijn gezin niet langer aandoen, maar weet dat ik, elke keer dat het waait, met een glimlach om mijn lippen aan jou terug zal denken. Jij hebt me laten zien wat voluit leven betekent. Het is alsof je me 'aan' hebt gezet. Bedankt. Je hebt voor eeuwig een speciaal plekje in mijn hart. Ik wens je alle goeds. x N.

Wel of niet sturen?

Ze zou het zo missen, zijn lichtheid.

Kon ze het hem wel aandoen, na alles wat hij had meegemaakt? Na wat er met zijn moeder was gebeurd?

Hij had het haar verteld op die dag dat ze voor het eerst met elkaar gevreeën hadden. 'Mijn moeder is er niet meer.' Ze zaten samen in een cafeetje, op een bankje achterin, heel dicht tegen elkaar.

'Jongen, wat erg... Mag ik vragen hoe?'

'Moord.'

'Ze is vermoord? Maar...'

In één keer was hij niet meer gewoon vrij geweest, maar los. Alleen.

'Wil je erover praten?'

Hij schudde zijn hoofd, maar ging uiteindelijk toch praten. 'Het was in Frankrijk, waar ze woonde. Samen met haar vriend en zijn zoon, in een chalet. Zo'n oud houten ding. Krakkemikkig. Karakter, zeggen ze toch?' Hij lachte kort en hees. Cynisch. Hij wilde zijn emoties voor haar verbergen. 'Niemand weet precies wat er is gebeurd, of ze ruzie kregen of dat die gek opeens een waas voor zijn ogen kreeg of zo, maar hij heeft ze allemaal...'

'Je bedoelt je stiefvader?'

'De vriend van mijn moeder, ja.'

'Maar hoe dan?'

'Hij heeft eerst alle houten luiken van dat huis dichtgeschroefd en daarna de deur dichtgespijkerd. Toen benzine en een aansteker.'

Na dat verhaal waren ze naar zijn huis gegaan en had zij zich voor het eerst in haar leven aan een andere man dan Nick gegeven.

Al na vijf minuten wist ze dat ze een fout beging, een levensbepalende fout, want hoe de affaire zich ook zou ontwikkelen, ze zou voor altijd weten dat dit soort seks bestond. Ze kon nooit meer niet weten wat ze miste.

In de tuin stonden de volwassen struiken en bomen die ze vijftien jaar geleden zelf had geplant.

Verdorie. Telde je de uren dat Søren en zij elkaar gezien hadden bij elkaar op, dan kwam je nauwelijks aan de vijfentwintig. Een parttime werkweek.

En ze wist toch dat het niet om hem ging, maar alleen om de suggestie van hem?

Als er in hun verhouding al sprake was van verliefdheid, dan was ze via zijn ogen verliefd op zichzelf. Door zijn blik was ze de vrouw die ze wilde zijn: sexy, jong, opwindend, vrij.

Maar toch... In die uren met Søren lééfde ze! Sinds Søren was ze weer gaan sporten, voor het eerst in jaren had ze weer sjans, ze voelde zich weer vrouw.

'Nien?' Nick kwam de keuken binnen. Razendsnel veegde ze haar berichtje weg. Betrapt keek ze op.

'Heb jij mijn telefoonoplader gezien?'

'Naast het bed.'

'O ja.' Hij liep naar haar toe en even was ze bang dat hij zou vragen wat er toch met haar was, waarom ze zo met haar mobieltje bezig was, wie ze net had willen appen, maar hij kwam niet voor haar, maar voor de fruitschaal waar ze net voor stond. Hij reikte langs haar heen en zette zijn tanden in een appel. Daarna draaide hij zich om en liet hij haar weer alleen. In het volste vertrouwen dat hij haar man was en zij zijn vrouw en dat alles daarmee oké was.

Ze keken *Ex on the Beach*, omdat zowel Lisanne als Colette dat wilde zien. Ruben en Nick leverden om de haverklap commentaar, wat Lisanne irritant vond, wat de mannen weer aanspoorde nog meer van zich te laten horen.

Ze keek naar haar grote kinderen. Dit was waar ze altijd van gedroomd had: gezelligheid, oprecht samenzijn, een sterke band met elkaar hebben.

Het enige wat minder was, was het tempo dat Lisanne erin had wat betreft haar drankjes. Ze tikte de ene na de andere gin-tonic weg. De fles gin op het aanrecht was al voor de helft leeg en de zak paprikachips had het geen halfnegen zien worden.

'Voor het volgende seizoen geven we jou op,' grapte Ruben.

'Als je het maar laat. Ik hoef die vent nooit meer te zien.'

'Maar sommigen van die jongens zijn best lekker.' Colette plukte aan Rubens trui – ze zagen elkaar alleen in de weekenden en dat schiep bepaalde nachtelijke verwachtingen, waar ze dan ook logeerden.

'Ze zijn te wit.' Lisanne nam een grote slok van haar drankje. 'Jullie weten toch: *once you go black, you never go back.*'

'*Once you go white, you'll never get* spaijt.' Colette kriebelde Ruben achter zijn oor.

'Ik heb ook eigenlijk helemaal geen man nodig,' zei Lisanne korzelig toen het programma was afgelopen. Ze stond op om haar glas nog een keer bij te vullen. 'Ik doe gewoon zo'n reageerbuisbaby.'

'En welke kleur moet je baby dan worden?' Ruben gaf Colette een kus in haar nek.

Zonder antwoord te geven verdween Lisanne in de keuken. Ruben pakte de afstandsbediening en zette de tv op voetbal. Colette zuchtte demonstratief, maar kroop toch tegen hem aan.

Lisanne kwam terug uit de keuken, plofte neer, gromde dat ze voetbal haatte, maar ging de strijd niet aan en dook weg in haar mobieltje.

Nick werd geappt – 'Sorry jongens, deze móét ik even terugbellen, verantwoordelijkheden...' – en liep naar boven.

Ze keek naar haar dochter. Ze had zich helemaal niet gerealiseerd dat moeder worden een issue was dat Lisanne bezighield; dat ze – net als zijzelf destijds – de druk voelde van de mogelijkheid om vervroegd in de overgang te komen.

Ze moest met haar gaan praten, binnenkort. Haar vertellen dat kinderen prachtig zijn, maar niet al op je achttiende.

Ze deed een poging haar boek te lezen, maar dat mislukte schromelijk. Hoe vaak, vroeg ze zich af, had ze vroeger niet gedacht: als ik de pijn van Ruben of Lisanne toch eens over kon nemen? Elke keer dat zij vielen, zich stootten, ruzie hadden op school...

Maar nu?

Over haar boek keek ze naar Lisanne, die haar liefdesverdriet zat te verdrinken.

Nu was alles in haar leven omgekeerd.

Ze wachtte niet eens totdat ze in bed lag. Ze appte het hem al op de wc.

Het spijt me, maar het is over tussen ons. We kunnen elkaar niet meer ontmoeten. Het ga je goed. Liefs.

Een slap aftreksel van het mooie bericht dat ze die middag gecomponeerd had. Maar het moest de deur uit. Zo snel mogelijk. Dan maar kort en krachtig.

Zodra ze het verstuurde, voelde ze een koude vlaag langs zich heen waaien. Het was alsof ze iedereen in de steek had gelaten, alsof ze iedereen – inclusief zichzelf – bedrogen had.

Ze nam zich voor om vanaf nu opnieuw te beginnen: alleen maar schone gedachten denken, er zijn voor Lisanne, Ruben en Nick, haar leeftijd omarmen in plaats van ertegen vechten.

In haar slaapkamer haalde ze haar dagboek uit haar ondergoedla. Haar vingers gleden langs de doorschijnende kanten body. Ze beefde, legde het boek weg en stapte haar koude bed in.

Dit einde hoefde ze vanavond nog geen woorden te geven. Dit mocht nog heel even ongedefinieerd blijven. Vannacht stond ze zichzelf toe om op de grens van uit en aan te zijn. Van met en zonder minnaar. Van verlangen en verdriet.

Ze trok haar benen op, tegen haar borst, en sloeg haar handen om haar knieën. Ze werd een klein bolletje mens. Een klein bolletje mens dat hoopte dat als ze zich onzichtbaar genoeg maakte, de wind haar op zou pakken en mee zou nemen.

Geen bericht terug.

De avond waarop ze haar appje gestuurd had niet.

De dag daarop niet.

De dag daarna ook niet.

De dag daar weer na evenmin.

Als uitgekauwde kauwgom kleefden de uren, dagen, nachten inmiddels aan elkaar. Ze verachtte zichzelf; zij was degene die het had uitgemaakt, wat zat ze nu dan de hele tijd naar haar mobiel te staren, te hopen op een antwoord?

Maar het was sterker dan zij. Met terugwerkende kracht voelde ze zich gebruikt.

Afgedankt.

Oud.

Had ze zich zo vergist dan? Hadden de afgelopen maanden niets voor hem betekend?

'Gaat het wel goed met je?' Floor keek haar op die kenmerkende manier van haar aan. Sinds kort sportten ze samen. Nee, sinds *Søren* sportten ze samen.

Ze perste haar lippen op elkaar. Wat kon ze antwoorden? Floor wist van niets. Natuurlijk niet. Ze was niet alleen al tweeëntwintig jaar haar vriendin, ook die van Nick. Sinds Bart vormden ze een drie-eenheid.

Floor in vertrouwen nemen, zou haar dwingen te kiezen tussen het geheim bewaren van de een, of de waarheid vertellen aan de ander. Een onmogelijke positie.

'Druk op je werk?'

'Gewoon, zoals altijd.'

'Thuis alles goed?'

'Ja hoor, prima.'

Floor stampte op het schijfje citroen in haar bronwater. 'Wat zit je de hele tijd naar je mobieltje te kijken?'

'Doe ik dat?'

'Heb je een affaire, soms?'

'Wat?'

Floor keek haar lachend aan.

Slik.

'Grapje.'

'Nee. Nee, ik heb geen affaire. Ben je mal.'

'Ik weet het niet... Ik dacht gewoon...' Ze tilde haar handen op. 'Nou ja, bij die bank van jou kom je natuurlijk ook niet veel spannende mannen tegen.'

'Daar vergis je je in, hoor.' Ze lachte. Te hard?

'O ja?'

'Ja.'

Grinnikend pakte ze haar glas. Ze slikte haar woorden in: weet je, Floor, drie dagen na die flirt op mijn verjaardag werd ik gebeld door de receptie. 'Er staat iemand voor u hier in de bankhal. Ene Søren Berg. Ik zie geen afspraak in uw agenda, maar hij zegt dat u ervan weet.'

Ze ging hem halen, vertelde zichzelf nog dat ze zich niets in het hoofd moest halen. Die jongen kwam voor iets bankgerelateerds, niet voor haar.

Maar daar zat hij, wijdbeens in de wachtruimte, een volwassen man al, niet dat eeuwige mobieltje, zoals de rest van zijn generatie, niet die lullige onzekerheid.

'Zeg het eens,' zei ze – afstandelijk, hè. 'Waar kan ik je mee helpen?'

'Ik wil graag klant worden,' antwoordde hij.

'Klant in de zin van...'

'Een rekening openen?' Hij vroeg het alsof ze bij de bank niets anders deden dan dat.

Ze zei natuurlijk dat hij dat online kon doen, of bij een van de verkoopkantoren.

'Een kop koffie dan?' stelde hij voor.

De brutaliteit!

En toen nam ze hem mee naar boven, naar haar kantoor – ze dacht nog: ik doe niets ontoelaatbaars, iedereen kan ons hier zo zien zitten in deze vissenkom en deze jongen komt echt niet voor mij. Maar daar zat-ie. Sexy, gespierd. Rubens vriend. 'Chic hoor,' zei hij. En daarna: 'Dus jij bent echt de baas van iedereen hier?'

Hoe hij haar aankeek! Ze kreeg het bloedheet en toen heeft ze... Nee, heeft hij... Hebben ze, samen, een bankrekening voor hem geopend. Gewoon in haar kantoor, laptopje tussen hen in, zij aan de ene kant van het bureau, hij aan de andere. Spannender was het niet. Echt niet.

Maar toen ze bijna klaar waren, vroeg hij opeens: 'Heb je nog aan me gedacht?'

Zij zei: 'Ik heb aan kitesurfen gedacht.'

En toen hij weer: 'Als je wilt kan ik je wel een keer een kiteles geven.'

En zo begon het.

'Je hebt gelijk, bij de bank kom ik nooit een leuk iemand tegen.'

'Dus het zit helemaal goed tussen Nick en jou?'

'Ja, natuurlijk.'

Floor keek haar aan met een gezichtsuitdrukking die ze niet goed kon plaatsen. 'Denk je nooit: is dit alles?'

'Denk jij dat dan?'

Floor trok haar wenkbrauwen op en nam een slok.

'Joh, je gaat gewoon door een fase. Je hebt het hartstikke druk met je werk en de kinderen en dan ben je ook nog knutsel-, lees- en breimoeder op dat schooltje en sleep ik je mee naar de sportschool en... En met kleine kinderen word je gewoon geleefd.'

'Misschien.' Floor knikte.

Haar telefoon lichtte op. Meteen schoten haar ogen ernaartoe. Verdorie, alleen een Facebookmelding.

Floor keek haar vragend aan. 'Even agendatechnisch, dan,' zei ze gelukkig. 'Wanneer vieren jullie Nicks verjaardag?'

'Zaterdag over twee weken.'

'Top. Dan kunnen we allemaal, geloof ik.'

'Fijn. Zouden Ruben en Lisanne ook leuk vinden, die hebben hun peetmoeder al veel te lang niet gezien.'

'Ja.'

De normale dingen.

De oppervlakte.

Terwijl het daaronder golfde en regende en stormde met een kracht waardoor je uit het water kon worden getrokken en tegen een rotsblok aan gesmakt; een storm van veertig knopen die permanente schade aan kon richten.

Het liep al tegen twaalven toen ze Nick thuis hoorde komen. Hij nam een douche en kwam daarna zachtjes de trap op naar boven. Stil kroop hij naast haar, bang om haar wakker te maken.

'Was het leuk op de sociëteit?' vroeg ze in het donker.

'Wat?' Hij schrok van haar stem.

'Of het leuk was. Heb je nog kunnen overleggen met Marc?'

'Eh, ja. Ja...' Hij gaf haar een kus. Zijn tandpastageur kon zijn whiskyadem nauwelijks verbloemen. 'Marc heeft met wat mensen gepraat; dat wethouderschap is praktisch in de pocket.'

'Goed, man.' Dit moest ze doen: haar echtgenoot steunen. Ze wist hoe blij hij was met de steun van Marc Voorburgh; burgemeester, partijgenoot, degene die zijn carrière kon maken of breken.

Ze schoof tegen hem aan.

O ja, zo voelde hij. Minder strak, minder glad, maar vertrouwd. 'Wat dacht je van een paar dagen weg?' Kom op, stoppen met denken aan Søren, blik op de toekomst. Hún toekomst. 'Boeken we een mooi chateau of zo. Als het je echt lukt om wethouder te worden, dan moeten we het er nu nog maar even van nemen.'

'Hmm.'

'Het zou fijn zijn, toch, weer even wat qualitytime met z'n tweeën?' Ze liet haar hand onder het dekbed glijden. 'En over qualitytime gesproken, het is alweer een tijdje geleden dat we...'

'Sorry lieverd, ik heb een dag achter de rug, dat wil je niet weten.' Hij gaf haar een kus en draaide zich op zijn zij. 'Morgen, oké? Of in het weekend.'

Na drie minuten sliep hij.

Zij staarde met open ogen in het donker.

Wat ging ze doen met de komende zestig jaar, met die grote leegte, die droge woestijn gevuld met helemaal niets? Met het gebrek aan Søren? Aan seks?

Weggaan? Opgeven?

Al die jaren was het haar doel geweest om te komen waar ze nu stond; ze had een carrière, een mooi huis, gezonde kinderen, een huwelijk. Moest ze dan alles zomaar laten vallen?

Ze sloot haar ogen. Kom op nu toch... Slapen!

'Lafaard,' fluisterde de stem van Bart.

Op haar nachtkastje lichtte haar mobiel op.

Søren.

Wanneer zien we elkaar?

Meteen was ze klaarwakker.

'Ja, wat dacht je nou?' Haar dode broer lachte cynisch. 'Dat die jongen jou echt met rust ging laten?'

Ze staarde naar de zee in de verte en speelde met de telefoon in haar handen. Ik moet wat gaan doen, zei ze tegen zichzelf. Ik moet nu eindelijk wat gaan doen.

Maar hoe kon ze werken als er zoveel was om te overdenken?

Haar gedachten waren vanmorgen, tijdens de dagopening, telkens afgedwaald; naar het overleg met Hasib en Cees had ze volstrekt verkeerde stukken meegenomen en nu zat ze al een uur met haar mobieltje in haar handen haar tijd te verdoen.

Daar, op de parkeerplaats, had hij gestaan. Met hoop in zijn ogen. Hij had gezegd dat hij haar miste. Dat hij haar móést zien.

En nu gisteren dat ogenschijnlijk onschuldige berichtje: *Wanneer zien we elkaar?*

Wat betekende dat? Was haar berichtje nooit aangekomen, of negeerde hij het feit dat ze het via de app had uitgemaakt?

Omdat ze steevast hun appjes verwijderde, kon ze niet zien welke van de twee het was.

Voelde hij zich gebruikt? (Misschien hád ze hem ook wel gebruikt.)

Was hij boos? (Dat zou terecht zijn.)

Hoe het ook zat, ze moest contact met hem opnemen.

Maar hoe?

Hoe kon ze twee keer afscheid nemen?

'Laf. Heel laf, zusje.'

Søren, het spijt me, maar we kunnen elkaar niet meer zien, typte ze.

Bart trommelde met zijn vingers op haar bureau. 'Je hebt het nog niet verstuurd. Kom op, typ wat je echt wilt schrijven. "Ik kom er nu aan."'

Ze deletete al haar woorden en hervatte haar staren. Hoe kwam ze deze dag ooit door? Hoe moest ze Sørens vraag in vredesnaam beantwoorden?

Toen ze om halfzeven thuiskwam en Lisanne niet naar beneden kwam, vond ze dat wel best. Ze schonk een glas wijn in – dat had ze verdiend, vond ze –, pakte lukraak een van de maaltijdboxen uit de koelkast en probeerde haar gedachten op het recept te richten.

Toen het eten bijna klaar was, riep ze naar boven.

'O, je bent er toch.' Lisanne kwam naar beneden, maar alleen om ook een glas wijn te pakken. 'Ik hoorde al iets. Maar eh, je had voor mij niet hoeven koken hoor, ik heb totaal geen trek.'

Demonstratief legde ze haar mes op de snijplank. 'Dus ik heb dit voor niets gemaakt? Papa eet ook al niet mee. Die heeft een afspraak met het schoolbestuur vanavond.'

'Dat kan ik toch niet weten.' Lisanne draaide met haar ogen en schonk haar glas vol. 'Jij ook nog?'

'Nee.' Het kwam er fel en onvriendelijk uit, maar het lukte gewoon niet meer om geduldig en begripvol te blijven.

'Sorry,' zei Lisanne semischuldbewust. 'Ik had het even moeten zeggen, ik weet het.' Ze liep de keuken uit, terug de trap op.

Verdorie. Betekende ze dan voor niemand meer iets? Geërgerd schepte ze voor alleen zichzelf op, maar toen ze eenmaal aan tafel zat, kon ze geen hap door haar keel krijgen.

Ze pakte haar mobiel, begon aan een bericht aan Søren, maar bedacht zich. Wat moest ze schrijven?

Dan maar wat werk inhalen. Op de eettafel klapte ze haar laptop open. Een muziekje aan. *Coffee house jazz.* Of nee, toch maar klassiek.

Ze stond op om een vest te halen. Deed het toch maar weer uit. Haar concentratie was in geen velden of wegen te bekennen en het werd er niet beter op toen Lisanne weer naar beneden kwam en de televisie op *Opsporing verzocht* zette.

In de gang werd de deur opengedaan. Gealarmeerd stond ze op. Ruben? Hij was de enige die naast Nick en Lisanne een huissleutel had.

De deur sloeg weer dicht. Degene die binnenkwam kuchte en verried daarmee zijn identiteit.

Nick. Hè? Ze keek op haar horloge. Wat deed hij nou nu al thuis?

Ze wilde naar hem toe lopen, maar de deur tussen de hal en de woonkamer ging al open.

Daar stond hij. Opgejaagde blik. Trillende handen. Gespannen lijf.

'Dit is het dan, Nientje. Hij weet het.' Ze voelde haar broers woorden diep in haar hart. 'Vanaf dit moment zal alles voor altijd anders zijn. Alles waar je ooit in geloofde, alles waarvan je dacht dat het veilig was, alles wat heilig was...'

Nicks ogen schoten van Lisanne naar haar, terug naar Lisanne, terug naar haar.

'Schat?' wist ze uit te brengen.

Hij schudde zijn hoofd. Niet doen. Niets zeggen. Hij keek nadrukkelijk naar zijn dochter – niet met haar erbij, bedoelde hij. Niet hier, niet nu.

'Waarom ben je al thuis?'

Toen hij slikte, bewogen de spieren in zijn kaak. Dat duidde op woede.

'Niet goed, zusje...'

Hij maakte een achteloze beweging en beende langs haar heen de keuken in.

Verdomme, dacht ze nog argeloos. Hij weet het. Daar gaat mijn huwelijk. Daar gaat de band met mijn kinderen.

Ze zouden allemaal zo kwaad zijn. Ze had Nick belazerd met Rubens kitesurfvriend, het jochie dat ooit met hen meeging op vakantie. De jongen die veel meer man was dan Ruben, de jongen die veel virieler was dan Nick. Ze was erger, veel erger nog dan Lisannes ex. Ze zouden zo ontzettend kwaad zijn en dat was zo ontzettend hun goed recht!

Sørens berichtje stond nog steeds in haar telefoon.

Het bewijs.

'Dat is het niet, Nientje,' zei Bart. 'Nick kijkt zo vanwege iets anders. Hij is niet boos, die man is bang. Dat zie je toch.'

Haar handen begonnen te trillen, het was alsof haar leven door haar vingers glipte.

Bries

'Iemand nog bier?'

'Jaaa,' roepen Nick en Bart in koor.

Floor wisselt een blik met mij en loopt dan naar de keuken. Na ruim een jaar samenwonen kennen we elkaar door en door; ik lust er ook nog wel eentje.

MTV staat op. All Saints zingt 'Never Ever'. Op de eettafel liggen lege pizzadozen op opengeslagen studieboeken. Ik zit onderuitgezakt op de oude leren bank die ooit van mama en papa was, mijn voeten met mijn schoenen nog aan staan op de rand van de tafel.

'Tjiezus, hoe kunnen jullie hier leven?' Floor weer. Ze kijkt de jongens aan. 'Ik krijg die balkondeur niet open hoor, met al die zooi ervoor.'

'Ja,' vul ik aan. 'Jullie moeten hier eens een keer schoonmaken.' Niet alleen de keuken is ranzig, alle kamers van dit huis zijn goor. Overal liggen kleren, spullen en etensresten. Mama durft hier nauwelijks naar binnen.

Toch zijn Floor en ik hier graag en vaak.

Tja, je moet wat overhebben voor de liefde.

Nick staat op om Floor te helpen. Ik vis met mijn nagels een vieze sok van de grond en werp die naar mijn broer. 'Je bent een pervert, *Bart.'*

'Hoor wie het zegt.'

Grijnzend zet ik mijn ooit witte All Stars op de grond en buig ik me naar hem toe. 'Hoe zit het eigenlijk met jou en Floor? Heb je nu eindelijk al een keertje vorderingen gemaakt?'

Een ongeïnteresseerde blik is het antwoord. Wat hij wel of niet in bed doet, gaat mij niks aan, probeert hij uit te stralen.

We horen de balkondeur opengaan en vervolgens hoe Floor en Nick bier uit het kratje buiten pakken. Vallen ze nou?

Ik haal mijn schouders op en lach geheimzinnig. Ik weet dat Floor er nog altijd 'niet aan toe is' en Bart haar 'alle tijd wil geven die ze nodig heeft'.

Hoelang gaat hij dat in vredesnaam volhouden?

'Nou, Nick trekt mij vanavond helemaal uit elkaar hoor.' Ik zak weer onderuit en leg mijn hand veelbetekenend op de plek waar Nick net zat.

Ik heb hem, dat zie ik aan zijn blik; ik weet precies hoe ik mijn broer op de kast kan jagen. Een overlevingstechniek van vroeger waar ik nooit mee ben opgehouden. Ik moest toch iets; Bart was ouder, groter, sterker. Met mijn woorden pakte ik hem terug.

'Kijk,' zeg ik haast nonchalant. 'Nick heeft natuurlijk af en toe wat, hoe moet ik dat zeggen... excentrieke voorkeuren. Hij wil bijvoorbeeld...'

'Ik wil het niet horen.'

'Sorry, sorry, ik zal het "never ever" meer doen. Ik houd mijn mond al.' Ik steek onschuldig mijn handen in de lucht. 'Dat is immers wat Nick ook het lekkerst vindt. Dat ik naar hem luister, precies gehoorzaam aan zijn...'

Bart kijkt me woedend aan.

'Het enige wat ik wil zeggen is dat die blauwe plekken hier niet per ongeluk zitten. Je vriend is...' Ik leg mijn ene hand rond mijn hals en de andere op mijn bovenarm, en maak met een verlekkerd gezicht zachtjes stikgeluiden.

'Bier!' Nick en Floor komen de woonkamer weer in. Zij ploft op de stoel tegenover Bart – de salontafel als een buffer tussen hen in –, hij komt naast mij zitten. Ik kruip tegen Nick aan en houd mijn bierflesje proostend naar Bart omhoog. Het is lastig mijn lachen in te houden als hij zo kijkt. Het ongemak en de frustratie druipen van hem af.

Misschien gelooft hij me wel echt.

De stumper.

De seks met Nick is best goed, maar heftig is het in geen enkel opzicht.

Hoe kan het toch dat jongens zo goedgelovig zijn?

Floor staart naar de tv. Ik heb nog altijd geen idee wat zij in mijn broer ziet. Bart snap ik wel. Floor ís een leuke meid.

Ik neem een grote slok van mijn koude bier en geef hem een knipoog.

Mama zou zeggen: arme knul.

De dingen die je zegt, wanneer je weet dat het nooit meer goed gaat komen...

'Wat doe je nu al thuis?'

'Het ging niet door.'

'Heb je al gegeten?'

'Nee.'

'Kan ik iets voor je maken?'

'Geen honger.'

'Wat is er?'

'Niet met Lisanne erbij.'

En dan toch een boterham uit de vriezer pakken, die in de magnetron leggen, met z'n tweeën kijken naar de digitale klok die vijfenveertig seconden aftelt.

'Nick?'

Hij schrok, liet de pot pindakaas die hij vast had vallen. Die spatte in plakkerige scherven op de vloer uit elkaar.

Lisanne kwam de keuken in.

Als een standbeeld stond Nick tussen de koelkast en het keukeneiland. Achter hem de fotocollage van jaren terug. Vrolijke foto's van de kinderen, gelukkige kiekjes van hen samen, Floor met hun kids, haar eigen ouders, de overleden ouders van Nick. Bart.

Nick keek naar de bruine derrie op de tegels.

'Pap?' Toen hij niet reageerde verhief Lisanne haar stem. 'Papa?'

Ineens kwam hij als een crimineel op de vlucht in beweging. Hij rende haast langs haar en Lisanne heen de keuken uit, denderde de trap op, sloeg met de deur.

Lisanne trok haar wenkbrauwen op.

'Stress.'

'Kan ik iets doen?'

Ze schudde haar hoofd en raapte de scherven van de vloer.

'Schat?' Ze bleef op de drempel van de slaapkamer staan.

Nick zat op de rand van het bed met zijn telefoon in zijn handen.

'Gaat het?'

Zonder antwoord te geven keek hij haar aan.

'Wil je dat ik wegga, of dat ik...'

Hij klopte naast zich op het dekbed. Met een onheilspellend gevoel sloot ze hun slaapkamerdeur en liep ze naar hem toe. Vierentwintig jaar samen en dan belazerde zij hem met het vriendje van hun zoon, en waarvoor? Alleen voor de lust. Om zich wat beter te voelen.

'Het is... Ik...' Hij sloot zijn ogen en haalde diep adem. 'Ik weet gewoon niet hoe ik het je moet zeggen, maar ik...'

'Wat je ook wilt zeggen, ik hou van je. Dat je dat weet.' Hoe had ze ooit kunnen denken dat seks op kon tegen je maatje, je beste vriend met wie je bent opgegroeid, de man van wie je houdt!

Nick sloeg zijn ogen neer. 'Ik...' Hij pakte haar hand vast en kneep erin alsof hij bang was haar kwijt te raken in plaats van andersom. 'Ik wil je vragen om eerst naar mijn hele verhaal te luisteren en dan pas te reageren. Het...'

'Zie je nou, Nientje. Dit gaat niet alleen om seks. Kijk naar zijn ogen dan, naar die angst. Heb je hem ooit eerder zo gezien?'

'Iemand probeert me erin te luizen. Je moet me geloven dat ik niet... Dat ik nooit...'

'Wat bedoel je, Nick?'

Niet in staat om door te praten, woog hij zijn telefoon in zijn hand.

Ze voelde zich koud worden. 'Schat, wat is er?'

Waarom zei hij niets? Verdomme, waarom zweeg hij?

Hij sloot zijn ogen en ademde zwaar door zijn neus – precies wat hij altijd deed wanneer hij zijn geduld probeerde te bewaren.

'Nien...'

Hij slikte moeizaam. Ze zag zijn ademsappel op en neer bewegen.

'Dit is het einde, Nina.' Hij opende zijn waterige ogen en keek naar zijn mobieltje. 'Het einde van alles wat we samen hebben opgebouwd.'

‘Ik... Ik was laatst op de sociëteit en zat in een van de kantoorruimtes wat te werken en...’

Hij liet een lange pauze vallen. Zij legde haar hand op zijn knie.

‘Het... Het is...’ Hij tikte met zijn trouwring tegen zijn telefoonhoesje.

‘Wat wil je me vertellen, Nick?’

‘Ik... Tja, het...’ Hij haalde nog een keer diep adem. ‘Wat ik wil vertellen is dat ik daar dus zat te werken en... Ik kan je het bewijs laten zien, ik heb zelfs nog e-mails verstuurd vanaf mijn computer... O wacht, dat registreert mijn laptop natuurlijk niet, waar ik zat, maar... Nou ja, wat ik wil zeggen is...’ Hij keek haar aan. ‘Ik zit daar en opeens komt er een meisje binnen.’

Ze trok haar hand terug.

‘Ik zweer je dat ik niets met haar gedaan heb, schat. Echt, dat moet je geloven, maar...’ Radeloos keek hij haar aan.

‘Maar wat?’

‘Hier.’ Hij tikte op zijn telefoon en het toestel kwam meteen tot leven. Op het scherm stond een wat donkere foto. Ze moest de mobiel in haar handen nemen om het beeld goed te kunnen zien.

Ze zag Nick. Het bovenste knoopje van zijn overhemd open. Zijn jasje hing over de rugleuning van de stoel, zijn laptop stond opengeklapt op een mahoniehouten bureau versierd met ouderwetse krullen.

Die details waren echter allemaal bijzaak. Wat in het oog sprong waren zijn handen rond de slanke taille van een meisje met jarretels. Haar lange, blonde krullen kwamen tot ver over haar schouders. Ze had perfecte, ronde billen met daaronder een stel slanke benen in kousen die overgingen in veel te hoge stilettohakken.

Maar ook dat was niet het ergste. Het ergste was het gezicht van het meisje. Onder haar make-up ging een babyface schuil. Hoe oud was dit kind? Of beter gezegd, hoe jong?

Ze swipete naar rechts. Nu was het meisje en profil te zien. Haar buik was plat, haar borsten klein. Nicks hand lag op haar rug, net boven haar billen. Zij lachte met een grimas – ze wilde niet, dat zag je aan alles. Hij grijnsde.

'Je moet me geloven,' zei hij nogmaals. 'Ik heb niets met haar gedaan.'

'Maar...'

Zo voelt het dus, wanneer de grond onder je voeten vandaan zakt. Een onmetelijke diepte. Vallen, vallen, vallen. Een oneindige serie op elkaar gestapelde wolkenkrabbers.

'Maar... Maar waarom hou je haar dan zo vast?' Ze swipete nog een keer naar rechts. Het meisje met haar rug gekromd, de bandjes tussen haar lijfje en kousen strakgetrokken, zijn hand op haar half ontblote borst.

Nog een keer naar rechts. Het meisje bij Nick op schoot, zijn overhemd inmiddels tot aan zijn navel open, haar lippen zacht tegen zijn nek.

Swipe. Nick, die achter het meisje stond en goedkeurend naar haar ranke lijfje keek.

'Het is niet wat het lijkt. Ik zat daar gewoon. Echt, je moet me geloven. Dit meisje komt opeens mijn kamer binnen, begint me uit het niets te zoenen en...'

'Zomaar?'

Hij knikte.

'Want dat doen jonge meisjes, zomaar.'

'Luister.' Hij pakte haar hand vast, probeerde amechtig haar blik te vangen. 'Het is een herensociëteit. Daar gebeuren dingen. Ik... Ik dacht dat dit meisje op een andere kamer moest zijn, dat iemand haar geboekt had. Ik wilde hoffelijk zijn.'

'Hoffelijk?'

Hij knikte. 'Serieus. Ik dacht: wat is dit in hemelsnaam? Dit meisje moet hier weg! Maar ze was bij ons te gast. Niet bij mij persoonlijk, maar op de sociëteit. Ik zei dat ze verkeerd was, vroeg haar bij wie ze wel moest zijn, maar ze ging maar niet. Ze begon me uit te kleden en... Het was opzet, Nina. Dat moet je geloven. Ik ben er fucking in geluisd.'

Hij verplaatste zijn hand naar haar rug. Zij veerde op. Dit kon niet waar zijn. Het was alsof ze binnenstebuiten werd gekeerd.

Ze struikelde haast de slaapkamer uit, viel zo'n beetje de trap af.

Jas aantrekken, deur open- en dichtdoen, lopen, zo ver mogelijk lopen. Met snelle teugen ademde ze koude avondlucht in.

Beelden van het halfnaakte meisje wisselden zich af met Sørens boevenblik.

Pas op de brug bleef ze staan. Onder haar stroomde het inktzwarte water, in de verte klonk het blaffen van een hond. Allemensen, wat had Nick gedaan? Wat had zij gedaan? Ze legde haar handen op de reling en kneep er zo hard mogelijk in. Waar waren ze met z'n tweeën in godsvredesnaam mee bezig?

Als ik over een uur thuiskom, wil ik dat je weg bent, appte ze Nick. Ze spoelde de wrange smaak van haar hypocrisie weg met een ferme slok rode wijn.

Verdomme, dat meisje van Nick had Lisannes leeftijd! Het lot speelde een wel heel cru spelletje met haar.

Nadenkend tikte ze op haar telefoon.

Nee, ze kon Søren niet bellen. Tuurlijk niet.

Floor dan?

Ze pakte haar telefoon, maar bedacht zich. Als ze Floor over Nick zou vertellen, dan zou ze zelf ook met de billen bloot moeten.

Ze wenkte de ober. Nog één.

Aan de toog zaten de stamgasten met hun ruggen naar haar toe. Mensen zonder huis, zonder liefde. Hoelang zou het duren voordat ook zij hier avond aan avond zou zitten?

Ze opende haar lege WhatsAppconversatie met Søren en vergrootte zijn profielfoto.

Deed Nick dit ook met dat veel te jonge kind; haar berichtjes waar zij bij stond deleten?

Zelfverzekerd keek Søren haar vanaf een of ander tropisch strand aan. Hij lachte zijn scheve, sexy lach, zijn haren waren warrig en nat. Hij moest net het water uit zijn, want zijn wetsuit was nog hoog opgetrokken.

Wanneer zien we elkaar?

Nu?

Nooit meer?

De ober zette een nieuw glas wijn neer. Ze dronk het met vijf grote slokken leeg.

Nooit meer...

Maar als Nick met dat meisje...

Ze schudde haar hoofd. Ze moest naar huis. Naar haar dochter met liefdesverdriet. De brand blussen, de puinhoop opruimen. Maar haar benen wilden niet vooruitkomen. Als heel de wereld vreemdging, wat had de liefde dan nog voor zin?

Toen ze thuiskwam, zaten Nick en Floor op het bankje in de voortuin. Hij rookte een sigaret, terwijl hij al twintig jaar geleden was gestopt. Achter de gesloten gordijnen lichtte de tv flikkerend op.

'Hé.' Floor stond op, keek haar aan en wierp toen een donkere blik op Nick.

'Nina.' Nick stond ook op. Hij zag eruit als een kleine jongen die door het hele schoolplein was uitgejouwd – hij had Floor dus wél gebeld, alsof hij niets had te verbergen.

'Ik eh...' Floor keek ongemakkelijk. 'Jullie hebben volgens mij heel wat te bepraten.' Ze wees op haar auto.

'Nee, Nick gaat met jou mee, Floor.' Ze sloeg haar armen over elkaar heen. 'En dat weet-ie. Ik heb hem net geappt dat hij weg moest zijn als ik thuiskwam.' Ze keek haar man aan.

'Nina, alsjeblieft.'

Ze stak haar hand op naar Nick, keek Floor aan. Maar die schudde haar hoofd. 'O nee, Nick blijft hier.' Zij liep stellig naar haar auto, stapte in, trok haar portier hard dicht.

Toen Floor haar auto startte, keerde ze zich naar Nick. 'Ik zei dat je weg moest gaan. Ga maar bij een vriend logeren of zo. Bij een van die "heren" van de sociëteit.'

'Niet doen.' Nick keek haar vernietigend aan, draaide zich om en liep het huis in.

Het liefst wilde ze hem tegenhouden, hem slaan, tegen hem schreeuwen, maar Lisanne zat nog altijd in de woonkamer en dit, twee ruziemakende, ontrouwe ouders, was wel het laatste wat zij nu kon gebruiken.

Hij beende naar de keuken, alsof hij zich niet kon voorstellen dat ze kwaad was.

Snel liep ze achter hem aan en sloot ze de tussendeur.

'Ik heb niets verkeerd gedaan, ja. Dat heb ik je net al gezegd. Iemand probeert me erin te luizen.' Hij vouwde zijn armen over elkaar en keek haar onverzettelijk aan. 'Ik ga geen sorry zeggen, omdat ik niets gedaan heb.'

'Niets gedaan? Serieus? Wat doet jouw hand dan op haar borst? En ik kan ook niet geloven dat een opengeknoopt overhemd de dresscode is op die sociëteit van jou.'

'Ongelooflijk.' Nick schudde zijn hoofd. 'Onvoorstelbaar gewoon, dat jij zoiets van mij denkt. Ik had haar vader kunnen zijn.'

'Precies ja.'

'Ken je me na al die jaren dan niet eens een heel klein beetje?' Afwachtend keek hij haar aan, overtuigd van zijn onschuld.

Ze perste haar lippen op elkaar.

'Vertel mij eens.' Hij legde zijn telefoon op het aanrecht, maar bleef haar strak aankijken. 'Als jij nou iemand wilt betrappen, hè, en je verstopt jezelf om stiekem foto's te maken... Dan wacht je toch op het moment van de daad? Of op z'n minst tot het moment dat ik mijn broek uit heb?'

Ze haalde haar schouders op, nog steeds boos. Dat klonk logisch, maar er waren zoveel verklaringen te bedenken waarom hij aangekleed was. Misschien waren ze door iemand gestoord? Of was degene die die foto's gemaakt had voortijdig betrapt? Misschien was dit wel deel van hun spel?

Allemensen, hun seksleven stond op zo'n laag pitje dat ze niet eens meer wist wat haar echtgenoot eigenlijk opwond.

'Luister.' Hij liep op haar af en legde zijn handen op haar bovenarmen. 'Het is gegaan zoals ik je heb verteld. Dat kind kwam in vol ornaat mijn kamer binnen, begon me uit te kleden en ik heb haar op mijn hoffelijkst naar buiten gebonjourd.'

'Terwijl je en passant even aan haar borst zat.'

'Ik ben een man.'

'Dat is je excuus?'

Zuchtend keek hij haar aan. Wat wilde ze nu toch van hem? Waarom koos ze zijn kant niet meteen, vertrouwde ze hem niet?

Ze sloeg haar blik neer.

Zoals de waard is...

Ze schonk een glas water in om zichzelf een moment te geven om bij te komen. Daarna draaide ze zich om en wees ze met haar hoofd richting de deur naar de woonkamer. 'Geen woord, hè.'

'Alsjeblieft niet. Lisanne en Ruben houden we hierbuiten.' Hij liep naar het aanrecht, pakte de fles wijn van gisteren en schonk twee glazen in. 'Ik denk dat dit passender is.' Hij gaf haar het glas en keek haar recht in de ogen. 'Geloof je me?'

Ik ben degene die hier staat te liegen, Nick.

'Nou?'

Ze nam het glas aan en knikte.

Nicks ademhaling verried dat hij niet sliep.

Moet ik hem vertellen over Søren, vroeg ze zich af. Moest ze gewoon zeggen: luister, jij hebt gedoe met een meisje, ik had dat met een jongen. Het is over, daarom vertel ik het je nu. Ik had hem nodig om weer te worden wie ik ben, that's it. Ik hou van jou. Alleen van jou.

Een beter moment om schoon schip te maken, kwam er misschien wel nooit meer; op een vreemde manier voelde ze zich opeens met Nick verbonden. Hij was eerlijk tegen haar geweest; hij had niet gewacht met het laten zien van die foto's; hij had een probleem en was meteen naar huis gekomen.

Nu moest zij hetzelfde doen.

Alleen... Søren wist nog niet dat het over was.

Alsof hij haar gedachten van verre kon lezen, lichtte haar mobieltje op. Onder haar dekbed tikte ze het schermpje aan.

Hal-lo-ho? Leef je nog? Wanneer zie ik je?

Nicks lichaamswarmte maakte het bloedheet onder de deken, maar toch staarde ze net zolang naar de letters totdat het schermlicht dimde. Ze tikte haar telefoon meteen weer aan, zich afvragend wat ze moest doen.

Eén ding wist ze zeker: voordat ze het aan Nick vertelde, moest dat wat het dan ook was geweest met Søren over zijn. Voor beide partijen.

Lieve Søren, tikte ze. *Ik heb je eerder geprobeerd te appen, maar ik denk dat mijn berichtje aan jou nooit is aangekomen. Het spijt me. Alhoewel ik van iedere seconde met jou heb genoten, kunnen wij elkaar niet meer ontmoeten. Ik kan het niet langer rechtvaardigen voor mezelf. Ik had het je graag persoonlijk willen vertellen, maar het is even crisis hier in huis. Misschien tot ooit. x N.*

Het was nog steeds via de app, maar deze woorden waren tenminste liefdevoller dan die van vijf dagen geleden.

Ze legde haar telefoon weer op haar nachtkastje en draaide zich op haar zij. Misschien moesten zij en Nick in relatietherapie?

'Je bent wakker, hè,' zei Nick.

Ze humde en hij knipte het lampje op zijn nachtkastje aan. Met een wakkere blik keek hij haar aan. 'Weet je wat ik me nou steeds afvraag? Wat het doel is van degene die mij die foto's heeft gestuurd. Wat wil diegene hiermee bereiken?'

'Ik weet het niet.'

'Ik kan het gewoon niet geloven dat mij dit overkomt. Je denkt altijd dat dit soort zaken speelt bij mensen die heel veel geld hebben of heel veel politieke macht of zo, maar...' Hij sloeg zijn blik neer. 'Ik ga paracetamol pakken, ik ben er letterlijk ziek van, weet je dat?'

Ze trok het dekbed tot haar schouders op. Wat had ze wel niet gedacht? Natuurlijk was dit niet het moment om het Nick te vertellen. Misschien dat als deze storm straks was gaan liggen, dat ze dan heel voorzichtig, beetje bij beetje...

Kreunend richtte Nick zich op.

'Moet ik die pillen even voor je pakken?'

'Neuh... Hoe laat is het eigenlijk?'

Ze keek op haar telefoon.

Een nieuwe melding van Søren, zag ze. Zijn woorden waren onder de meldingsbox verborgen. 'Tien over één.'

'Holy fuck.'

Hij liep de slaapkamer uit en zij klikte het berichtje open.

Graag gedaan.

Graag gedaan? Ze fronste haar wenkbrauwen. Wat bedoelde hij daarmee? Hun tijd samen? Dat hij er geen ophef over maakte dat zij het uitmaakte? Of was dit een cynische sneer en voelde hij zich gebruikt?

Nick kwam terug met een glas water en twee witte pilletjes in zijn mond. Terwijl hij ze slikte, verwijderde zij Sørens berichtje.

'Ik hoop dat ze zichzelf nooit meer in de spiegel aan kan kijken, dat zieke wijf dat me met opzet heeft verleid.' Kwaad knipte hij het licht weer uit.

Ze draaide zich met haar rug naar hem toe en vroeg zich af waarom Nicks laatste woord in haar hoofd bleef resoneren.

Verleid... Verleid...

Nee.

Dat kon niet waar zijn...

Ze zag zichzelf zo weer liggen, in Sørens bed, een glas wijn, pizza. *'Soms hoop ik dat Nick vreemdgaat. Zo stom, maar dat zou het allemaal zoveel makkelijker maken. Als hij nou met een of ander veel te jong, veel te mooi, blond ding...'*

'Zal ik hem maar verleiden, dan?'

'Hè, hè, eindelijk snap je me.'

'Ik regel het voor je...'

Een veel te jong, veel te mooi, blond ding.

Nee, dat was niet waar!

Ze had het alleen maar grappig bedoeld. Zowel Nick als Søren was overtuigd hetero. Ze had het al voor zich gezien; dat Søren avances maakte richting Nick.

Komisch.

Maar als Søren haar woorden letterlijk had genomen...

Ze draaide zich op haar rug.

Nee. Onzin. Dit waren gewoon de nachtgedachten die met haar verbeelding aan de haal gingen.

Nick ademde in en uit, in en uit.
Dit was het moment om hem alles te vertellen.
Maar hoe?
En wat? Dat wat ze dacht, kon toch onmogelijk waar zijn?

Ze werd wakker van gestommel op de overloop. Het matras naast haar was koud en verlaten, door de gordijnen viel gefilterd licht de slaapkamer in.

Nick met dat meisje.

Iemand luist me erin.

Søren.

Meteen waren de herinneringen aan gisteravond terug.

Ze was blijkbaar toch in slaap gevallen. Hoelang? Eén uur? Twee?

Met een bonzend hoofd checkte ze haar mobieltje. Floor had haar een berichtje gestuurd. *Het lijkt me beter dat we even wat afstand van elkaar nemen.*

Niet meer, niet minder.

Dit kon Floor toch niet menen? Ging ze Nick laten vallen? Nu?!

Woedend opende ze haar chat met Søren. Hij had haar niets gestuurd. De laatste keer dat hij online was geweest, was kwart over vier. Zelf had ze voor het laatst om tien voor vier op haar telefoon gekeken.

Had hij op haar reactie zitten wachten?

Fuck, wat een puinhoop!

Ze zuchtte, overwoog *lekkere vriendin ben jij* terug te appen naar Floor, maar bedacht zich. Ze moest haar face to face spreken. Haar in haar gezicht zeggen dat dit geen stijl was en haar er vervolgens van overtuigen dat Nick helemaal nergens schuldig aan was. Zeggen dat het heel wat zei dat zij hem niet geloofde.

Níét zeggen dat zijzelf hem in eerste instantie ook niet had geloofd...

Ze liep de gang op en zag de deur van Lisannes kamer openstaan. Zij moest het geluid dat haar gewekt had, hebben gemaakt.

De logeerkamer was een grote ravage. Op het nachtkastje stond een bord met een sinaasappelschil erop, de grond lag bezaaid met kleren, de plantjes op de vensterbank waren opzijgeschoven om ruimte te maken voor een uitgebreide collectie make-up en parfum.

Ze vond Lisanne beneden op de bank met een boterham met kaas in haar handen. Nick stond zijn sporttas in te pakken.

'Da's de eerste keer dat jij van me hebt gewonnen met uitslapen,' grinnikte Lisanne.

Zij knikte bij wijze van goedemorgen.

'Ga je trainen?'

'Squashen.' Er zaten wallen onder Nicks ogen, zijn mond was vertrokken tot een streep. Had hij gehuild, vannacht?

Hij huilde nooit.

Nors mikte hij zijn bidon in zijn tas.

Straks zou ze met hem praten, maar eerst moest hij de deur uit. Ze had tijd nodig.

'En jij, Lisan?'

'Het is weekend, mam. Chill.'

Nick liep naar de gang en zij ging achter hem aan. Bij de voordeur pakte ze zacht zijn arm vast. 'Ik heb een niet zo leuke app van Floor gehad.'

'Ik weet het, ja.'

'Voor wat het waard is: ik geloof je. Ik sta achter je. Voor de volle honderd procent.'

Hij knikte, maar haar woorden leken niet bij hem aan te komen. Hij wendde zijn woeste blik af en liep naar de auto. Kwaad, terwijl hij niet wist op wie hij dat moest zijn.

'Sla het eruit, hè!' Ze lachte zo stoer mogelijk en sloot de deur achter hem.

Daarna liep ze terug de woonkamer in en ging tegenover Lisanne zitten. 'Zo.' Ze sloeg haar handen in elkaar. 'Het is nu precies twee weken dat je weer thuis woont en ik vroeg me af wat je plannen precies zijn.'

Lisanne haalde haar schouders op.

'Kan dat ding alsjeblieft één tel weg? Ik wil graag even serieus met je praten.'

Lisanne liet haar telefoon zakken en trok een vermoeide blik. 'Zit ik je in de weg soms?'

Ze schudde haar hoofd. 'Absoluut niet. Je mag hier blijven zolang je wilt. Ik wil alleen weten wat je plannen zijn, zodat we aan de hand daarvan afspraken kunnen maken.'

'Afspraken?'

'Ja. Als jij hier langer wilt blijven wonen, wordt het tijd dat jij ook iets in het huishouden gaat doen. We zijn met drie volwassenen hier. Bij jezelf thuis stofzuig, kook en was je ook.'

'Gaat het daarom?'

'De beste manier om over je liefdesverdriet heen te komen is afleiding zoeken. Doorgaan met je leven.'

'En hoe weet jij dat?'

'Gewoon, dat weet ik...'

'Ja, ik vraag het maar, want jij hebt namelijk nooit liefdesverdriet gehad. Jij bent met de eerste de beste jongen die je tegenkwam getrouwd.'

Ze stond op en probeerde haar houding zo laconiek mogelijk te houden. 'Nou, ik ga me aankleden en dan ga ik ook sporten. Ruim jij straks de ontbijtboel even op?'

Het werd tijd dat ze de regie terug in handen nam.

Toen ze in de slaapkamer de kledingkast opende, zag ze dat Nick zijn sportschoenen vergeten was.

Lang en nadrukkelijk drukte ze op de intercom. Zonder iets te zeggen opende Søren de deur. Toen ze de lift uit kwam, stond hij tegen zijn deurpost aan op haar te wachten; zijn haren nat, een handdoek om zijn heupen gewikkeld, zijn borst vochtig en onbehaard.

'Mevrouw Metsaers.' Grijnzend stak hij zijn armen naar haar uit. 'Daar bent u dan.'

'Niet doen.' Vinnig stapte ze langs hem heen naar binnen. 'We moeten praten.'

'Waarover?'

Ze had geen zin in zijn gespeelde onschuld.

'O, je bedoelt je berichtje van vannacht?' Hij keek haar provocerend aan. 'Dus je wilt me niet meer zien?'

'Ik meen het, Søren. Het is over tussen ons. Ik blijf bij Nick, bij wie ik hoor.'

'En daarom ben je hier.' Søren begon kalm en ietwat triomfantelijk zijn handdoek los te knopen.

'Niet doen.' Ze liep naar de designstoel, die naast de akoestische gitaar bij het raam stond, verplaatste de kleren die op de zitting lagen naar het bed en ging zo weinig uitnodigend mogelijk zitten, met haar benen over elkaar geslagen en haar handen om haar knie.

Verdorie, hoe had ze ooit kunnen denken dat dit een echt leven kon zijn? Alles hier was nep: wat zij zogenaamd met elkaar hadden, hoe zij zich gedroeg wanneer ze hier was, zelfs dit appartement was niet van hem.

Scherp keek ze hem aan. 'Wat bedoelde je met: graag gedaan?'

'Gewoon.' Hij haalde zijn schouders op. 'Dat ik het graag heb gedaan.'

'Wat?'

Zijn mond vertrok tot een streep.

'Mij?'

'Ha, jou ook, ja.' Zijn lach klonk schor. Rustig draaide hij zich om en liep hij naar het keukenblok. 'Koffie, schát?'

Hij speelde met haar.

Toen hij het apparaat bediende, bewogen de spieren in zijn rug. Zijn rug die zij zo vaak gestreeld had. Elk plekje ervan had ze gekust, ze had haar vingertoppen erin gedrukt, haar benen eromheen geslagen.

Ongelooflijk.

Hij haalde zijn hand door zijn haren en liep met een klein kopje dampende espresso naar haar toe. Hij kwam vlak bij haar staan, zijn ogen waren van bovenaf op haar gericht.

'Nou?'

'Wat denk je dat ik ermee bedoel?'

'Ik weet het niet, daarom ben ik hier.'

Hij schudde zijn hoofd. 'Bullshit, Nina. Het is precies andersom; je hebt een vermoeden en daarom ben je hier.'

Ze slikte de brok in haar keel weg. Was dit een bekentenis? 'En?' vroeg ze. 'Klopt dat? Dat vermoeden van mij?'

'Ik weet niet wat jouw vermoeden is.'

'Kom op Søren, dit is geen spelletje.'

'Klopt. Daarom ben ik ook zo serieus.'

'Wat weet jij van foto's?'

Weer die grijns. Die blik van hem. Een mengeling tussen uitdagen en de drang lief gevonden te worden.

'Nou?'

'Ik weet helemaal niets van foto's.' Hij zette zijn espressokopje op de vensterbank en klopte op de plek naast hem. 'Ik weet alleen iets van wensen en van vrijheid en... En van de liefde – weet je dat ik voor de liefde letterlijk een keer naar de andere kant van de wereld ben gereisd? Thailand. Koh Phi Phi. Zo'n romantische plek, misschien moeten wij samen een keer...'

'Voor de liefde? Man, waar heb je het over? Voor de seks was dit. Alleen voor de seks.'

'Alsof ik met de vrouwen met wie ik alleen seks heb, dit soort gesprekken voer.'

'Maar dit was niet de afspraak.'

'Fuck de afspraak. Lieverd...' Hij liep naar haar toe en legde zijn handen op haar heupen. 'Alsjeblieft. Dit was toch niet alleen voor de seks? Dat kun je met de beste wil van de wereld toch niet volhouden? Ik zie het toch, hoe je naar me kijkt? Ik hoor het toch in je stem en je zei het toch: ik blijf voor altijd hier, bij jou? Alleen voor de seks? Dat was gewoon iets wat je nodig had om hier te kunnen zijn. Een excuus. Maar niet de waarheid. Níét de waarheid, Nina Metsaers.'

'Onzin.' Ze wilde dat hij stopte met praten, met haar bewerken. Ze wilde wat hij zei niet horen. Ze sloeg zijn handen weg.

In een vloeiende beweging pakte hij haar ruw bij haar polsen. Hij bracht zijn gezicht dicht bij het hare. 'Jij slaat mij niet weg.' Zijn stem was opeens diep en donker, zijn ogen stonden dreigend als onweer dat aan komt waaien over zee.

'Jij hebt die foto's gemaakt,' fluisterde ze.

'Dat wilde je toch?'

Ze schudde haar hoofd, voelde zijn adem op haar lippen. 'Je weet dat dat niet waar is.'

'En jij weet dat dát niet waar is; jij zegt het een en wilt het ander.'

Hoofdschuddend keek ze hem aan. Zonde dat het zo tussen hen moest eindigen. Hij had zo'n prachtige herinnering kunnen zijn en nu maakte hij alles stuk, was hun relatie met terugwerkende kracht niets meer waard. 'Ik heb hier niet om gevraagd, dat weet je. Ik bedoelde dat...'

'Ga naar huis, Nina. Ga naar je Nick, praat met hem, maak ruzie, leg het bij, doe wat je moet doen. Maar je weet dat het over is tussen jullie. Dit is wat je wilde. Wat je wílt. Misschien duurt het een week, misschien een maand, misschien een jaar, maar daarna kun je met opgeheven hoofd verder. Los van dat wat jij "je echte leven" noemt.' Hij haakte zijn vingers in de lucht. 'Je wilt vrij zijn, toch?' Hij liet een betekenisvolle stilte vallen. 'Dus... graag gedaan.'

'Wie is dat meisje?'

'Maakt het uit?'

'Ja.'

'Gewoon, een veel te jong, veel te blond, inwisselbaar surfsletje.'

Shit.

'Hoe oud is ze?'

Hij haalde zijn schouders op.

'Het is over, Søren.' Langzaam liep ze achteruit. 'Het is echt helemaal over.'

Hij geloofde haar niet, dat zag ze aan zijn blik. Er speelde een lach rond zijn lippen. Hij dacht zeker dat dit een of andere bizarre vorm van voorspel was, maar de waarheid kon niet verder verwijderd zijn van zijn aanname.

Dit was de laatste keer dat ze hier was, de laatste keer dat ze hem zag.

'Ga je?' Het dedain droop van zijn woorden af.

Ze legde haar hand op de deurklink. 'Wat er ook gebeurt tussen mij en Nick, er is geen ons. Dat je dat weet. Hoeveel vrijheid ik ook krijg – ongewild, dankzij jou –, het is over tussen jou en mij.'

'*Sure*.' Hij lachte nu breeduit en nam haar rustig van top tot teen in zich op.

Kou kroop over haar huid. Voor het eerst sinds ze hem kende, viel zijn duistere kant haar op.

'Ik meen het. Het ga je goed.' Ze trok de deur achter zich dicht en liep met snelle passen de trappen van het complex af.

Buiten motregende het. Met haar hoofd voorovergebogen liep ze naar haar auto.

'Hé!'

Ze keek op. Søren hing met ontbloot bovenlichaam uit het raam boven haar. Met een haast maniakale blik keek hij haar aan. Zijn litteken maakte hem vanuit deze positie eerder creepy dan sexy.

'Niemand, helemaal niemand, dumpt mij. Hoor je dat?'

Hoe kon ze ooit nog naar huis?

Ze zette haar auto stil op een anoniem parkeerterrein achter de benzinepomp waar ze vaak tankte en verborg haar hoofd in haar handen.

Wat had ze gedaan? Hoe kon ze deze schaamte ooit nog te boven komen?

Keer op keer op keer was ze met Rubens vriend naar bed gegaan, en nu waren er, door haar schuld, compromitterende foto's gemaakt van Nick met een veel te jong, veel te blond, inwisselbaar surfmeisje. *Surfsletje.*

Als die foto's ooit uitlekten, kon Nick zijn carrière wel vaarwel zeggen.

Hoe had ze zich zo kunnen laten leiden door haar lust? Door haar egocentrisme? Ze had aan niemand anders dan zichzelf gedacht en al die tijd had ze dat voor zichzelf goedgepraat.

Het stelt niets voor, het is alleen maar voor de seks. Ik kan hiermee stoppen wanneer ik wil.

Het is niet zo erg, want tussen Nick en mij is er toch geen spanning meer.

Als Nick meer zijn best voor me had gedaan en we een normaal seksleven hadden gehad, dan was deze affaire nooit nodig geweest.

Het was het niet waard geweest. Nee. Vooral niet nu ze zag wie Søren werkelijk was. Onvoorstelbaar. Ze had veel mensen boos gezien, maar het waas dat hij voor zijn ogen had gekregen, had haar werkelijk geraakt.

Was die kant er altijd geweest en had zij hem in haar verliefdheid niet gezien, of had hij hem altijd goed voor haar verborgen gehouden en kwam zijn werkelijke aard pas naar boven wanneer hij zijn zin niet kreeg?

Ze draaide haar achteruitkijkspiegeltje naar zich toe en veegde haar uitgelopen mascara weg.

Door Sørens ogen had ze zich een week geleden nog bloedmooi en vol kracht gevoeld. Nu voelde ze zich gemeen, oud en mislukt.

Gemeen, oud, mislukt.

Maar haar gesprekje met Lisanne had zijn vruchten afgeworpen. Zij had de keuken opgeruimd en was haar slaapkamer nu aan het uitmesten. Ed Sheeran knalde uit de speakers, de stofzuiger stond in de gang.

'Is papa al thuis?' schreeuwde ze over de muziek heen.

Lisanne schudde van niet en gooide een paar sokken op de berg wasgoed in de deuropening.

'Fijn dat je dit doet,' zei ze.

'Wat?'

'Fijn dat je dit doet.' Ze stak haar duim op.

Lisanne kopieerde het gebaar en gooide een gebruikte tissue bij het vuilnis.

Beneden appte ze Nick. 'Kom je thuis lunchen?' Hij was niet online en om de tijd te doden liet ze een emmer sop vollopen. Beter productief piekeren, dan rondjes door de woonkamer sjokken als een tijger in een kooi.

Alsof ze via haar huis de smet op haar ziel kon wegboenen, gaf ze de badkamer, beide wc's en de bijkeuken een grote beurt.

Pas toen ze haar vierde emmer vuil water wegspoelde, realiseerde ze zich dat ze nog helemaal geen antwoord op haar lunchvraag had gekregen. Het liep inmiddels tegen tweeën. *Waar ben je?* appte ze Nick. Op zich was het niet vreemd dat hij 's zaterdags niet thuis was, maar meestal vertelde hij wel wat voor plannen hij had.

Hij kwam niet online.

Ze belde Floor, maar die nam niet op.

Tegen haar voornemen in opende ze de lege chat met Søren. Ook hij had uren geleden voor het laatst WhatsApp geopend. Ze vergrootte zijn profielfoto en bestudeerde zijn gezicht met een nieuwe blik. Nu ze wist hoe hij kon zijn, viel de hardheid haar op. Zijn lach en jeugdigheid verborgen het goed, maar het was er, en hoe langer ze naar de foto keek, hoe minder echt de lach in zijn ogen leek te zijn.

Al die maanden heb je gezien wat je hebt willen zien, zusje. Je negeerde wat eronder lag.

Nick kwam pas laat na het eten thuis.

Zij stond meteen op, veegde haar klamme handen af aan haar broek en volgde hem naar de keuken. 'Waar was je? Ik maakte me ongerust. Heb je mijn appjes niet gekregen? Ik weet dat je niet op de squashbaan was.'

'Ik heb nagedacht.' Hij wees op de pannen die op het fornuis stonden. 'Is dat voor mij?'

'Ja. Heb je nog honger?' Blij dat ze tenminste íéts kon doen, zette ze het gas aan. Daarna gaf ze hem een kus op de mond. Het voelde ongemakkelijk. Gespeeld. Ze deed te veel haar best. Maar hem leek dat niet op te vallen.

Hij schonk wijn in en nam demonstratief een slok. 'Er is maar één oplossing.' Zijn stem was onwrikbaar, zoals wanneer hij in de raad een lastig standpunt moest verdedigen. 'Ik moet dat meisje vinden. Dan kan zij vertellen wat er werkelijk is gebeurd. Ik ben vanmiddag bij Marc geweest en...'

'Bij Marc?'

'Ja, natuurlijk. Als íémand me hierin kan adviseren, is hij het. Ik heb hem die foto's laten zien en gezegd dat...'

Ze keek hem aan en slikte moeilijk. Marc Voorburgh, burgemeester, kon Nicks carrière maken of breken. Hij had hem naar voren geschoven als nieuwe wethouder. Hij kon hem ook zomaar weer naar achteren trekken.

'... want deze jongen laat zich niet chanteren. Ik speel gewoon open kaart tegen iedereen, zodat er niets overblijft om mij mee af te persen. Wat is er? Wat kijk je moeilijk?'

Ze haalde haar schouders op.

Vastberaden nam hij een slok. 'Er is fucking niets gebeurd, dit is de allerbeste strategie.'

Ze perste haar lippen op elkaar; niet in staat ook maar iets te zeggen over wat ze wist.

'Ze hebben trouwens nog niets laten weten, die gasten die me die foto's hebben gestuurd. Echt, ik zweer het je, als ik hen ooit in mijn handen krijg...'

Dit is allemaal mijn schuld en ik kan er niets meer aan veranderen, dacht ze. 'Wat zei Marc?'

'Ook dat ik dat meisje moet zien te vinden.'

'Kan hij helpen?'

'Je bent een huichelaar, zusje.' Bart leunde tegen de koelkast aan.

'Hij gaat het in ieder geval proberen.' Nick wreef vermoeid over zijn gezicht. 'Hij kan uiteraard niet zomaar aan Jan en alleman vragen of die een prostituee heeft geboekt – dat gaan mensen echt niet aan de burgemeester vertellen –, maar hij heeft beloofd zijn assistent erop te zetten; een discrete vent, zo iemand die je meteen vertrouwt. Ik heb zelf ook al wat belletjes gepleegd, maar dat heeft nog niets opgeleverd.'

'Je hebt aan allerlei mensen verteld wat er is gebeurd?'

Nick schudde zijn hoofd. 'Nee, ik ben niet gek. Over de foto's heb ik alleen Marc verteld. De rest heb ik enkel gevraagd of zij een meisje hebben gezien.'

Ze slikte. 'Maar zijn assistent weet het nu dus ook? Je moet oppassen, Nick. Ik denk dat je er beter verder je mond over kunt houden. Wie weet waait het gewoon over, komt degene die je die foto's gestuurd heeft er nooit op terug.'

'Onwaarschijnlijk.'

'Maar wel mogelijk.'

Hij trok een grimas. Het leek wel alsof hij in vierentwintig uur tijd dertig jaar ouder was geworden.

Wat kon ze doen?

'Ik hou van je,' zei ze. Hoelang was het geleden dat ze dat voor het laatst tegen hem had gezegd en het ook nog had gemeend?

Hij nam nog een slok van zijn wijn. 'Ik ook van jou.' Van hem waren het geroutineerde woorden, die hij heus wel meende, maar die niets meer te maken hadden met de betekenis die ze ooit hadden gehad.

Wat heb je gedaan?!

Iedere keer als ik mijn ogen sluit zie ik het voor me. Hoe je daar zit. Hoe je lacht. Hoe je alles uitdenkt. Bewust. Je doet alles bewust; vindt waarschijnlijk zelfs dat het je goed recht is.

Dat je dit mag. Dat je dit móét!

Maar... Hoe kon je? Hoe kon je dit doen?

Hoe kon je mij – nee: ons – zo ontzettend verraden?

Ik ben zo ontzettend verdrietig, maar mijn tranen willen niet komen. Het is net alsof mijn gevoel op slot zit. En ik kan niet ophouden met denken: dit is mijn straf, karma, de bedrieger wordt bedrogen.

Maar ik snap gewoon niet waarom.

Wat heb ik gemist? Wat heb ik niet gezien, al die keren dat we samen waren?

Wie ben je eigenlijk?

Alleen een fantasie? Na al die tijd?

Ik dacht je écht te kennen.

Ze zeggen dat dat is waarom een huwelijk zo moeilijk is. Je ziet elkaar elke dag in het echt. In een huwelijk is een fantasie niet vol te houden.

Ik ben gek, dat ik daarnaar heb verlangd met jou.

Gek!

En toch...

Ik kan toch niet zomaar, van het ene op het andere moment, stoppen met van je houden? Je zit in me. Dit hele dagboek staat vol met brieven aan jou. Brieven die ik nooit zal sturen. Brieven die geen mens zal lezen.

Wat heb je nou toch gedaan?

Waarom heb je ons kapotgemaakt?

Nu kunnen we nooit meer, op geen enkele manier, nog met elkaar verder.

Het dekbed was opgeschud en het raam was dicht, maar toch lukte het haar niet om warm te worden. Ze was alleen. Ze had haar telefoon in haar handen, internet aan. Ze keek naar de foto's die van Søren online stonden. Ze had ze al zo vaak gezien, maar nu bekeek ze ze met andere ogen.

Wie waren zijn vrienden eigenlijk? Wie zijn familie?

Ze bekeek alle foto's van de surfschool. Zonovergoten lessen, vrolijke strandbarbecues en dronken feesten. Geen van de gezichten herkende ze. Ze las het blog van ene Roy, die een foto van Søren had gemaakt – ook dat leverde geen aanknopingspunten op. Ze probeerde iets te vinden over Søren in combinatie met stalken. Maar het leidde allemaal nergens toe.

Er verscheen een melding boven in haar scherm. Een WhatsAppbericht.

Søren.

Bel me.

Met een gevoel van spijt keek ze naar de tekst. Hij had haar vaker dit soort berichten gestuurd. *Bel me. Kom hiernaartoe. App me terug.* Nooit had ze erbij stilgestaan dat hij die teksten werkelijk gebiedend bedoelde.

Ze had zijn bevelen altijd beschouwd als cynische noodkreten. Alsof hij haar nodig had. Ha! Alsof een man die zo vrij was, die zo in de natuur thuishoorde, haar nodig kon hebben.

Ze had het jongensachtig gevonden. Maar nu ze wist hoe hij kon zijn, stoorde ze zich aan de onvriendelijke toon.

Ze deletete het berichtje en zette haar telefoon op stil.

Zodra ze haar toestel op het nachtkastje neerlegde, begon het echter opgewonden te trillen.

Søren weer. Nu belde hij. Aarzelend pakte ze haar mobieltje. Wat moest ze doen? Hem wegdrukken, of wachten tot het bellen ophield?

Op de verdieping beneden haar hoorde ze gestommel. De geluiden van een huwelijk. Nick, die de wc doortrok, die eerst zijn keel schraapte en daarna hard zijn tandpasta uitspoog.

Godzijdank hield het trillen op, maar nog voordat het scherm doofde, kwam er alweer een appje binnen.

Ik meen het, bel me. Het is een noodgeval.

Een noodgeval?

Wat is er dan? tikte ze terug. Ze wist dat ze het niet moest doen – in een noodsituatie kon hij heus een ander bellen – maar stel nou dat er echt iets was. Dit – bellen en twee apps achter elkaar sturen – had hij nog nooit eerder gedaan en hij was haar te dierbaar om zomaar in de steek te laten. Wat voor stunt hij ook had uitgehaald.

Zodra de vinkjes achter haar berichtje blauw werden, belde hij.

In de badkamer draaide Nick de kraan dicht. Ze drukte het gesprek weg.

Het kan niet over de app. Bel me zsm!

Met langzame, zware stappen kwam haar echtgenoot de trap op. Zonder een woord te zeggen schoof hij naast haar in bed. Met het scherm van haar mobiel tegen haar borst gedrukt bleef ze roerloos liggen.

Wat voor noodgeval kon er zijn? Was hij misschien ziek? Of erger nog, in levensgevaar? Nee, dan zou hij 112 bellen, niet haar.

Wilde hij soms nog iets zeggen over de foto's die hij had gemaakt? Ging het over Nick?

Ze kwam overeind. 'Nog even plassen...'

'Sorry dat ik je wakker heb gemaakt.'

'Geeft niet, schat.'

Ze liet het licht van de badkamer uit en deed de deur geruisloos dicht. In de spiegel zag ze zichzelf op de wc zitten, een blauw verlicht gezicht met holle ogen in het donker. Al na één keer overgaan nam Søren op. 'Eindelijk.' Hij klonk paniekerig.

'Wat is er?' fluisterde ze.

'Ik moet sorry zeggen.' Hij liet een korte pauze vallen. 'Ik heb me vanmiddag laten gaan en...'

'Je schreef dat er een noodgeval was.'

Ze hoorde Lisanne beneden de televisie uitzetten. Shit.

'Klopt. Ik heb de hele dag aan ons gedacht. Aan wat er is gebeurd. Nina, je móét morgen langskomen. Vanavond mag ook nog, maar ik denk niet dat jij nu kunt...'

'Er is dus geen noodgeval?'

Ze stond op en ging tegen de wasmachine aan staan, haar gezicht van de spiegel afgekeerd. Haar oren waren gespitst. Als Lisanne nu naar boven kwam, dan was ze er gloeiend bij. *Met wie sta jij in het donker in de badkamer te bellen, mam?*

'Jawel... Het is mijn hart.'

'Wat is er dan met je hart?'

'Dat heb je gebroken, Nien.'

'Jezus, Søren.' Dezelfde woede die ze die middag gevoeld had, raasde ogenblikkelijk door haar lichaam; de frustratie van niet gehoord worden, van niets kunnen doen tegen onredelijkheid. Ja, hij had een verhaal, iets verschrikkelijks meegemaakt, maar nee, dat was geen reden om zo te doen. 'Ik lag al in bed, man. Ik dacht dat er weet ik veel wat aan de hand was en jij belt me gewoon om te... Verdorie Søren, het is over tussen ons.'

Hij zweeg.

'Het spijt me.'

'Als het je speet, dan had je het niet uitgemaakt.'

'Nee, maar...'

'Nina, wat wij hadden, zijn we samen begonnen. Sámen. Het is toch niet eerlijk om er eenzijdig mee te kappen? Heb ik er dan niets, helemaal niets over te zeggen?'

'Søren, ik ga ophangen. Nick ligt al in bed en...'

Hoorde ze Lisanne nu naar boven komen?

'Nee. Nee, niet ophangen. We moeten hierover praten. Als twee volwassen mensen. Geef toe, dat ben je me verplicht. Wanneer zien we elkaar? Kun je nu komen?'

'Søren, ik ga niet naar je toe komen. Het is klaar.'

'Morgen dan? Of maandag?'

'Nee.'

'Nee? Zomaar nee?' De hardheid van die middag was weer in zijn stem te horen.

'Nogmaals, het spijt me.'

'Het wordt hoog tijd dat jij een keer eerlijk tegen me gaat zijn, Nina. Het...'

Ze drukte het gesprek weg. Lisanne opende de tussendeur.

Met bibberende handen trok ze de wc door en verborg ze haar mobiel in de zak van haar badjas.

'Hé schat,' zei ze op de gang.

Lisanne had het licht op haar kamer aangedaan. Ze plofte neer op haar bed. Ze zag eruit alsof ze te veel had gedronken.

'Gaat het wel?'

'Hmm.' Haar dochter liet zich achterovervallen en sloot haar ogen. 'Ik mis hem, gewoon. Belachelijk.'

'Ik weet het, schat.' Ze liep de slaapkamer in en aaide Lisanne zacht over haar haren. 'Maar hier ben je veilig. Ga maar lekker slapen, meid. Zal ik het licht uitdoen?'

Er kwam geen antwoord meer. In haar zak trilde haar mobieltje.

Bel me NU.

'Goed hoor jongen.' Haar moeder streek goedkeurend de vouwen uit het huis-aan-huisblad waar het artikel over Nick in stond. 'Dat heb je weer mooi voor elkaar.'

Nick knikte, lachte en vertelde over de details van zijn campagne. Hij zag er enthousiast en betrokken uit. Van zijn vrees dat er foto's van hem met dat meisje konden uitlekken, was nauwelijks iets te zien. Alleen zijn hand trilde licht, maar dat zou haar ouders niet opvallen. Hij was een echte politicus.

Zijzelf stond voor de zoveelste keer die ochtend op. Weer een glas water, weer een keer naar de wc.

'Meisje, wat is er toch?' vroeg haar moeder toen ze samen in de keuken stonden. 'Gaat het wel goed met je?'

'Jawel hoor. Gewoon. Lekker druk.'

'Ja?'

Ze probeerde zo geloofwaardig mogelijk te knikken.

'Je ziet er wat zorgelijk uit, als ik het zeggen mag.'

Ze haalde haar schouders op. *Het is niets. Gewoon, dat ik een affaire heb, mijn minnaar me niet me rust laat, hij foto's van Nick heeft gemaakt en Floor ons als een baksteen laat vallen.*

'Het is vast niet makkelijk dat Lisanne weer thuis woont?'

'Ze is mijn dochter. Het zou niet moeilijk moeten zijn, toch?'

'Je bent een moeder, geen heilige.'

Haar moeder had geen idee hoe fijn het was om dat te horen, hoe graag ze zich in haar armen wilde verstoppen, haar alles wilde vertellen, klein zijn, al was het maar voor even.

Maar hoe kon ze dat doen?

Haar moeder had een kind verloren. Door háár.

Haar moeder had ondanks alles – of misschien wel dankzij alles – iedereen bij elkaar willen houden en zij had ondertussen moedwillig alles op het spel gezet. Het vriendje van Ruben, godsamme.

Voor de vorm nam ze een slok water uit het glas dat ze voor zichzelf had ingeschonken. 'Maak je nu maar geen zorgen over mij, mam. Een keer lekker naar de sauna en ik ben er weer bovenop... Even naar de wc.'

Ze wilde weglopen, maar haar moeder legde haar hand op haar bovenarm en keek haar samenzweerderig aan. 'Neem er een lekkere massage bij.' Ze gaf haar een knipoog. 'Niet te streng zijn voor jezelf, hoor meis.'

Op de wc haalde ze haar telefoon van vliegtuigstand af. Bericht na bericht verscheen in het scherm. Telkens dezelfde boodschap. *Bel me*. Terreur.

In de woonkamer moesten haar ouders, Nick en Lisanne ergens om lachen.

Bzzz. Søren.

Ik zie dat je online bent. Bel me. Alsjeblieft. NU.

'Ja, ik wéét dat het *massive* wordt, als dit uitlekt... Nee, want... Ja, maar als je me even laat uitpraten, dan...'

Ze bleef als aan de grond genageld op de overloop staan. Nicks stem klonk gedempt, maar alsnog was hij goed te verstaan.

'Maar er ís niéts gebeurd...'

Verdorie, wat dacht hij wel niet? Wat als niet zij, maar Lisanne hier had gestaan? Waarom had hij de slaapkamerdeur niet achter zich dichtgedaan?

'Ik kan er niets aan doen dat...'

En wie had hij in hemelsnaam aan de telefoon?

Ze vloog de trap op, stoof de slaapkamer in, maakte een woest gebaar naar Nicks mobiel. 'Wie heb je aan de telefoon?' Ze fluisterde, maar de urgentie van haar woorden kon hem onmogelijk ontgaan.

Hij maakte een geagiteerd, wegwuivend gebaar, stond op en liep naar het raam. 'Maar ik moet toch íéts doen en als Van den Bosch niets weet, dan...'

'Is dat Marc?'

Hij knikte.

Verdorie. Zo groef hij zijn eigen graf alleen maar dieper. Waarom moest hij van alle mensen juist de burgemeester erbij betrekken?

Ze schudde haar hoofd. 'Ophangen... Waar ben je mee bezig, man?'

‘Marc, heb je heel even één klein momentje?’ Nick drukte zijn mobieltje tegen zijn borst en keek haar haast vijandig aan. ‘Ja, wat?’

‘Wat zit je Marc hier nu toch bij te betrekken? Je moet dit niet groter maken dan het is.’

‘Niet groter maken dan het is? Jij hebt echt geen idee hè, wat die foto’s betekenen. Als deze ooit lekken dan kan ik mijn hele carrière wel vergeten. Zowel mijn positie op school als in de politiek staat op het spel en... En alles waarvoor ik heb gevochten is zomaar weg.’

‘Klopt, ik ben niet achterlijk, Nick. Juist daarom moet je het aan zo min mogelijk mensen laten weten. Je zei het zelf al: iemand wil je erin luizen. Wacht eerst wat die man die ze gestuurd heeft precies wil. Misschien komt hij er wel nooit op terug, is dit zijn plan: dat je het zelf aan de grote klok hangt en...’

‘Serieus? Is dat wat je denkt?’ Meewarig schudde hij zijn hoofd. Hij gnuifde. ‘Ja, daar ben ik weer.’ Strak keek hij haar aan. ‘Ja.’ Het was overduidelijk een antwoord op iets wat Marc hem vroeg, maar ze kon niet horen wat de vraag was. ‘Ja, dan stuur ik ze meteen naar je op. *Thanks*, man.’

Waarom? Waarom niet luisteren naar haar, maar blind de val in lopen?

Het liefst schudde ze Nick hier en nu door elkaar, gooide ze zijn toestel naar beneden, schreeuwde ze: doe normaal, er is niets aan de hand, dit is het gedrag van een of andere zielige puber, dit heeft niets met jou te maken, alleen maar met mij.

‘Regeren is vooruitzien,’ zei Nick toen hij had opgehangen. ‘Als deze foto’s ooit lekken, dan moet ik daarop zijn voorbereid, en er is maar één manier: dat meisje te pakken zien te krijgen. Zij is de enige die kan vertellen wat er is gebeurd. Of beter gezegd: wat er níét is gebeurd.’

‘En dus ga je de foto’s naar Marc sturen?’ Domme, domme, domme zet. ‘Zodat Marc ze door kan sturen naar zijn assistent, die die foto’s dan weer kan doorsturen naar, weet ik veel, de griffier. Kortom: je gaat ze zelf verspreiden?’

Nick gnuifde weer. 'We zitten bij een herensociëteit.'

'En?'

'We hebben een gedragscode.' Met zijn wijsvinger begon hij te typen.

'Laat me raden: wat op de sociëteit gebeurt, blijft op de sociëteit? Je meent toch niet serieus dat je daar in dit geval op durft te vertrouwen?' Haar gedachten gingen razendsnel. Zij moest bij het verhaal blijven dat Nick kende; meegaan met zíjn waarheid. 'Nick, als deze foto's uitlekken, dan komt toch ook uit dat die "heren" van jou regelmatig een hoertje bestellen? Wat denk je? Dat wanneer jij in de problemen raakt een van je vriendjes zegt: o stop, wacht, Nick heeft hier niets mee te maken, dat meisje kwam voor mij? Jongen, al die mannen hebben toch een gezin? Een vrouw, of een vriendin? Je bent geschift als je die foto's naar Marc stuurt.'

Hij móést haar geloven. Want er was geen hoer. Er was geen chantage. Dit had verdomme helemaal niets met hem te maken.

'Ik stuur alleen haar gezicht.' Hij keerde het schermpje naar haar toe.

Inderdaad was alleen nog het gezicht van het meisje te zien. Maar toch. Dit was een slecht idee. Een bar slecht idee. Niemand kon navraag over die foto doen, zonder daarbij te vertellen dat het om Nick ging. Ze wist precies hoe het ging: kan ik je iets in vertrouwen vertellen? – ja natuurlijk, ik zwijg als het graf en dan zo verder.

'Niet sturen, Nick. Alsjeblieft. Ik wil niet dat je ons kapotmaakt.'

'Ons?'

'Ons, ja. Als dit uitkomt, haalt dat het nieuws. Ruben en Lisanne mogen dan studeren, dit gaat hen ook raken en iedereen zal er een mening over hebben. Mijn ouders, onze vrienden, collega's. Misschien reageerden ze dan allemaal wel zoals Floor.'

Ze liet moedeloos haar armen zakken. 'Je zei het toch zelf, dat er geen enkele eis is meegekomen met die foto's? Nou dan. Misschien wil iemand je alleen een beetje bang maken.'

Nick haalde diep adem, alsof hij niet kon geloven dat zij werkelijk zo naïef was. Hij hield zijn telefoon zo dat zij zijn scherm kon zien en verstuurde de foto naar Marc. 'Zo.'

'Slechte beslissing.'

'De enige mogelijke beslissing. Ik heb geen keus.' Zijn telefoon gaf een piepje. Nick keek naar het scherm. 'Marc kent haar niet.'

Pas 's avonds, in bed, opende ze WhatsApp weer. Opnieuw overspoelde een stortvloed aan berichtjes haar scherm. Binnen in haar kolkte een zwarte woede. Wat dacht Søren wel niet? Dat hij zomaar kon inbreken in haar leven?

De meest recente app was om twaalf uur precies verstuurd. Middaguur.

BEL ME.

En daarna niets meer.

Laat me met rust, typte ze, maar voordat ze op verzenden drukte, bedacht ze zich. Søren liet haar al met rust. Sinds twaalf uur, dus. Dit sturen, zou hem alleen maar aanmoedigen opnieuw te beginnen.

Peinzend keek ze naar de witte spraakwolkjes met telkens het dwingende *bel me* daarin.

Alsof hij voelde dat ze met haar telefoon in bed lag, veranderde de status naast zijn profielfoto van *laatst gez. vandaag om 22:24* in *online*.

Shit.

Snel deletete ze haar tekst, maar ze wist dat ze te laat was. Naast haar profielfoto stond nu natuurlijk dat ze aan het typen was.

Ze maakte zich op voor het volgende berichtje, maar er gebeurde niets. Geen appje, geen oproep.

Haar scherm verduisterde en schakelde vervolgens uit.

Ze wist dat ze de confrontatie niet moest opzoeken, maar haar nieuwsgierigheid won het. Ze tikte haar telefoon weer wakker. Nog steeds was Søren online. Ze staarde naar zijn status, wist dat hij nu naar de hare staarde.

Geen *aan het typen...* Geen woorden. Alleen maar stilte.

Een onbehaaglijk gevoel sloop vanuit het toestel haar handen, armen, lichaam in.

Toen hij haar gisternacht en vanmorgen onophoudelijk appte en belde, wist ze wat hij aan het doen was. Nu wist ze niets. Wat betekende dit? Waarom deed hij niets?

Een nare tocht waaide de slaapkamer in.

Bart?

Haar broer was nergens te bekennen.

Søren was en bleef online. Vijf minuten. Tien.

Hoe langer ze op afstand elkaars status in de gaten bleven houden, hoe zekerder ze wist dat de foto's nog maar het begin waren.

De sportschool was zo'n beetje verlaten. Wie was er ook zo gek om zich op maandagochtend, kwart over zes, al in het zweet te werken?

Zij had echter niet in bed kunnen blijven liggen. Terwijl ze zich normaal gesproken rond deze tijd nog even omkeerde, had een giftige mix van woede, schaamte en angst haar de halve nacht naar het plafond doen staren.

Op de roeimachine trapte ze met al haar kracht. Ze probeerde één te zijn met het apparaat en de oefening zo geconcentreerd mogelijk uit te voeren – zolang ze zich op haar techniek focuste, hoefde ze niet aan hem te denken.

Maar toch...

Sliep hij nu? Lag hij in bed een plan uit te broeden? Stond hij op het water?

Haar mobiel lag naast haar, op haar handdoek op de grond. Ze had vanmorgen nog niet gekeken wanneer hij voor het laatst online was geweest.

Omdat ze hem die macht over haar niet wilde geven, vertelde ze zichzelf.

'Omdat je het niet durft,' zei Bart.

Op die benen, op die benen!

Søren had geen berichtjes meer gestuurd, noch had ze gemiste oproepen, maar toen haar telefoonscherm na twintig minuten oplichtte, reageerde haar lichaam, tot haar eigen afgrijzen, ogenblikkelijk.

Søren? Het roeiapparaat haperde, haar handen begonnen te trillen.

Verdorie.

Vanuit haar alsmaar bewegende stoeltje kon ze het binnengekomen berichtje niet lezen. Ook kon ze van deze afstand niet zien wie de afzender was.

Ik kijk straks, zei ze streng tegen zichzelf. Straks.

Maar tegen haar nieuwsgierigheid – of beter gezegd: haar angstige vermoeden – was ze niet opgewassen. Hijgend liet ze zich uitrollen, hing ze het handvat in de haak en boog ze zich naar voren.

Ik ben vandaag een halfuurtje later. Haar secretaresse.

Kwaad op zichzelf veegde ze een bezwete pluk haar uit haar gezicht. Ze deed een halfbakken poging het roeien weer op te pakken, maar de power die ze daarnet nog had, leek volledig te zijn verdwenen.

En ze moest nog een hele dag! Opeens kwam het haar als een onmogelijke opgave voor om vandaag naar kantoor te gaan, te doen alsof er niets aan de hand was, weer tegenover de hele wereld te zwijgen over wat er allemaal speelde!

Met haar ellebogen op haar knieën bleef ze zitten uithijgen en pas toen steeds meer krachtpatsers en pezige fanatiekelingen om haar heen verschenen, sleepte ze zich naar de kleedruimte.

Onder de douche masseerde ze haar pijnlijke nek en liet ze het water over haar gezicht stromen. Toen ze zich omdraaide, was er een fitgirl met een geweldig lichaam naast haar komen staan. Haar siliconen borsten waren buitenproportioneel groot en de tatoeage op haar onderrug was te prominent, maar toch kon ze het niet laten om stiekem jaloers naar haar te kijken. Wat een lijf! Een buik met *abs*, perfecte billen, een gezicht dat strak stond van de jeugdigheid.

Natuurlijk, zijzelf had niets te klagen wat betreft haar uiterlijk, maar toch... Haar lichaam droeg de sporen van haar zwangerschappen, haar huid begon in haar gezicht te rimpelen, ze werd grijs – gelukkig kon de kapper dat verhelpen.

Tegen dit kind kon zij niet op. Juist zo'n meisje had Søren nodig. Zo'n meisje paste bij hem.

Zij niet. Had ze nooit gedaan, zou ze ook nooit doen.

Wat had ze wel niet gedacht?

Ze spoelde zo snel ze kon haar haren uit en trok een zwarte broek met daarboven een stijlvolle tricot aan. Zakelijk chic. Een veilige keuze.

De fitgirl haalde een paar gympen en een wollen trui uit haar locker. Daarin zag ze er nog steeds fantastisch uit.

Alle meisjes van twintig zijn precies hetzelfde, had Søren ooit een keer tegen haar gezegd. Allemaal even lekker, maar ook allemaal even oninteressant. Onzeker, alleen maar bezig met hoe ze overkomen, en als ze al een mening hebben, dan praten ze iemand anders na. Geef mij maar een echte vrouw. Met een echt lijf en een echt verhaal.

Destijds had ze dat vleiend gevonden. Nu vroeg ze zich af hoe ziek hij eigenlijk was.

'Zo, zo...'

Ze bleef als aan de grond genageld staan.

Søren grijnsde, hij stond tegen zijn auto geleund.

'Wat doe jij hier?' Ze keek achterom. Achter de ramen van de sportschool waren twee mensen aan het hollen op de loopbanden.

'We moeten praten.' Hij zag er niet uit als de maniak die haar urenlang had bestookt met belletjes en berichtjes. Niet als de gek die hij was geweest de laatste keer dat ze hem gezien had. Hij zag eruit als een kleine jongen die groot en stoer probeert te lijken. Als zichzelf; de fantasie die de afgelopen maanden haar brandstof geweest was.

Toch trok ze haar sporttas als een pantser tegen zich aan. 'Ik moet naar mijn werk.'

'Je kunt heus wel vijf minuten later komen. Kwart over zeven.'

'Nee.'

'Vijf minuten.' Hij legde zijn hand smekend op haar bovenarm toen ze naar haar auto wilde lopen. 'Vijf minuten maar. Dat is toch wel het minste wat ik waard ben na al die maanden samen.'

Ze schudde van nee, liep stug door. 'Ik heb hier geen zin in.' Ze ontgrendelde het portier, maar voordat ze in kon stappen, ging hij voor haar staan, tussen haar auto en die daarnaast in.

'Laat me erlangs.'

Hij bewoog als een bokser die klappen ontwijkt in een poging haar blik te vangen.

'Iedereen kan je hier zien, hoor.' Zij keek stellig van hem weg, achterom, opzij, naar waar hij dan ook maar niet was.

'Ik heb niets te maken met iedereen. Ik heb iets te maken met jou. Kijk me aan.' Hij legde zijn handen op haar schouders. 'Alsjeblieft...' Hij hield haar vast alsof het hem niets kon schelen dat alle uit de kluiten gewassen spierbundels keken en er ieder moment iemand kon ingrijpen. 'Kijk me aan. Nien, alsjeblieft, het minste wat ik toch kan verwachten na...'

Ze keek.

Meteen liet hij haar los. Hij stak zijn handen onschuldig in de hoogte. 'Ik wil je helemaal niet boos maken.' Machteloosheid domineerde zijn ogen. Niet gekte, maar frustratie. Niet kwaadheid, maar angst.

Die onbestemde beschermingsdrang die ze vier maanden terug op het strand had gevoeld, toen hij had verteld over zijn vermoorde moeder, welde frustrerend genoeg weer in haar op. *Niet vrij, maar los. Alleen.*

'Sorry dat ik hier zo sta, dat ik zo doe, dat ik...' Hij schudde zijn hoofd, alsof hij zelf niet kon geloven dat dit allemaal gebeurde. 'Ik wil je echt niet boos maken, maar ik snap het gewoon niet...'

'Wat niet, Søren?'

Hij stapte opzij, zodat zij in kon stappen.

'Fuck.' Hij legde zijn vuist tegen zijn voorhoofd en sloot zijn ogen. 'Fuck, ik ben gewoon een watje. Maar het spijt me, Nien, ik kan het niet: seks en liefde van elkaar scheiden. Bij een onenightstand, oké, maar wat wij hadden... Wat wij hébben...'

'Hadden.' Ze gooide haar tas op de achterbank.

'Alsjeblieft.' Hij liep naar de bijrijderskant van de auto en keek haar smekend aan. Of hij in mocht stappen. 'Vijf minuten. Dat is alles wat ik vraag. Vijf minuutjes maar. Alleen even samen praten.'

Ze twijfelde.

'Dus je hebt niets, helemaal niets voor mij gevoeld? Vond je me niet eens iets van... aardig?' Over het dak van de auto keek hij haar gekwetst aan.

Ze sloeg haar blik neer. Zo zat het niet, natuurlijk. Ze had van alles voor hem gevoeld. Geen liefde, maar toch op z'n minst genegenheid. Medelijden. Of herkenning. Opwinding, triomf, misschien toch verliefdheid?

'Søren, ik...' Ze zuchtte, keek nogmaals om zich heen. Het beviel haar niets dat hij haar hier stond op te wachten. Hoe wist hij eigenlijk dat ze aan het sporten was? Ze was nooit zo vroeg hier. Zeker niet op een maandag.

'Je belt me niet terug,' leek hij haar gedachten te raden. 'Ik moet toch iets.'

'Het kan niet, wat je Nick aandoet.'

'Ik weet het.' Het klonk schuldbewust. 'Serieus Nien, ik weet het. Daarom moeten we ook praten.'

Had ze een andere keuze? Als ze nu nee zei, tekende ze dan niet Nicks vonnis?

'Vijf minuten dan.' Ze hield haar blik streng. 'Maar geen seconde langer.'

Hij knikte serieus en haalde zijn telefoon uit zijn broekzak. 'Vijf minuten.' Hij zette de timer aan en stapte in haar auto. 'Vijf minuten. Dank je wel. Meer hebben we ook niet nodig.'

Ze perste haar lippen op elkaar. Als híj wilde praten, dan moest híj ook maar beginnen.

Maar hij zei niets.

En deed niets.

En zijn telefoon lag daar maar, op het dashboard, de seconden weg te tikken.

4:50

4:49

4:48

Hij droeg een spijkerbroek met scheuren en de gympen die zij zo leuk vond. Zijn handen lagen werkeloos op zijn schoot.

Hadden ze een week geleden zo dicht op elkaar gezeten, dan was er geen houden aan geweest. Zijn geur van douche en deo en de bolling van zijn kruis – daar, waar alle stiksels en zijn gulp samenkwamen, alsof de stof wilde dat ze keek – zouden ontegenzeggelijk tot stomend hete seks hebben geleid.

Ze zouden snel zijn weggereden, naar zijn appartement of anders naar een afgelegen plekje.

Ze haalde diep adem. Niet aan denken. Niet naar kijken.

'Waarom ik?' had ze hem gevraagd, twee maanden geleden, in zijn bed, loom van de zon en de wijn. Van de seks.

'Die vraag kan ik ook omdraaien; waarom ík?'

'Omdat je niet te versmaden bent.'

'En jij omdat je dit soort dingen zegt... Ja, je kunt nu wel moeilijk kijken, maar mijn leeftijdsgenoten heb ik nog nooit een woord als "versmaden" horen gebruiken, hoor.'

'Hoe kom je eigenlijk aan je litteken?'

'De Grevelingendam. Veertig knopen. Regen. Onweer. Mijn kite rukte me mee en uiteindelijk smakte ik tegen een rotsblok aan.'

'Wat? Maar dat...'

'Ssst. Autorijden is gevaarlijker dan kitesurfen als je weet wat je doet.'

'Als je weet wat je doet, ja. Maar als je gaat surfen in een storm...'

'Wil je het echt weten?'

'Wat?'

'Waarom jij.'

'Echt.'

'Vanwege die vakantie naar de Ardennen, toen ik met jullie mee mocht. Het was nog heel vroeg, iedereen sliep nog, maar ik moest pissen en sloop de tent uit. Ik liep naar de bosrand en toen zag ik je.'

'Je zág me?'

'Je was aan het zwemmen.'

'Ik was aan het...' Shit. Ze had gedacht dat iedereen nog sliep. Ze had bloot in het meertje rondgedobberd, drijvend op haar rug, starend naar het mos onderaan de rots waar Nick en de kinderen telkens van afsprongen.

'Jij bent mijn jongensfantasie.'

'Jij wist het al, hè, op het strand, toen op mijn verjaardag.'

'Ik wist het al toen ik daar bij dat meertje naar je stond te kijken. Ik wist dat ik je op een dag zou krijgen. Kom, mevrouw Metsaers, laat me u nog een keertje proeven.'

4:28

4:27

4:26

'Je wilde toch iets zeggen?' Het schoot er fel en vijandig uit.

'Nee, ik wilde praten.' Hij keek rustig naar haar op. 'En praten doe je, naar mijn weten, nog altijd met z'n tweeën.'

Ze perste haar lippen nogmaals op elkaar, keek naar buiten, probeerde haar gevoel haar wil op te leggen.

Dit is gewoon een psychologentruc, stelde ze zichzelf gerust. Hij wacht net zolang tot ik barst en toch als eerste iets ga zeggen.

De fotomodelfitgirl stapte met haar sporttas in haar hand door de glazen schuifdeur.

Laat je niet opfokken. Zit gewoon de tijd uit.

Nog altijd zei hij niets.

Misschien omdat hij wist dat zij wist dat hij gelijk had?

Kom op, hij was de tweede man met wie ze ooit seks had gehad, ze hadden diepzinnige gesprekken gevoerd, hij had haar open en bloot over wat hem allemaal was overkomen liggen vertellen. Ze had het verlies van zijn moeder met haar liefde geprobeerd te compenseren. Je moest wel van steen zijn om helemaal niets te voelen.

Maar het was geen liefde geweest.

Het was iets geweest. Iets zonder naam. Een moederlijke beschermdrang – verdomme, zijn eigen moeder was gewoon op een gruwelijke manier vermoord! Een fantasie in bed, naast een slapende Nick. Een wegdroommoment op haar werk, op een van die surfblogs. Ze had zich zelfs, wanneer ze 's nachts op dreef was en wegdroomde in haar dagboek, weleens laten gaan en zich hun leven samen voorgesteld. Niet serieus natuurlijk, maar toch.

Maar waar zouden ze in het dagelijks leven over praten? Hoe stelde ze hem aan Lisanne en Ruben voor? *Dit is jullie nieuwe stiefvader?* En hoe verliep hun dag dan, zij 's morgens naar haar werk en hij lekker surfen? Hadden ze dan eerst nog seks? Of bleef hij uitslapen en deed hij aan het eind van de dag naakt voor haar open? Had hij dan voor haar gekookt? Konden ze dan tot diep in de nacht niet van elkaar afblijven?

Belachelijk.

0:59

0:58

Søren legde zijn hand op de hare. Warm, groot, mannelijk.

Vinnig trok ze die weg.

Hij verplaatste zijn hand naar haar knie en liet hem daar stevig liggen.

Ze keek ernaar, telde de seconden.

Deze jongen maakte haar echtgenoot kapot. Hij had foto's van Nick gemaakt en die naar diens mobiel gestuurd – hoe was hij eigenlijk aan zijn 06-nummer gekomen?

En nu zat zij hier met hem, met zijn hand op haar knie.

En er was niemand die haar hiertoe dwong.

0:10

0:09

0:08

Met zijn vrije hand zette Søren de timer uit. Hij keek haar aan en lachte.

'Søren,' zei ze. Ze verbaasde zichzelf over hoe diep en vastberaden haar stem klonk.

'Ja?'

Ze haalde adem, keek hem recht in zijn ogen. 'Ik heb nooit, helemaal nooit, ook maar een greintje van jou gehouden.'

De uitdrukking op zijn gezicht veranderde. Een mix tussen verbaasd en gekwetst. Tussen kwaad en bang. 'Je meent het, hè.'

Ze knikte.

'Geen greintje?'

'Geen greintje.' Het was armpjedrukken met hun ogen. 'Het spijt me het te moeten zeggen, Søren, maar wat mij betreft was het allemaal alleen maar voor de seks.'

Zijn gezicht verstrakte nog meer.

Ze mocht niet breken, nu. Ze moest sterk zijn en volhouden. Ze steunde op een relatie van vierentwintig jaar. Op twee volwassen kinderen. Op houden van; een concept dat dan uitgehold mocht zijn, maar nog altijd 'samen' betekende. Zonder Nick zou zij geamputeerd zijn. Nick was er. Altijd. Zelfs wanneer zij alleen maar speelde dat ze zijn vrouw was.

Zijn ogen vernauwden zich tot spleetjes. 'Ik geef je nog één kans.'

'Eén kans waarvoor?'

'Eén kans voor ons...'

'De vijf minuten zijn voorbij.' Uiterlijk rustig pakte ze zijn hand en haalde die van haar knie af.

'Dit wil je niet,' zei hij.

'Wat weet jij nu van wat ik allemaal wel en niet wil? Denk je dat je me kent?'

'Zeker.'

'Ik was verliefd op mezelf, niet op jou.'

'Bullshit. Je zei dat je voor altijd bij mij wilde blijven. Dat meende je.'

'Het spijt me, jongen.'

'Serieus: fok dat.'

'Dit is het einde van ons, Søren. Laat me met rust. Mij en mijn gezin en alles en iedereen om me heen. Je krijgt me er namelijk niet mee terug.'

'Maar jij wilt me.'

'Nick heeft me alles over die foto's verteld. Meteen. Er zat misschien niet eens een uur tussen. Wij zijn een front samen. Het gaat je niet lukken om hem of mij te chanteren.'

'Jij. Wilt. Mij.'

'Nee, Søren. Ik wil maar één ding en dat is dat jij nu weggaat. Ga. Er zijn zat leuke meisjes en vrouwen die vrij zijn. Ik kies voor Nick en hoe erg ik dat ook voor jou vind, daar heb jij niets over te zeggen.'

'Wel.'

'Niet.'

Hij legde zijn hand terug op haar knie.

Giftig perste ze haar benen samen. 'Ik zei nee.'

'En ik zeg: ja. Jij bent mijn toekomst en ik ben de jouwe.'

'Ga eruit.'

'Zeg dat je van me houdt.'

'Ga eruit!'

In één snelle beweging boog hij zich naar voren. Hij perste zijn lippen op de hare, sloot zijn hand om de achterkant van haar nek, drukte zijn lippen hardhandig tegen haar mond aan.

'Verdomme!' Ze vocht zich los, duwde hem van zich af. 'D'r uit!' gilde ze. 'Ben je nou helemaal gek geworden?'

'Nog één kans...'

'Je bent gestoord, man. Hartstikke knettergek.'

'Ik ben jouw toekomst.'

'D'r uit!' Ze boog zich over hem heen om zijn portier open te maken met het plan hem een duw te geven, maar hij was haar voor. Met volle kracht drukte hij haar gezicht tegen zijn kruis aan. Ze klauwde haar hand naar boven, hapte naar adem, vocht uit alle macht om los te komen.

'Als je me niet geeft wat ik wil, maak ik niet alleen jou, maar iedereen om je heen kapot.' Zijn stem klonk dreigend rustig.

Ze kon niets terugzeggen, moest hijgend door haar neus ademhalen.

'Hoor je me?'

Ze probeerde te knikken, zijn lust groeide onder de jeansstof.

Ergens in de verte hoorde ze een stem. Ze kon niet verstaan wat er gezegd werd, alleen dat het Søren niet was. Help, wilde ze gillen. Laat me los, gek! Maar de grip om haar nek was te vast.

Vanuit het niets trok Søren haar aan haar haren overeind, alsof ze een lappenpop was. Door het raampje zag ze een man aan komen lopen.

Søren perste haar wangen met zijn duimen en wijsvingers samen. 'Dus, lieve schat, wat gaat het worden? Als je nee zegt, dan meen ik het: dan maak ik letterlijk ie-der-een om je heen kapot.'

'Het was...' Ze kon nauwelijks praten. 'Alleen...' Hoe bang ze ook was, ze kon nu niet buigen. 'Voor de seks.'

Hij liet haar hoofd met zo'n ruk los, dat ze tegen de autoruit aan knalde.

Snel stapte hij uit. Hij maakte een niets-aan-de-handgebaar richting de man die nu dichtbij was, stapte in zijn eigen auto en scheurde het terrein af.

'Alles goed met u?' De onbekende man bukte zich in het open portier.

'Ja, ja...' Verder kwam ze niet. Ze zat over haar hele lijf te trillen.

'Kom anders even binnen.'

'Nee... Nee, het gaat wel.'

'Echt?'

Ze gebaarde dat hij het portier dicht moest doen, probeerde zo waardig mogelijk te blijven.

Riem omdoen. Sleutel in het contact. Beheerst en voorzichtig wegrijden.

In haar achteruitkijkspiegeltje verdween haar redder in nood. Ze reed over de enige weg die van en naar de sportschool liep. De weg die Søren net had genomen.

Godallemachtig, wat was er gebeurd!

Zoekend keek ze om zich heen. Ze zocht zijn auto in haar zijspiegels en achteruitkijkspiegel. Pas toen ze er zeker van was dat zijn surferbak nergens was te bekennen, parkeerde ze. Zomaar ergens. Ze liet haar paniek toe. Begon serieus te beven en als in een sportsessie te hijgen.

Dit ging fout. Zo fout! Als ze Søren een beetje kende – en dat deed ze – dan meende hij wat hij gezegd had. Dan zou hij haar nooit laten gaan. Hij leefde in een compleet andere wereld dan zij.

Nick.

Ze moest Nick bellen. Zijn stem even horen. Hij moest haar zeggen dat het allemaal oké was.

Van de spanning gleed het toestel uit haar vingers, maar uiteindelijk ging de telefoon over.

Dit is de voicemail van...

Ze verborg haar gezicht in haar elleboog, probeerde de consequenties van haar affaire te zien en er op hetzelfde moment nooit meer aan te denken.

Pas toen ze weer rustig was en iets van controle terug had, startte ze de auto.

Gewoon doen, dat was nu de beste optie. Naar haar werk. Concentreren op omzetcijfers, de weekopening, niet vergeten Cees te mailen.

In de hoop dat het haar rustiger zou maken zette ze de radio aan. Zenuwachtig klikte ze van zender naar zender.

Wat bedoelde Søren met *ik maak iedereen om je heen kapot?* Hoe goed kende hij haar eigenlijk? Hoe wist hij al die details: Nicks telefoonnummer, dat ze op de sportschool was, wanneer ze aankwam op haar werk?

Met een half oog op haar mobiel voegde ze in. Vanuit het niets haalde een zwart monster haar met tachtig kilometer per uur in en sneed haar de pas af. Ze moest vol op de rem. Het was een zegen dat het zo vroeg was en nog stil op de weg.

Søren scheurde bij haar vandaan. Maakte door de achterruit nog een woedend gebaar naar haar.

Rustig blijven, Nick en ik zijn een front, wij zijn niet kapot te krijgen.

Maar zijn woorden die nadreunden in haar hoofd waren harder: *ik maak niet alleen jou, maar iedereen om je heen kapot.*

Wind

'Ik geef een feest,' zegt Astrid, vlak voordat we de collegezaal in lopen. 'Volgende week zaterdag. Ik word negentien.'

'Party-animal!' Floor steekt haar handen in de lucht. Het is zogenaamd een verwijzing naar de happy-hardcoreband die je overal hoort, maar ik weet dat ze het cynisch bedoelt. Van alle mensen die commerciële economie studeren is Astrid namelijk veruit het braafst.

We schuiven met z'n drieën een van de smalle rijen met houten klapstoeltjes in. 'Waar vier je het?'

'Bij ons op de camping.'

'O, wat leuk.' Nu ben ik het, die cynisch is. Floor en ik kunnen er niet over uit dat Astrid er vrijwillig voor kiest om in een stacaravan op een camping te wonen. In de Achterhoek nog wel. Oké, haar vriend woont daar – de camping is van zijn ouders en later zal hij het bedrijf van hen overnemen – maar dan nog: voor elk college zit ze anderhalf uur in de trein, ze kan nooit blijven hangen en mist alles wat leuk is aan een studententijd.

In een caravan wonen kan altijd nog. Als je bijvoorbeeld werkloos raakt en geen spaargeld hebt en geen ouders om op terug te vallen.

'Nick en Bart zijn natuurlijk ook uitgenodigd. Het zou echt leuk zijn als jullie kunnen komen. Kunnen jullie eindelijk Teun eens een keer zien. Hij is hartstikke nieuwsgierig naar jullie.'

Onze docent opent zijn les met een ongeïnspireerd 'goedemorgen' door zijn microfoon. Dat betekent uitstel voor Floor en mij. Astrid is onze vrien-

din, maar om nu helemaal naar Doetinchem af te reizen…

Bij het college informatietechnologie zit al snel iedereen te gapen. Een combinatie van het onderwerp en het gebrek aan frisse lucht.

Mijn gedachten drijven af.

Is mijn leven werkelijk zoveel spannender dan dat van Achterhoek-Astrid? Nick en ik hebben het serieus over kinderen. Nu al! Natuurlijk zou ik liever wachten tot ik een jaar of dertig ben, maar ik heb de tijd niet. Mijn moeder was al op haar vijfentwintigste in de overgang en mijn oma op haar zevenentwintigste. Als ik moeder wil worden, dan moet het snel.

Het plan is om er na mijn afstuderen meteen aan te gaan beginnen. Nog drie jaar dus.

Ik ben érger dan Astrid.

Ik heb nog nooit een andere man gehad dan Nick en breng de ene na de andere avond door met mijn broer.

Moet ik niet het maximale uit mijn studententijd gaan halen? Stappen. Flirten. Feesten.

Ik haal diep adem. Als ik snel moeder wil worden, dan moet ik vasthouden aan Nick.

Onder tafel geeft Floor me een briefje. Wat doen we?

Ik draai met mijn ogen.

Zij schrijft wat in haar schrift en schuift me haar boodschap stiekem door. We zijn het moreel verplicht. *Gelukkig ziet Astrid niets. Zodra ik het heb gelezen en heb geantwoord met een hoofdknik, krast Floor de woorden door.*

Ze heeft gelijk, we kunnen het niet maken om niet te gaan. We moeten naar de Achterhoek. Samen met onze vriendjes. Nick en Bart.

Steeds vaker vraag ik me af of ik niet te jong ben voor dit is-dit-alles-gevoel.

Achttien jaar geleden was ze als een blok voor de authentieke en-suitedeuren met glas in lood van hun woning gevallen; het elegante houtsnijwerk, het pastelkleurige motief waar de zon fabelachtig mooi doorheen viel en de fraaie houten kasten waarin je de deuren, die al meerdere generaties overleefd hadden, kon verbergen.

De makelaar had de deuren behoedzaam tegen elkaar aan geschoven, waarop zij verrukt haar hand in die van Nick had laten glijden.

'Ja?' had hij gevraagd. Hij was pas tweeëntwintig jaar, maar met zijn eerste baan als leidinggevende en haar juniorpositie bij de bank konden ze het net betalen.

'Ja. Natuurlijk ja!' Ze had haar vingers over de loodstrips laten glijden en het helemaal voor zich gezien: Ruben spelend op de grond, met zijn kleine broertje of zusje op het speelkleed naast hem.

Ze had haar hand op haar buik gelegd en binnen in haar had de baby een lief schopje gegeven, alsof hij of zij wilde zeggen: ja, mama, hier wil ik wel wonen.

Ze was opgelucht geweest. Het was allemaal goed gekomen. Toch.

Drie jaar eerder, in het eerste jaar van haar studie, was ze opeens per ongeluk zwanger geweest; het gevolg van een dronken nacht waarin ze haar pil had uitgespuugd. De dag waarop ze het ontdekte was precies een week na Barts overlijden.

Blijdschap en verdriet hadden haar verscheurd. Wat moest ze? Wat kon ze?

Jong moeder worden was altijd haar wens geweest. Maar nu was haar broer dood. Wat was dit voor misselijkmakende timing?

Ze hadden het gehouden. Natuurlijk hadden ze het gehouden.

Ruben.

Ze had niet nog iemand kunnen vermoorden.

In de praktijk was het ongelooflijk zwaar geweest. Ze waren bij haar ouders ingetrokken, Ruben had op hun kamer geslapen en ondertussen had ze haar studie afgemaakt. Rouwend. Moederend.

Maar het was gelukt.

En de nieuwe baby was wel gepland. Ze wilden het liefst zo weinig mogelijk tijd tussen hun kinderen in hebben zitten en de herinneringen aan het verleden dempen met de hoop op een mooie toekomst.

Al hun vrienden waren bezig met studeren, reizen, daten en stappen, en zij stond te smelten bij het mozaïek van kleurtjes op de vloer. Haar jonge gezin zou hier zo gelukkig worden. Dat kon niet anders!

In de praktijk schoven ze de kwetsbare deuren nooit dicht. Ze zaten veilig opgesloten in hun kasten.

Nu kwam ze binnen en waren allebei de deuren te zien. Lisanne zat op de bank, het glas in lood lichtte in het schijnsel van een laptop wit-blauw flakkerend op. Er was niets, helemaal niets, van opluchting of het gevoel dat alles goed zou komen te vinden.

'Is papa daar?' Ze wees naar het motief dat ze al zo lang niet meer had gezien, en dat ze op dit moment niet kon bewonderen.

'Ja.' Lisanne keek haar aan met een blik waaruit sprak dat zij het zelf ook wel typisch vond, maar dat ze haar vader maar had gelaten – hoe ouder hoe gekker.

Søren heeft het gedaan, zus.

Met haar jas nog aan liep ze terug de gang in, door naar de keuken en deed daar de deur naar de achterkamer open.

Nick keek naar haar op. Er zaten vlekken op zijn gezicht. Zijn ellebogen rustten op de tafel, voor hem stond zijn laptop open. 'Wat willen ze toch van me?' Zijn stem sloeg over en hij haalde luidruchtig zijn neus op.

Met een bonzend hart ging ze tegenover hem aan tafel zitten.

Lisanne schoof de deuren open. 'Gaat het hier?'

'Niet echt.' Nick maakte een machteloos gebaar, verborg zijn hoofd in zijn handen. De kale plek op zijn achterhoofd was groter geworden – je zag het haast niet, omdat hij zijn haar sinds een paar jaar millimeterde, maar nu glansde hij in het computerlicht.

'Niet echt?' Lisanne keek vragend naar haar. 'Wat is er dan? Wat...'

'Lieverd, papa en ik moeten samen even praten.'

'Ja, maar...'

'Alsjeblieft.'

Lisannes ogen gleden nieuwsgierig over Nick, maar toen ze haar blik ving, schoof ze toch behoedzaam de deuren weer dicht.

'Nou, vertel.'

'Hier.' Hij opende een e-mail en draaide de computer naar haar toe. 'Lees zelf maar.'

Van: nmetsaers@gmail.com
Aan: directie@overlandlyceum.nl
Cc: redactie@telegraaf.nl
Onderwerp: Seksfoto's Nick Metsaers, rector van het Overland Lyceum

De inhoud van de mail was leeg, maar er waren wel vijf bijlages toegevoegd. Ze hoefde ze niet te openen om te zien dat het dé foto's waren.

Søren.

Ze sloeg haar hand voor haar mond. 'Nee, Nick. Dit meen je niet.'

'Wat willen ze in godshemelsnaam van me, Nina? Ze hebben zelfs mijn eigen naam gebruikt als afzender.'

Dat is mijn naam, Nick...

Ze probeerde zijn hand te pakken, maar hij trok die weg.

'Wat heb ik gedaan om dit te verdienen? Ik heb geen vijanden, heb geen schokkende of haatzaaiende uitspraken gedaan. Niet elke beslissing die ik op school of in de politiek neem is populair, maar dit...' Hij keek haar radeloos aan. 'Jij hebt toch ook niets binnengekregen, toch? Geen eis per app? E-mail? Misschien iets bij de post? Niet dat ik me zou laten chanteren, maar ik denk steeds: ik heb iets gemist.'

Wat kon ze anders dan nee schudden?

Liefste,

Ik weet wel dat ik degene ben die heeft gezegd dat we zo niet verder kunnen. Dat ik je nooit, helemaal nóóit meer wil zien. Maar mijn lichaam hunkert naar je. Mijn hele wezen verlangt naar jouw stem, naar jouw scherpe observaties, naar dat je tegen me zegt dat je van me houdt.

Ik denk maar steeds: en jij gaat gewoon verder met je leven. Nu kom je waarschijnlijk thuis. Nu ga je slapen. Nu stap je misschien wel in de auto.

Ik haat je zo en mis je tegelijkertijd.

Man, hoe kon je? Hoe kún je?
Hoe kon en kun je me zo verraden?

Met de beste wil van de wereld komt dit nooit meer goed. Ik ga terug naar mijn leven en jij terug naar het jouwe.

Laat me met rust. Geef me de tijd om jou te vergeten.

'Olthuis heeft me aangeraden om voorlopig even "wat tijd voor mezelf te nemen".' Nick haakte zijn vingers in de lucht.

'Wat?' Ze ging op de stoel tegenover hem zitten. 'Maar... Maar hij kan je toch niet zomaar op non-actief zetten? Hij...'

'Hij heeft gelijk. Had ik in zijn schoenen gestaan, dan had ik precies hetzelfde gedaan. Het is geen formele maatregel, hij heeft alleen gezegd dat ik een paar dagen vrij moet nemen om van de schrik te bekomen.'

'Maar hij gelooft je dus wel?'

'Ja. Natuurlijk. Alhoewel hij het "laakbaar" vindt dat ik hem niet meteen ingelicht heb, toen ik die foto's toegestuurd kreeg.' Hij zuchtte diep. 'Het maakt natuurlijk in wezen niet uit of hij me wel of niet gelooft. Hij kan namelijk niets. Nu die hufters het hebben doorgestuurd naar *De Telegraaf*, staat hij met zijn rug tegen de muur. Als naar buiten komt dat de rector een hoerenloper is, dan heeft de hele school daar last van.'

Shit.

'Maar het is toch jouw privéleven! Natuurlijk, het is niet chic, maar...'

'Kom op, Nien. Ouders denken toch niet: ach, die man was toen niet aan het werk, wat hij in zijn vrije tijd doet gaat ons niet aan... En wat dacht je van mijn kiezers?'

'Staat het al online?'

Hij ververste de pagina van *De Telegraaf* en toetste zijn eigen naam in de zoekbalk. *Geen resultaten.*

'Hebben ze je al gebeld?'

'Nee, maar dat is een kwestie van tijd.' Hij wees op de deuren waarachter Lisanne ongetwijfeld met haar oren gespitst zat. 'We moeten het haar vertellen. Ze komt er vroeg of laat toch achter en het is beter dat ze het van ons hoort dan uit de media.'

'Sssst.' Ze legde haar vinger op haar lippen. Hij sprak te hard. Verdomme, ze wilde niet dat haar leven zich deze kant op ontwikkelde. Ze wilde dat dit stopte.

Dat zij dit gestopt had!

'Lisan,' riep Nick.

'Nee.' Maar ze wist dat het al te laat was. 'We moeten haar hier niet mee belasten. Er is niets aan de hand, Nick. Nog helemaal niets, en...'

'Hé.' Lisanne spiekte nieuwsgierig, angstig en sensatiebelust tegelijkertijd tussen de deuren door.

Had ze Ruben al geappt?

Nick klapte zijn laptop dicht. 'Lieverd, er is iets gebeurd waarover we even met je moeten praten.'

Lisanne was weinig onder de indruk. Ze vond het een kutstreek, laag en ziek, maar natuurlijk geloofde ze haar vader. Pap zou nooit naar de hoeren gaan. Pap was gelukkig getrouwd met mam. Huisje-boompje-beestje, en ze leefden nog lang en gelukkig.

'Dus je hebt geen idee wie hierachter zit,' peinsde ze. Ze had een gin-tonic voor zichzelf ingeschonken, voor de schrik.

'Het enige wat ik heb is dit e-mailadres, maar daar kan ik niets mee – iedere debiel kan een Gmail-account aanmaken – en het nummer waarmee de foto's zijn verstuurd komt ook nergens op uit. Geen voicemail, niet eens een beltoon.'

'Je moet naar de politie, pap.'

'Daar ben ik al geweest.'

Ze keek verbaasd op. Daar had hij haar helemaal niets over verteld.

'Maar die kan niets doen. Met wie zouden ze moeten gaan praten?'

Lisanne liet haar ogen over de gesloten laptop dwalen. Ze had gevraagd of ze de foto's mocht zien, maar Nick had gezegd dat dat niet nodig was. In ieder geval niet nu. De strekking was toch duidelijk? 'Maar je moet toch íémand kwaad hebben gemaakt. Dit doet toch niemand zomaar...'

'Ik breek er mijn hoofd al twee dagen over.'

‘Misschien iemand van een andere partij?’ Lisanne gleed met haar vinger over de rand van de computer. ‘Je zegt zelf altijd dat de concurrentie moordend is.’

Nick schudde zijn hoofd.

‘Iemand van je eigen partij dan? Hoe heet die ene man ook alweer die ook wethouder wil worden?’

Nick perste zijn dunne lippen tot een streep. ‘Dat spel speelt zich af in de politieke arena. Dit gaat daar veel te ver voor.’

‘Of niet.’ Ze hoorde het zichzelf zeggen. Meelevend. Meedenkend. Meegaand. Meteen voelde ze zich misselijk worden.

‘Wat ben je aan het doen, zusje? Probeer je nu werkelijk een ander de schuld van wat je gedaan hebt in de schoenen te schuiven?’

‘Nee,’ zei Nick stellig. ‘Het kan er hard aan toe gaan, maar dit is niet zijn stijl.’

‘Dus je hebt geen idee...’ Lisanne tikte op de tafel. Ze nam een slok van haar cocktail en slikte de alcohol traag en nadenkend door. ‘Misschien is het niet persoonlijk, maar gaat het om iets waar jij voor staat. Weet ik veel, de politieke idealen van jullie partij. Of iets waar de school mee bezig is?’

‘De verbouwing.’ Nick zei het, alsof hij de oplossing van een ingewikkelde puzzel had gevonden. ‘Maar dat is het! Ik heb de verbouwing van de school net aan Koopman & Van Buuren gegund, waardoor Voegbouw zwaar over de rooie is. Ze hebben juridisch gezien geen poot om op te staan, want het is via een aanbesteding gegaan, maar je hoort toch allerlei schimmige dingen over de bouwwereld. Misschien dat...’

Met een rotgevoel schraapte ze haar keel. ‘We weten natuurlijk nog niets zeker.’ Het was gewoon te makkelijk; verwarring zaaien. Haar opluchting en schaamte waren even groot.

‘Verdomme, Voegbouw...’ Nicks ogen vlogen nadenkend door de kamer. ‘Je hebt gelijk.’ Hij stond op. ‘We weten inderdaad niets zeker, maar het is in ieder geval een ingang. Ik moet... Ik moet mensen bellen. Dingen regelen... Mijn partij moet dit weten. Marc moet dit weten. En Olthuis, natuurlijk. Hij als eerste – straks chanteren ze hem ook nog.' Nadenkend legde hij zijn duim en wijsvinger op zijn kin. 'Ze hebben op school zo'n pr-dame en bij de gemeente iemand die *damage control* doet. Ik ga met hen praten.'

'Kan ik iets voor je doen?'

'Nee.' Hij keek haar dankbaar aan. 'Dat je er voor me bent is al meer dan genoeg.' Zijn ogen richtten zich op Lisanne. 'Dat júllie er voor me zijn.'

Ze wist dat ze hem verraadde. Maar toch... Gek genoeg was de liefde die ze nu voor hem voelde overweldigend. Hoe bestond het dat ze ooit aan hun huwelijk had getwijfeld? Nick mocht dan niet de sexy prins op het witte paard zijn, hij was sterk. Søren ging deze man niet plat krijgen.

Met een groots gebaar ging hij weer zitten en hij ontgrendelde zijn telefoon. Zij en Lisanne stonden tegelijkertijd op. Lisanne ging terug naar de woonkamer en sloot met een 'succes, pap' de deuren. Zij liep richting de keuken, maar Nick pakte haar hand vast. 'Kun jij Ruben alsjeblieft uitnodigen voor het eten morgen? Hij moet het ook weten.'

'Ja, natuurlijk lieverd.'

Hij tuitte zijn lippen, waarop zij zich naar hem toe boog om hem een kus te geven.

De keukendeur viel met een zachte klik achter haar in het slot. Ze zette haar tas op het aanrecht en diepte haar telefoon op. Haar vinger ging razendsnel over het scherm.

What the fuck heb je gedaan? Laat mij en mijn gezin met rust.

Ze zag de vinkjes blauw worden, Sørens status veranderen in *online.*

Maar er volgde geen antwoord.

Bart keek haar hoofdschuddend aan. 'Dit is niet goed, zusje. Absoluut niet goed.'

Ze zat in haar auto en staarde naar boven. De vijfde verdieping. Het appartement met het lege balkon en de gordijnloze ramen.

De letters ALBERDINGK THIJM glommen in de regen.

Dat er achter de ruiten van Sørens woning geen lampen brandden, zei niets.

Ze draaide haar mobiele telefoon rond in haar handen. Wat was wijsheid; uitstappen en de confrontatie aangaan, of wegrijden in de hoop dat door haar non-reactie de lol er snel af zou zijn?

Ze zuchtte. Ze zag als een berg tegen vanavond op. Het etentje met Ruben.

'Of ik kom eten?' had hij haar gisteren verbaasd gevraagd. 'Hoezo? We hebben elkaar net nog gezien. Nu naar jullie toe gaan komt echt niet lekker uit, mam.'

'We moeten je iets vertellen, iets wat niet over de telefoon kan.'

'Wat dan?'

'Dat vertellen we je dus als je hier bent.'

'Is het iets ergs?'

'Je hoort het als je hier...'

'Of is het een verrassing? Vertel me dát dan alleen maar. Erg, of leuk?'

'Niet leuk. Maar je hoeft je ook geen gigantische zorgen te maken.' *Ik heb gewoon een paar maanden een affaire met je vriend gehad, schat, en nu ik niet meer verder wil, probeert hij papa erin te luizen, maar verder no big deal hoor.*

Verdomme. Wat deed ze hier eigenlijk? Wat moest ze zeggen als Søren opeens opdook?

Wat kón ze? Kwaad worden? Smeken? Huilen?

Het liefst wilde ze hem nooit meer zien.

Nee, nooit gezien hebben.

Dit alles was die seks niet waard geweest. Waar had ze met haar hoofd gezeten? Had ze werkelijk gedacht dat ze in Sørens armen iemand anders was? Dat ze überhaupt iemand anders kon zijn?

Ze had nooit moeten toegeven aan haar gevoelens. Ze had trouw moeten blijven – vooral aan zichzelf: want dat was wat er aan de hand was, ze had niet alleen Nick bedrogen door vreemd te gaan, ze had ontkend wie ze was. Ze had alles wat ze had opgebouwd op het spel gezet voor wat geiligheid.

Maar met spijt draaide ze de tijd niet terug.

Ze vernauwde haar ogen. Zag ze daar achter het raam nou iets bewegen, of was het haar verbeelding?

Ze startte haar auto en reed naar Floor. Het voelde goed om een statement te maken, om tenminste íéts te doen.

Floor stond achter het raam van de keuken toen ze voor haar huis parkeerde. Het was duidelijk dat ze schrok. Met een strak gezicht waar haast paniek uit sprak deed ze open.

'Wees maar niet bang, het is niet besmettelijk; de schijn tegen hebben – en ik kom niet binnen. Het enige wat ik hier kom doen is zeggen dat ik je nog steeds op Nicks verjaardag verwacht.'

'Dat lijkt me geen goed idee, Nien. Ik heb je al gezegd dat ik afstand nodig heb en...'

'We zijn familie.'

'Nee, we zijn vrienden.'

'Als het anders was gelopen met Bart, was jij mijn schoonzus geweest. Dan was je de schoondochter van mijn ouders, de tante van Ruben en Lisanne. Jij bent familie en familie laat elkaar niet in de steek.'

'Bart is dood.'

'O geloof me, dat weet ik als geen ander. Dat herinner ik me iedere minuut van iedere dag. Dus, zaterdag. Twee uur. Waag het niet Nick nog een keer zo te laten zakken.' Ze draaide zich om en liep zonder om te kijken naar haar auto. Achter zich hoorde ze Floor de voordeur sluiten. Op hoge snelheid scheurde ze terug naar huis.

Ruben was niet alleen. Colette stond naast hem, haar hand in de zijne.

'Fijn jongens, dat jullie er zijn,' glimlachte ze. Het voelde als verraad om hem een lieve knuffel te geven en Colette gewoon, zoals altijd, hallo te kussen.

'Kerel.' Nick gaf Ruben een hug en hield hem langer vast dan nodig – de vader die zich naar de zoon keert voor steun.

Het intieme gebaar zorgde ervoor dat zij zich gepasseerd voelde. Entourage.

'Wat?' riep Ruben uit toen hij het verhaal van zijn vader hoorde. 'Welke imbeciel doet zoiets?'

'Als we dat eens wisten.'

Ruben nam een grote hap van zijn pasta – de tafel stond vol met de lievelingsgerechten van Nick; alsof ze door zich uit te sloven in de keuken iets goed kon maken van wat ze had veroorzaakt. 'Maar je hebt niets met dat meisje gedaan, toch?'

Nick klakte ontkennend met zijn tong en ging door met het verspreiden van zijn eten; de schijn van smaak. Hij had nauwelijks een hap genomen.

'Nou?' Ruben keek zijn vader aan. Serieus. Vragend.

'Kom op, Ruub, ik heb je toch verteld hoe het is gegaan?'

Ruben liet zijn mes en vork zakken. 'Ik wil het gewoon horen, pap.' De zoon die zijn vader om verantwoording vraagt. 'Met woorden.'

Wanneer waren de verhoudingen verschoven? Hoe kon Ruben ongemerkt ook een man zijn geworden?

Nicks gêne deed haar wangen gloeien. Dit was dus hoe het allemaal zou gaan. Nu was het zijn zoon, straks misschien de hele wereld. Een tribunaal. Waar rook is, is vuur.

'Nee.' Nick zei het duidelijk, met rechte rug, zonder met zijn ogen te knipperen. Alsof hij aan een leugendetector vastzat. Eén moment bestonden alleen hij en Ruben nog, waren zijn vrouw, dochter en schoondochter alleen publiek. 'Nee, Ruben, ik heb niets met dat meisje gedaan. Helemaal niets.'

'In dat geval staan we helemaal achter je.' Ruben keek de tafel rond. 'Toch?'

Ze knikten. Allemaal. Ook zij. Zij het hardst, zelfs.

'We moeten die gek die die e-mail gestuurd heeft vinden.'

'Zo snel mogelijk,' zei Nick daadkrachtig. 'Ik weet nog niet hoe, maar hier gaat iemand zo hard voor boeten.'

'Voor wat het waard is.' Colette vlijde zich tegen Ruben aan. 'Ik denk niet dat *De Telegraaf* er iets over gaat publiceren. Dit is heel vervelend voor jou, Nick, maar het heeft geen nieuwswaarde. Er zijn zoveel mannen die naar de hoeren gaan.'

Lisanne snoof. 'Maar als we hier te maken hebben met iemand die pap willens en wetens zwart wil maken, dan vindt hij wel een manier. Zet het op social media – bijvoorbeeld eerst een plaatje van pap als familyman met daarnaast die foto's die ik dus nog steeds niet zien mag – en huppakee, je hebt de massa tegen.'

'Er moet toch een reden zijn,' zei Ruben. 'Ik kan maar moeilijk geloven dat een aannemer dit doet als wraak. Wat heeft hij eraan? Hij haalt er de klus toch niet meer mee binnen?'

'Wat ben jij stil.' Nick keek naar haar.

'Wat? O, niets. Ik zit alleen te luisteren. Te denken.' Haastig stond ze op, met als excuus dat ze het zout ging halen, maar Nick hield haar tegen door haar pols vast te pakken. 'Het spijt me, Nien. Dit hele circus. Het spijt me voor jullie allemaal. Móćht dit uitkomen, dan zal ieder van ons daar last van hebben.'

'Dat hoef je niet te zeggen.'

'Jawel, dat moet ik wel. Jullie hebben geen idee, géén idee, hoe blij ik ben dat ik jullie heb: een sterk gezin dat achter me blijft staan, en hoe schuldig ik me voel dat ik jullie dit aandoe.'

Plichtmatig legde ze haar hand op zijn schouder. 'Onzin. Jij hoeft je nergens schuldig over te voelen.'

'En toch zitten we nu hier vanwege mij.'

Iedereen keek haar aan. 'Ik heb appeltaart gemaakt.'

Nicks ademhaling was zwaar en regelmatig. Ondanks alles was hij in slaap gevallen.

Zij niet. Zij dacht aan Bart; aan wat hij gezegd had, toen, op de dijk – zij was net vijftien, hij studeerde al.

'Doe je ogen eens dicht.'

'Waarom?'

'Omdat ik je iets wil laten zien.'

'Daarvoor moet ik toch juist mijn ogen openhouden?'

'Doe het nou, maar.'

'Geen stomme rotgeintjes uithalen, Bart.'

'Doe ik niet.'

'Beloofd?'

'Beloofd... Oké, luister nu eens heel goed. Wat hoor je allemaal?'

'Jou.'

'Ja hè, hè, maar wat nog meer?'

'Het water.'

'Wat nog meer?'

'De wind.'

'Dit is geen wind, dit is een briesje. Wat nog meer?'

'Verder niets.'

'Niets?'

'Niets, nee.'

'Nou, doe je ogen nu dan maar weer open... Kijk, zie je die vissersboot daar? Met al die meeuwen eromheen?'

'Ja.'

'Hoor je ze?'

Ze had hem meteen gesnapt.

'Kijk, en dat is waarom ik rijk ga worden.' Hij had met zijn wijsvinger tegen zijn slaap getikt. 'Weet je hoe weinig we van onze hersenen gebruiken? Tien procent maar. Tien procent! Dat gekrijs van die meeuwen was er al, maar je hoorde het niet, totdat je ze zag. En je zag ze eerder al, maar je registreerde ze niet. Je hebt zien en zíén. Horen en hóren. Ik ga mijn hersenen zo trainen dat ik het volle potentieel van mijn brein kan benutten. Of nou ja, dát is misschien niet mogelijk, maar wel meer dan dat kleine beetje dat de meeste mensen gebruiken. Ik ga nadenken, écht nadenken.'

Ze dacht aan Søren. Aan hoe hij een kus op haar voorhoofd had gegeven toen zij hem dit verhaal had verteld. Aan hoe hij had gezegd dat het een fabeltje is, dat we maar een klein deel van onze hersencapaciteit benutten.

Maar toch.

Er moest meer zijn dan ze nu zag. Dan ze nu hoorde.

Er moest een oplossing zijn voor dit hele gedoe.

Een weg hieruit.

Er streek een musje neer in de begonia. Een klein, grijsbruin bolletje dat telkens spichtig om zich heen keek, zich ervan bewust dat het gevaar van alle kanten kon komen.

Nick zat voor het raam zichzelf te googelen, Lisanne zat op haar telefoon.

Het musje hipte van tak op tak, vond uiteindelijk een pluisje en vloog daarmee naar de rand van de schutting; een hoge tussenstop vanwaar hij gespannen de omgeving in zich opnam. Pas toen hij had bepaald welke route het veiligst was, vloog hij uit het zicht.

Dat is ook een leven, dacht ze.

Op de tafel begon Nicks mobiel te trillen. Op het scherm stond een onbekend nummer, geen naam.

Nick trok een gealarmeerde blik, nam op en liep de kamer uit.

'Metsaers,' hoorde ze hem op de gang zeggen. 'Ja, spreekt u mee... Klopt inderdaad... Maar waar gaat het dan over?'

'Wie is dat?' fluisterde Lisanne.

'Geen idee.' Geen idee, maar het klonk niet goed. Misschien was het toch de krant? Of was het bij een andere journalist terechtgekomen?

'Nee, ja, dat begrijp ik... Vanmiddag? Eh ja, nou we hadden plannen, maar: is goed. Twee uur? ... En wat is het adres? ... Oké, tot straks dan.'

Nick kwam de kamer weer binnen. Zijn gezicht stond strak van de spanning. Langzaam ging hij weer aan tafel zitten, prikte een tomaat aan zijn vork, legde die neer op tafel. Van de salade die zij gemaakt had, had hij maar een paar kleine happen genomen.

'Pap?' vroeg Lisanne.

'Wie was dat, Nick?'

'We eh, ik weet dat we straks naar jouw ouders zouden gaan om het te vertellen, maar dat kan dus niet doorgaan. Er is aangifte tegen me gedaan. Ik moet vanmiddag op het bureau verschijnen.'

'Aangifte? Aangifte waarvan?'

Zijn vork trilde haast onmerkbaar. 'Dat krijg ik dus vanmiddag te horen.'

'En?'

Nick maakte een machteloze beweging. Hij zag eruit alsof hij van een begrafenis kwam.

'Vertel.' Ze liep achter hem aan naar de woonkamer, waar Lisanne bloednieuwsgierig opveerde.

Zonder iets te zeggen nam hij plaats in de leunstoel. Hij zette zijn ellebogen op zijn knieën en sloeg zijn handen voor zijn mond.

'Pap? Wat zeiden ze?'

Hij schudde zijn hoofd. 'Jullie moeten echt geloven dat er niets van waar is.' In zijn ogen scholen ongeloof en angst.

Lisanne knikte, zij zei: 'Natuurlijk, we kennen je toch.'

Ze hadden samen heel wat meegemaakt, maar in deze toestand had ze hem nog nooit gezien. De brok in haar keel werd zo groot dat ze moeite had met slikken.

'Dat meisje is...' Radeloos zoog hij een teug lucht naar binnen. 'Dat meisje is pas... Pas zeventien.'

'Dat meisje van die foto?'

Hij knikte. 'Juliëtte heet ze. Een achternaam hebben ze niet gegeven. Mijn god... Zeventien... Minderjarig... Ik... Iedereen denkt dat ik...'

Ze wilde hem troosten, maar hij weerde haar af nog voordat ze bij hem was.

Midden in de woonkamer bleef ze daarom staan. 'Maar de politie kan haar verhaal toch niet zomaar geloven? Heb je wel gezegd dat zij zo uitgedost jouw kamer binnenkwam? Heb je ze erop gewezen dat jij gewoon nog al je kleren aanhebt, dat je...'

'Ze heeft een heel verhaal, Nina.' Hij zei het haast boos. 'Ze zegt dat haar vriendin die foto's heeft gemaakt, uit zelfbescherming, omdat ik ook aan haar zou hebben gezeten. Ja, moet je horen: ik zou me eerst aan een meisje dat bij mij op school zit vergrepen hebben; een klassieke #Me-Too-situatie – ik heb overigens geen idee wie dat zou moeten zijn, want ik zie nauwelijks leerlingen en daarbij: dat meisje bestaat helemaal niet – en vervolgens is die Juliëtte een wraakactie begonnen.'

'Ik snap het niet, pap. Hoezo een wraakactie?'

Nick zuchtte, alsof zijn energie uit zijn tenen moest komen. Hij keek haar en Lisanne nog steeds niet aan, zijn lange vingers trilden. 'Er zijn twee meisjes. De een zit bij mij op school, de ander – Juliëtte – is haar vriendinnetje. Die eerste zou ik hebben aangerand. Met dat verhaal gaat zij naar haar vriendin Juliëtte. Juliëtte zegt dat zij aangifte moet doen, maar dat meisje durft niet, want ik ben de rector en een politicus en een "man met macht – en mannen zoals ik komen overal mee weg".'

'Dit kan niet waar zijn, zusje. Nu gaat Søren echt veel, veel te ver.'

'Dan bedenken die meisjes samen een plan. Juliëtte zoekt mij op, op de sociëteit, en ondertussen verstopt haar vriendinnetje zich in de gang, met haar telefoon in de aanslag. Uiteraard grijp ik, de geile ouwe bok, meteen wat ik pakken kan, en dan maakt zij snel die foto's, zodat ze haar vriendin op tijd kan redden.'

'En dat geloven ze?'

'Ze geloven er in ieder geval genoeg in om mij te verordonneren op het bureau en me de hele middag vast te houden.'

'Maar ze hebben je laten gaan,' zei Lisanne. 'Dat betekent toch iets?'

Hij maakte een handgebaar, waaruit bleek dat hij niet wist wat het betekende dat hij naar huis had gemogen. Misschien was hiermee de kous af, misschien kwam er nu een vervolgonderzoek. 'Het is mijn woord tegen het hunne. Alleen hebben zij allerlei foto's.'

'Waarop welbeschouwd niets te zien is,' probeerde zij. 'Ja, op één foto raak je haar borst aan, maar dat zou ook kunnen zijn omdat je haar schouder wilde pakken en zij zich net omdraaide, toch?'

Wat een zwaktebod. Het gezicht van het meisje had boekdelen gesproken. Wat een actrice!

Lisanne trok haar wenkbrauwen op.

Haar overdaad aan vertrouwen leek Nick niet op te vallen. Hij verzuchtte alleen: 'Ja, ja zo is het.'

Bart stond vlak achter hem en schudde zijn hoofd, terwijl hij haar recht aankeek. 'Ik weet wat je denkt, maar dat zou het domste zijn wat je nu doen kunt. Nu moet je juist je mond dichthouden, Nientje. Je man steunen. Dit is de keuze die je hebt gemaakt; Nick. Tweeëntwintig jaar geleden en nu weer. Je bent te laat om de waarheid te vertellen. Er is aangifte gedaan. Als je de waarheid nu nog gaat vertellen, zal niemand, helemaal niemand, het je vergeven.'

Bijna alle parkeerplaatsen voor de Alberdingk Thijm waren bezet, maar uiteindelijk wist ze toch een gaatje te vinden. Het schemerde inmiddels. Sørens raam was donker.

Toch trok ze woest aan de handrem en gooide ze het portier dicht. Ze stoof naar de flat en drukte nadrukkelijk op de bel.

Ze wist dat Søren – als hij tenminste thuis was – haar door de camera hier in het portaal zou kunnen zien. Kwaad keek ze in de lens. Secondelang liet ze haar vinger op het kleine, ronde belknopje liggen.

'Rustig, zusje.' Bart kwam vlak voor haar staan, tikte met zijn vinger irritant kalm op het naamplaatje. 'Rustig aan. Dit, dat jij hier uit je plaat gaat, is precies wat die rukker wil.'

'Hou je erbuiten.'

Hij is er niet, ging het door haar heen, maar stoppen met bellen kon ze niet. Ze moest íéts, om haar energie te ontladen. Ze was zo boos dat ze haast knapte!

Hoe had hij dit ooit kunnen doen? Hoe had zij ooit voor hem kunnen vallen?

Tot haar verbazing klonk opeens de brom van de deur die ontgrendeld werd. 'Kom erin.' Sørens stem klonk blikkerig door de intercom. Meteen gingen de haartjes op haar armen overeind staan.

Met een onschuldig gezicht stond hij boven in de deuropening van zijn appartement al op haar te wachten. Een boxershort, meer droeg hij niet. 'Hoi,' zei hij slaperig. Vol nonchalance haalde hij zijn hand door zijn loshangende lange haar en gaapte hij. 'O sorry hoor, maar ik lag net even een dutje te doen. Ik heb een paar nachten wat minder geslapen en...'

'Jij, hufter!' schreeuwde ze. 'Jij godvergeten hufter!'

'Ho, ho, ho.' Met een zelfvoldane grijns stak hij zijn handen in de lucht. De vermoorde onschuld. 'Wat is er aan de hand? Kom gewoon even lekker binnen. Chill.'

Ze schudde haar hoofd. Ze wilde niet naar binnen, het hol van de leeuw in. Maar hier op de gang blijven staan schreeuwen was ook geen optie.

Gespeeld bezorgd keek hij haar aan en hield hij de voordeur voor haar open.

Zijn appartement rook naar slaap en wetsuit. De lakens op zijn bed waren verfrommeld. Hij moest er echt net in gelegen hebben.

'Je hebt haar gewoon doodleuk aangifte laten doen,' zei ze, terwijl ze toch naar binnen liep.

'Ik? Nee hoor. Koffie? Bier?'

Op zijn blote voeten liep hij naar het keukenblok, relaxed alsof hij op het strand was.

'Dat meisje is pas zeventien. Hoe kun je, Søren? In vredesnaam, hoe kun je een minderjarige voor deze zieke actie gebruiken?'

Hij pakte een bierflesje uit de koelkast en wipte de dop eraf.

'Je hebt het van tevoren helemaal uitgedacht, hè. Je wist dit al toen je hiermee begon.'

Onaangedaan ging hij op bed liggen, steunend op zijn onderarm. Ze mocht hier dan volledig flippen, hem kon het niet deren.

Ongelooflijk!

'Als je maar weet dat dit je niet gaat lukken.' Ze priemde haar vinger in zijn richting. 'Het verhaal rammelt aan alle kanten. Hoezo durft dat ene meisje geen aangifte te doen, maar is ze wel zo stoer om de foto's naar de directeur en de krant te sturen?'

'Tja.'

'En ze zullen toch echt ook haar verhaal willen horen. Maar ze bestáát niet!'

'Kom even bij me liggen.' Hij klopte op het matras.

Machteloos hief ze haar handen. 'Het gaat je niet lukken, Søren. Echt niet. Dit houdt geen stand.'

'Nou, dan heb je toch niets om je zorgen over te maken?' Laconiek zette hij zijn biertje aan zijn mond. Hij wíst dat de politie dit wel degelijk serieus nam. Hoe het ook allemaal zat, Nicks hand hoorde niet op de borst van een zeventienjarige te liggen.

'Verdomme, Søren. Hoe kún je?'

'Hoe kan ik?' Hij schudde zijn hoofd. 'De vraag is: hoe kun jíj, schat. Jij bent toch degene die haar man heeft bedrogen? En jij bent toch degene die geen vriendjes wil blijven? Ik heb je uitgelegd dat als je niet met me bent, je tegen me bent, dus...'

'Godsamme, waarom ik ooit ook maar in jouw nabijheid heb willen zijn!'

'Dat is niet wat je tegen me zei, toen je gewoon nog lekker hier lag.' Hij streek over het matras. 'En dat is ook niet bepaald wat ik aan je heb gemerkt, destijds. Het leek er zelfs op dat je hier nogal graag wilde zijn: je grenzen een beetje verleggen, allerlei nieuwe dingen ontdekken. Je was telkens zo geil, zo nat. Die opwinding kún je niet gespeeld hebben.'

Ze voelde zich misselijk worden. In de hitte van haar opwinding had ze heel wat dingen gedaan die ze niet op het internet terug wilde vinden.

'We maken allemaal fouten,' ging hij zo rustig door dat ze er ziedend van werd. 'De vraag is alleen: hoe herstellen we ze.'

'Ik ga het hem vertellen.'

'Goh, lekker bijtijds. Ik zou zeggen: roep nog een keer het hele gezin bijeen. Gezellig: Lisanne, Ruben, Colette.'

'Heb je me bespied?'

'Ha, ik zie je al zitten! "Lieverd, ik heb je maandenlang bedrogen. Met jouw vriend, Ruben. Ja, kijk maar niet zo geschokt, Lisanne, iedereen gaat vreemd, niet alleen jouw ex. Maar wat ik dus even wil zeggen, is dat dit hele gedoe dus mijn schuld is. Søren – jullie weten wel, die drieëntwintigjarige kitesurfer van wie ik zo opgewonden werd – bood me een uitweg: die legde me haarfijn uit dat hij iedereen om me heen kapot zou maken als ik zo lelijk tegen hem bleef doen, maar ik vond het een veel leuker plan om een mes in zijn rug te steken en dat eens even lekker goed heen en weer te poeren en om tegen hem te zeggen dat ik nooit ook maar een greintje van hem heb gehouden. Dus dat er nu foto's op internet staan van jou met een minderjarig meisje dat ook nog eens aangifte heeft gedaan, dat heb ik op mijn geweten, schat."'

'Staan ze online?'

'O ja. En niet zo'n beetje ook. Nog niet gezien, schát?'

'Ik ben je schat niet.'

'Stom, stom, stom, dat blijf ik toch maar vergeten.'

'Besef je wel wat je hiermee aanricht?'

Søren hief zijn bier. 'Yep.'

'Houd hiermee op, Søren.'

'Met drinken?'

'Met dit.'

Hij grijnsde. 'Drink. Laten we het bijleggen.' Hij knikte met zijn hoofd naar de lege plek naast hem. 'Waar is die superechtgenoot van je, eigenlijk?'

'Houd. Hiermee. Op. Als je boos op mij bent, dan moet je mij hebben, niet hem.'

Zo hard ze kon trok ze zijn voordeur in het slot. Buiten adem bleef ze op de galerij staan.

Nick zat naast Lisanne op de bank, een wezenloze blik in zijn ogen, starend naar de tv.

'Zo, ik ben er weer, hoor,' zei ze zo laconiek mogelijk.

'Was het leuk?' vroeg hij – ze hadden niet gevraagd waar ze naartoe ging, toen ze hier een uur geleden weg was gegaan.

'Het staat online, mam,' zei Lisanne, die tegen haar vader aan kroop. Ze sloeg haar armen om zijn schouders. 'Zo oneerlijk.'

Nick staarde voor zich uit. Zijn reputatie was verwoest en het maakte niet meer uit of hij zijn onschuld kon bewijzen. Waar rook is, is vuur; zowel de politiek als het onderwijs zou hem niet terug willen.

'Je hebt het niet gedaan en dat zal uiteindelijk aan het licht komen.'

Hij reageerde niet.

'Hé,' zei ze nadrukkelijk. 'Kijk me eens aan: dit komt allemaal goed. De mensen die van je houden, laten je niet vallen. Misschien lijkt dat bij sommigen in eerste instantie zo, maar vroeg of laat draaien ze wel bij.'

'Floor draait niet bij.'

'Vast wel.' Bemoedigend keek ze hem aan, maar zeker van haar zaak was ze absoluut niet. Wat heb je immers aan de waarheid, als je de publieke opinie tegenhebt?

Storm

We hebben de trein gemist. Ook dat nog.

Op het perron is het koud en tochtig, en de volgende trein naar het verre oosten komt pas over zesentwintig minuten. Niemand zegt het, maar iedereen zou Expeditie Achterhoek het liefst afblazen.

'Dit is toch geen weer,' klaagt Floor. 'Dit wordt vast zo'n horrorwinter.'

'Laten we één ding hopen: dat we niet ook nog regen krijgen. Het is bijna een kwartier lopen van de bushalte naar camping Het Stramme Kabouterbos.' Ik steek mijn handen in Nicks jaszakken en kruip tegen hem aan.

Hij laat het toe, maar slaat zijn armen niet om me heen. Wat is er toch met hem aan de hand? Is hij nog steeds chagrijnig dat hij mee 'moet', terwijl hij liever was gaan sporten? Vindt hij dat ik te veel zeur?

Ik mag toch zeker wel zeggen dat ik hoop dat het droog blijft!

Af en toe word ik gek van hem. Dan zou ik hem wel door elkaar willen schudden, hem toe willen schreeuwen: 'Man, prááit met me, laat me niet raden naar je gedachten.' Soms sluit hij zich helemaal voor de rest van de wereld af. Dan kan ik hem met de beste wil van de wereld niet bereiken.

'Laten we in de wachtruimte gaan zitten.' Bart wijst naar het glazen hokje iets verderop. We lopen er zwijgend naartoe, alsof we naar een strafkamp gaan, in plaats van naar een verjaardagsfeestje.

Floor is als eerste binnen. Ze gaat zitten. Nick volgt, en daarna vechten Bart en ik om de plek aan haar andere kant. Op het vierde en laatste stoeltje van de rij ligt namelijk een leeg patatbakje dat is besmeurd met mayonaise.

'Moet ik op deze hakken blijven staan, soms?'

'Ik wil gewoon naast mijn vriendin zitten, ja.' Bart is sterker, veel sterker dan ik. Met een plagerige blik gaat hij zitten en slaat hij zijn arm om Floor heen. 'Jij kunt daar.' Hij wijst naar achteren; naar de rij stoelen die met hun rug tegen die van de rest aan staat.

'Nick...' probeer ik.

Maar Nick doet niks. Hij vindt het kinderachtig hoe Bart en ik met elkaar omgaan, dat heeft hij meer dan eens gezegd. Hij wil geen partij kiezen.

Bart kijkt mij triomfantelijk aan.

In gedachten hoor ik mama's woorden. 'Laat elkaar toch eens met rust.' Maar hoe?

Met onze paraplu's tegen de wind in gestoken, lopen we twee uur later naar de camping. Langs de kant van de weg staan geen lantaarnpalen. Alleen maar bomen. De omgeving ruikt naar natte aarde en bos.

Eindelijk doemt het bord CAMPING HET KABOUTERBOS *op.*

'Nou, laten we er maar het beste van proberen te maken.'

Het terrein is treurig en verlaten. Gravelpaden, grasveldjes, donkere caravans, witte tuinmeubelen onder plexiglazen afdakjes.

Wanneer we het hoofdgebouw zien, een baken van tl-licht, horen we eindelijk de beat van Astrids feestje. Nog twee keer de hoek om en dan zien we de party ook daadwerkelijk.

Is het buiten? Serieus?

Shit. Ik had het ook kunnen weten. Hoeveel mensen passen er immers in één stacaravan? Ik had mijn thermolegging aan moeten doen, in plaats van een kort rokje en een panty.

'Hé, daar zijn jullie dan!' Astrid komt vol enthousiasme op ons af. Onder haar winterjas draagt ze een comfortabele broek, en omdat ze haar capuchon opheeft, kan de regen haar niet schelen. 'Hebben jullie het makkelijk kunnen vinden? Willen jullie iets drinken? Iets eten soms?' Ze wijst op een slungelige jongen die met een schaal bitterballen rondgaat. 'Dat is nou Teun. We hebben de frituur van de snackbar aangezet.'

Teun blijft onder een van de Coca-Colaparasols die dienstdoet als regen-

scherm staan. 'Leuk jullie eindelijk te ontmoeten,' zegt hij wanneer we bij hem zijn. 'En? Wat vinden jullie ervan?' Hij kijkt om zich heen alsof hij er zelf nog steeds verbaasd over is hoe goed ze dit hebben weten te regelen.

Aan de parasols hangen snoeren met gekleurde lampjes, gasheaters zorgen ervoor dat het qua temperatuur redelijk is te doen, in het lege zwembad hebben ze een dj-booth weten te maken. Alle gasten – een stuk of dertig – roken hier. Ze praten in een overdreven dialect.

'Tof hè.' Teun wijst naar het zwembad, waarin discolampen gekleurde vlekken op de tegeltjes draaien. 'Eerst dachten we, laten we met z'n allen in het bad gaan staan, uit de wind, maar eigenlijk is het hier ook best te doen. Is ook makkelijker, anders moet iedereen steeds die trap op en af.' Hij wijst op de ladder die tegen de zwembadwand staat. Met mijn outfit zou op- en afklauteren absoluut geen succes zijn geweest.

'Alsjeblieft.' Astrid heeft vier bier van de bartafel op het grasveldje iets verderop gehaald.

Wij klinken onze flesjes tegen het hare. 'Op je gezondheid. Nog vele jaren.'

Dit is werkelijk het treurigste én koudste feestje waarop ik ooit ben geweest.

Ze staarde naar de duinen in de verte. Daar, aan die troebele horizon, hing Søren op dit moment misschien wel aan zijn kite zich Neptunus te voelen; de god van de golven, de almachtige veroorzaker van de storm.

'Ik ben nu dus wél officieel op non-actief gesteld,' zei Nick door de telefoon. 'Per direct.'

Ze slikte en haalde diep adem. Ze voelde haar collega's door de glazen scheidingswand naar haar kijken. *Als het mijn man was geweest, nou... Ja, zo zie je maar, het zijn altijd de mensen van wie je het nooit verwacht... Ze zal toch niet bij hem blijven, hè...*

'Lieverd...' Ze speurde haar brein af naar de juiste woorden om tegen hem te zeggen, iets wat troostend kon zijn, of op z'n minst opbeurend, maar ze vond niets. 'Wat erg voor je.'

Alles wat ze kon zeggen, was even schijnheilig.

'Dus, dan weet je dat.'

'Het spijt me voor je.'

'Ja...'

Ze keerde zich om en zag twee collega's nog net hun gezichten wegdraaien. Niemand, zelfs haar persoonlijke secretaresse niet, had nog het lef gehad om er iets over tegen haar te zeggen, maar het was overduidelijk dat iedereen het wist.

Ze liep terug naar haar computer, waar het artikel over Nick op openstond. Oeps. RECTOR BETRAPT MET 17-JARIGE LEERLING. Het nieuws stond inmiddels op elke roddelsite die je maar kon vinden. Iedereen kopieerde elkaar, sommigen vulden het verhaal aan met meningen, die gepresenteerd werden als feiten. De foto's waren overal te zien. Nicks gezicht was duidelijk in beeld, het gezicht van het meisje was overal vervaagd – Søren wilde blijkbaar het risico niet nemen dat ze ergens door iemand zou worden herkend.

Wat Nick met zijn harde werken, uitgedachte strategie en integere handelen nooit voor elkaar had gekregen, was nu gebeurd: hij was nationaal nieuws. Iedereen wist waar hij voor stond: onderwijsvernieuwing, meer geld voor jeugdzorg, een integrale aanpak van obesitasbestrijding onder jongeren – en alles leek even cynisch en pervers.

De opiniemakers en reaguurders raakten er niet over uit gespeculeerd, snapten niet dat zo'n 'prominente linkse meester' zich in zo'n 'awkward positie' had weten te manoeuvreren. Grootheidswaanzin, kwam voorbij. Arrogantie. Nick was een masochistische, op macht beluste goorlap. En dat waren dan nog de nette reacties.

Ze smeekte het universum deze baggerstroom aan Nick voorbij te laten gaan, maar ze wist dat hij alles zou lezen. Elk woord zou keihard bij hem binnenkomen. Hoe kon het anders?

De telefoon in haar hand trilde. Hasib. *Kunnen we even praten?* De eerste collega die er iets over wilde zeggen. De moed zonk haar bij voorbaat al in de schoenen.

'Ik vind dat je in een statement afstand moet nemen van wat jouw man heeft gedaan,' zei Hasib.

'Pardon?'

'Ja kijk, ik heb nu al meerdere telefoontjes van bezorgde cliënten en partners gehad en iedereen wil weten wat ons standpunt is.' Met een aan arrogantie grenzende kalmte leunde de directievoorzitter in zijn leren bureaustoel achterover. Hij had zijn kantoor met notenhouten meubelen laten inrichten. Aan de muur hing een foto waarop hij Willem-Alexander de hand schudde en breeduit in de camera lachte.

'Ons standpunt? Bedoel je dat...'

'Lieve Nina, je snapt me toch wel? Ik vind het verschrikkelijk om te zeggen, maar als we ons niet uitspreken, betekent dat dat wij als bank, als instituút, achter jouw man staan.'

'Wat een onzin.'

'Ben ik met je eens. À la minute. Je hebt gelijk. Maar toch moeten we iets doen. Hier mag niet de hele organisatie onder lijden... Neem op z'n minst een paar verlofdagen op. Misschien kunnen jullie er met z'n tweeën een vakantie van maken? Ga naar de zon, laat los wat er hier in Nederland speelt, open vooral internet niet en...'

'Ik ga niet met verlof, Hasib.'

'Het zou jullie goeddoen.'

'Het zou ons helemaal niet goeddoen. De enige die het goed zou doen, dat is jou, omdat die "bezorgde cliënten en partners" over wie jij je zo druk maakt mijn verlof zullen interpreteren als een statement.'

Hij hief zijn handen op. Ze sloeg de spijker op de kop; dat was precies wat hij bedoelde.

'Nick heeft niets gedaan en ik ga nergens heen. Allemachtig, Hasib, het staat nét online. Dit is allemaal ontzettend voorbarig.'

'Het stond gisteravond al online. Al onze partners, al onze klanten weten...'

'Er komt geen statement, in welke vorm dan ook.'

Hasib zette zijn vingertoppen tegen elkaar en vertrok zijn mond naar rechts; hij was aan het denken.

'En o wee, als je *legal* erop zet. Dan ben ik voorgoed weg.' Kwaad stond ze op en beende ze de kamer uit.

Zonder ook maar iemand gedag te zeggen, stapte ze in haar auto en reed ze terug naar huis. Naar waar ze hoorde. Waar ze nodig was.

Nick lag in zijn joggingbroek en T-shirt op de bank. Hij stak zijn mobieltje snel weg toen zij binnenkwam. Ze zei er niets van. Zij zou zichzelf ook onophoudelijk googelen als dit haar zou overkomen. 'Dag schat.' Ze liep naar hem toe, knielde naast hem en gaf hem een lieve kus op zijn hoofd. 'Nog iets gehoord?'

Hij zweeg. Natuurlijk had hij 'iets gehoord'; hij had veel te veel gehoord.

'Vertel.'

'Marc vindt dat ik me moet terugtrekken.'

'Als kandidaat-wethouder?'

Hij knikte.

Verdomme. Ook dat nog.

Zij legde haar hand op zijn korte haar, maar hij weerde haar aanraking af door één keer nee te schudden.

'Wat een zak. En dat noemt zich een vriend. Hoe kan hij je zomaar laten vallen?'

'We gaan nog een keer whisky drinken, zei hij. Gewoon een zoethoudertje. De lul.' Boos kwam hij overeind, liep naar zijn laptop die opengeklapt op tafel stond en bewoog de muis. Zijn inbox kwam tevoorschijn. Er stond een e-mail open, die gestuurd was door het info-adres van de partij. 'Hier, lees.'

> Geachte heer Metsaers, beste Nick,
>
> Deze week bent u nationaal nieuws geworden in een netelige kwestie. Hangende het onderzoek verzoeken wij u vriendelijk doch dringend een politieke rustperiode in te lassen. Tevens vragen wij u om, totdat er een positieve uitspraak is gedaan door justitie, niet politiek in de media te verschijnen. Wij rekenen op uw begrip en vertrouwen op de goede afloop van deze onfortuinlijke situatie.

'Ironisch, niet?' Ineens zat Bart in kleermakerszit op de grond. Zijn benen opgetrokken, zijn rug tegen de boekenkast. 'Dit is allemaal begonnen omdat jij Nick niet langer genoeg vond, maar nu is zijn geluk opeens het enige wat je nog wilt.' Hij pulkte aan de rug van een fotoalbum. 'Nientje, stel jezelf eens de vraag: wat is er nou precies allemaal nep aan deze situatie en wat is er eigenlijk echt? Is dat wat je nu voelt waar? Of is Nick nog steeds saai, maar voel je je zo schuldig dat wat nep is opeens heel echt lijkt?'

Ze haalde diep adem en volgde Nicks bewegingen; hoe hij de tuindeur opende, een sigaret opstak en gespannen de rook naar binnen zoog. Dit was niet het moment om te beginnen over gezondheid en terugvallen in oude gewoontes.

'Luister,' ging Bart verder. 'Je kunt nu wel alles gaan opbiechten, maar wie heeft daar iets aan? Denk je dat die Juliëtte haar aanklacht dan opeens intrekt? Dat Nicks hand op haar borst dan zomaar verdwijnt? Dat Ruben en Lisanne dan blij zijn dat ze niet één maar twee ouders hebben die iets verschrikkelijks gedaan hebben? Er moet iemand van jouw gezin rechtop blijven staan, zusje. Jij mag niet ook vallen.'

Vallen.

Vallen...

Ze kon er niets aan doen; haar tranen drupten op haar knieën.

Die Juliëtte was zeventien. Punt uit.

Pedo.

Smeerlap.

Trial by media.

Zij was dit begonnen en ze wist bij god niet hoe ze het weer kon stoppen.

Nick lag in bed en rookte sigaretten. Nu al twee dagen. Hij kwam er alleen nog maar uit om naar de wc te gaan. Hij dronk en at nauwelijks en zei alleen het hoogstnodige wanneer ze hem iets vroeg. De batterij van zijn telefoon was leeg, maar hij had haar niet gevraagd om de oplader te gaan halen.

Lisanne bewoog zich door het huis als een schaduw. Die voelde het; dat ze te veel was. Nog meer dan anders ging ze op in haar telefoon.

Zelf had ze het niet meer. Ze zocht haar heil in huishoudelijk werk. Daar was ze helemaal het type niet voor, maar boenen, koken en strijken gaven haar het gevoel tenminste iets van controle te hebben; met elke klus die ze uitvoerde was ze iets dichter bij de goede vrouw die ze hoorde te zijn.

Ze liep met een wasmand schoon goed naar boven en fronste haar voorhoofd toen ze Nick op de overloop zag staan. Het was niet het feit dat hij eindelijk uit bed was gekomen dat haar verbazing wekte, maar het feit dat hij zo raar stond; iets naar voren gebogen en alsof hij was bevroren in de tijd.

'Wat doe jij daar nou?' vroeg ze oprecht verwonderd.

Zijn antwoord was een blik waar niets anders dan leegte uit sprak.

De deur van Lisannes kamer vloog open. 'Pap, wat...'

En hij stond daar maar. Alsof hij een geest zag. Alsof alles wat hij ooit gedacht had een leugen was gebleken.

'Papa, we zeiden zomaar wat.' Lisanne had haar telefoon in haar handen. Ze was aan het facetimen met Ruben.

'Pa,' Ruben keek hen vanaf het telefoonscherm geschrokken aan. 'We bedoelden er niets mee, we...'

'Nick?' Ze pakte zijn arm vast, om hem uit zijn shock te wekken, maar hij reageerde niet. Het was alsof hij niets meer hoorde, alsof niets meer telde. 'Nick?' zei ze nog een keer.

Alsof hij dat wel hoorde, kwam hij in beweging. Hij beende woedend de trap op en sloeg de deur van hun slaapkamer zo hard dicht dat de ramen trilden in hun sponningen.

Ze keek naar haar telefoon, toen naar haar kinderen. Ruben vloekte, Lisanne begon met theatrale uithalen te huilen. 'Hij heeft ons gehoord. De deur stond op een kier en...' Er stond een glas wijn op haar nachtkastje.

'Wat hebben jullie gezegd?'

'Niets,' antwoordde Ruben afgemeten. 'Gewoon, dat het opmerkelijk is, dat...' Hij sloeg met zijn vlakke hand op de kledingkast waar hij voor stond.

Lisanne haalde luid haar neus op. 'Ruben zei dat Colette heeft gezegd dat je niet om de feiten heen kunt. Iedereen zíét toch hoe pap dat meisje...' Haar ogen vlogen door de kamer, zoekend naar het juiste woord, 'dat meisje aanraakt. Ze is pas zeventien, mam. Een jaar jonger dan ik! Hij wist het misschien niet, maar toch. Hij is toch met jou getrouwd. Waarom is hij niet gewoon van haar afgebleven?'

'Shit,' zei Ruben nog een keer. 'We geloven hem hoor, mam. Echt.' Maar zijn blik en stem spraken zijn woorden tegen.

'Luister.' Ze kon haar woede – of nee, haar radeloosheid niet beheersen. 'Ik ken jullie vader al meer dan mijn halve leven en ik steek er beide handen voor in het vuur dat hij niets met dat kind gedaan heeft.'

'Kind,' snoof Ruben. 'Ze ziet eruit als eenentwintig. Iederéén was erin getrapt.'

'Papa is er niet in getrapt. Papa wordt belazerd. We weten niet door wie en we weten niet hoe, maar wij' – ze wees eerst Lisanne, toen Ruben en toen zichzelf aan – 'wij staan achter hem. Honderd procent. Hebben jullie dat goed begrepen?'

Lisanne knikte alsof ze een klein meisje was, maar zijzelf was nog niet klaar. 'Ik wil nooit, helemaal nooit, meer horen dat jullie ook maar een geringste beetje aan zijn onschuld twijfelen. Jullie vader is de meest loyale, eerlijke, betrouwbare man die ik ken. Hij heeft jullie wantrouwen niet verdiend.'

Lisanne haalde luidruchtig haar neus op, Ruben knikte met een gezicht waar de ernst van afdroop.

Ze trok de deur van Lisannes kamer achter zich dicht. De kramp tussen haar borsten was zo hevig dat ze zich afvroeg of ze een hartaanval ging krijgen.

Ze denderde de trap af, liep meteen door naar de boekenkast en trok het fotoalbum van het jaar waarin ze naar de Ardennen geweest waren tevoorschijn. Kleine Lisannes, stoere Rubens, lachende Nicks met weelderige krullen.

Voordat ze bij de vakantie kwam, stuitte ze op een klassenfoto van Ruben. Ze hoefde niet lang te zoeken naar Søren. Met een lach en serieuze ogen keek hij de schoolfotograaf vol bravoure aan. Hij was geen spat veranderd, alleen ouder geworden.

Ze bladerde door naar de vakantie en zag wat toen aan haar voorbij was gegaan: een klein jongetje zonder ook maar enige vorm van angst in zijn ogen; geen vertrouwen, maar roekeloosheid; een overmoed die haar angst aanjoeg.

Het ging Søren niet om haar. Zijn gekte zat diep vanbinnen.

Orkaan

Ik heb te veel gedronken.

Iedereéén heeft te veel gedronken.

Het was de enige manier om dit feest te overleven. Of nou ja, feest... Die naam mag deze bijeenkomst van mensen eigenlijk niet hebben.

Een vrouw met borstelige wenkbrauwen staat tegen me aan te ouwehoeren. Ze is familie van Astrid. Of van Teun. Of van iemand anders – ze heeft het me verteld, maar haar verhaal is één grote onbegrijpelijke brij.

Zonder me er nog zorgen over te maken of het wel of niet beleefd is, kijk ik om me heen. Waar is Floor? Ik zie haar nergens.

'Ik moet even naar de wc,' zeg ik.

De vrouw gaat doodleuk met haar verhaal door, maar dan tegen de man die naast haar is komen staan.

Ik wil naar huis. Ik heb het koud en ben hartstikke chagrijnig. Misschien kunnen we een taxi naar het treinstation nemen? Waarom is dit, hier zijn, eigenlijk onze morele plicht?

Verderop staat Bart met Teun te praten. 'Weten jullie waar Floor is?' vraag ik hen.

'Volgens mij wilden ze nog wat snacken.' Teun staat niet meer stabiel op zijn benen en wijst naar het hoofdgebouw. Nu pas valt me op dat ook mijn vriendje is verdwenen. Ik ben alleen met Bart. Het is nu mijn broer en ik.

'Ik wil eigenlijk naar huis,' zeg ik. 'Ik heb het koud.'

Teun komt meteen in actie. 'We kunnen verhuizen naar het zwembad.'

Hij wijst naar de tegelvloer, een paar meter beneden ons.

Snel schud ik mijn hoofd. Ik wil geen alternatief, ik wil hier gewoon weg. Naar mijn bed. Morgen de hele dag onder de dekens liggen. Slapen. Opwarmen!

Maar Teun is al weg gespurt.

'Aardig, Nien,' zegt Bart sarcastisch.

Ik haal mijn schouders op. 'Ik heb gewoon ongelooflijk veel zin in harde seks met Nick. In zijn grote lul in mijn krappe poesje, in hem geil aflikken en dan...' Hij is de bliksemafleider voor mijn chagrijn. En het werkt!

Hij zet zijn bierflesje zo woest op tafel dat de andere flesjes eraf rollen. Eén spat er op de stoeptegels uiteen, de rest weet ik op te vangen. Er stroomt bier over mijn panty, ik voel het zo mijn schoen in lopen.

Bart beent weg in de richting van het hoofdgebouw. 'Zak!' schreeuw ik hem na.

'Van harte gefeliciteerd, schat.' Ze gaf Nick een zachte ochtendkus. 'Heb je een beetje goed geslapen?'

Bij wijze van antwoord humde hij iets onbestemds. Hij was zijn dag-nachtritme compleet kwijt, had zich al dagen niet geschoren en zijn T-shirt was inmiddels zo vies dat het zelfstandig naar de wasmachine kon lopen. Op het nachtkastje stond zijn asbak te stinken.

'We gaan er een leuke dag van maken, oké? Wil je mijn cadeautje alvast?'

'Ik heb een droge bek.'

'Hier.' Ze gaf hem het glas water dat altijd op haar nachtkastje stond en probeerde zijn ochtendadem niet te ruiken. 'Nou, ben je er klaar voor?' Zonder op zijn antwoord te wachten pakte ze haar cadeautje.

Het was het dure horloge waar hij al zo'n tijd over zat te twijfelen. Geforceerd glimlachend keek ze toe hoe hij het uitpakte.

Hij deed het klokje om zijn pols. 'Dat had je niet hoeven doen.' Hij probeerde te lachen zoals vroeger, maar het resulteerde in een grimas.

Zuchtend hees hij zich uit bed.

'Wil je eerst douchen, of eerst ontbijten?'

Wat maakte het uit? Dat hij straks braaf in de woonkamer zou komen zitten om zijn feestje te vieren, deed hij puur en alleen voor haar en de kinderen – zoals hij, in de kern, altijd alles voor haar en de kinderen deed.

Raar toch dat dat verantwoordelijkheidsgevoel waar zij destijds verliefd op was geworden haar nu zo naar de keel vloog.

Zodra hij in de badkamer verdween, opende zij WhatsApp. Het gesprek met Søren was, net als de afgelopen dagen, leeg. Haar hart wist niet of het moest kiezen tussen opluchting of angst. Betekende het feit dat hij al dagenlang niet van zich had laten horen en er niets schokkends meer gebeurd was dat het eindelijk was afgelopen? Ze durfde het haast niet te geloven.

'Mam, pap. Gezellig!'

'Hier, kind.' Haar moeder stak haar een bos bloemen toe. 'Voor jou. O kijk, daar hebben we het feestvarken ook al.' Met uitgestrekte armen liep ze op Nick af, die er geschoren en met schone kleren aan al een stuk levender uitzag. 'Van harte, jongen. Hoe voel je je?'

In plaats van een antwoord gaf hij haar drie zoenen.

'Je cadeau ligt achter in de auto.' Zoals afgesproken hielden haar ouders zich volledig op de vlakte. 'Je moet het er zelf maar uit halen.'

Hij trok vragend zijn wenkbrauwen op, zij schoot haar jas aan en liep met hem mee naar buiten.

'Dat menen jullie niet,' zei hij toen hij door de raampjes heen zag wat het was. Eindelijk – eindelijk! – brak er weer iets van een oprechte lach op zijn gezicht door. 'Ik dacht dat dit ding weg was.'

'Weet je dan niet meer dat je het bij ons op zolder hebt gezet?'

'Jawel, maar ik dacht niet dat het er na al die jaren nog zou staan.' Hij liet zijn vingers over de glimmende lak van zijn oude drumstel glijden en trommelde zachtjes op het strakgespannen vel. 'Dit ouwe beestje.'

'We vonden het tijd worden dat je het weer op je eigen zolder zette.'

Ze wilden het instrument net naar binnen tillen toen Floor met haar gezin aankwam.

Godzijdank. Dit was wat Nick nodig had.

Ze legde haar hand op zijn rug en fluisterde: 'Zie je wel?'

'Hoi.' Floor stapte uit, kuste iedereen, deed haast normaal, maar de spanning was om te snijden.

'Daar ben je dan.' Nick had de floor tom in zijn handen en maakte een verontschuldigende hoofdbeweging richting de deur. 'Het spijt me, eerst dit even naar boven brengen...'

Floor knikte. 'Tuurlijk.'

Haar jongens waren zoals altijd hyperenthousiast en haar man Werner merkte zo te zien ook niets van de moeizame verhouding.

En dan haar moeder... 'Dag lieve Floor. Wat fijn je te zien. Hoe gaat het? We hebben Nick net zijn oude drumstel gegeven. Dat weet jij vast ook nog wel, dat hij vroeger in een bandje zat. Zullen we naar binnen gaan? Volgens mij gaat het straks regenen.'

Godzijdank was er afleiding genoeg.

'Papa gaat nu toch niet de hele dag op dat ding zitten rammen, hè?' vroeg Lisanne een halfuur later. Het drumsalvo dat Nick op zolder gaf, dreunde in de woonkamer door.

'Och, laat die man,' zei haar moeder goedhartig. 'Kan hij zich lekker afreageren.' Soms was het alsof Nick voor haar iets van de leegte die Bart had achtergelaten opvulde. Nick was inmiddels langer in haar leven dan haar zoon dat was geweest. 'En meid, hoe is het met jou?' Ze klopte met een meelevende blik op haar kleindochters knie. 'Mis je je kamer in Amsterdam niet?'

Floor zat ongemakkelijk naast Lisanne op de bank. Ze had nog maar nauwelijks een woord gezegd.

Ze ving met veel pijn en moeite de blik van haar vriendin. 'Kun jij me even helpen in de keuken?'

Floors ogen schoten naar haar man voor hulp, maar die was bezig met de kinderen. Ze maakte zich klaar om op te staan, maar werd onderbroken door de bel.

'Straks dan maar.' Ze liep naar de gang, hoorde Nick en haar vader de zoldertrap af komen. Ze opende de voordeur en bleef als aan de grond genageld staan.

'Hai mam.' Ruben lachte.

Colette stond naast hem, een fles whisky in haar hand. 'Hoi Nina.' Ze deed een stap naar voren en kuste haar op de wangen.

Haar blik gleed echter langs haar zoon en schoondochter. Ze keek naar hém.

Haar hartslag sloeg ogenblikkelijk op hol.

Wat deed hij hier?!

Die ogen! Die ogen die gaten in haar ziel brandden. Koud, vijandig, bezeten haast.

Colette rook zoals altijd naar een lentedag. Toen ze haar kuste, waren haar handen zacht en warm, haar haren roken frisgewassen.

Ruben had gladgeschoren wangen. Zijn jas hing open; hij had, speciaal voor de verjaardag, een overhemd aangetrokken. Hij zag er knap uit, je kon zien wat voor man hij ging worden.

'Jullie hebben me echt weten te verrassen,' hoorde ze Nick ergens op de achtergrond zeggen. Hij was vlak bij haar, maar ze kon hem niet bereiken; ze zat in een cocon en haar keel werd door onzichtbare handen dichtgeknepen.

Die ogen. Die harde lijnen die ze zo goed kende!

Waarom stond hij hier naast haar zoon en schoondochter op de stoep?

'Nou, het is je gegund, hoor kerel.' De woorden van haar vader.

'Hé, Ruub.' Nick. Zijn hand op haar schouder. 'Dag Colette.' Ze schrok van de aanraking van haar man, ontwaakte uit haar betovering. 'Hé, jongen.' Lijdzaam keek ze toe hoe Nick Søren begroette als een vriend van lang geleden.

Hij wás natuurlijk ook een vriend van lang geleden.

'We kwamen Søren toevallig tegen op het station en omdat het wel leek te klikken op mams verjaardag, dachten we: hoe meer zielen, hoe meer vreugd, toch.'

Nick maakte een uitnodigende beweging naar binnen. 'Kom erin, alle drie. Jullie raden nooit wat ik net heb gekregen.'

'Jij bent die vriend van Ruben, toch?' Floor stak haar hand naar Søren uit. Ze leek haast opgelucht dat er een buitenstaander binnenkwam – alsof dat een scène zou voorkomen.

'Klopt. Die van het kiten.'

'Wat leuk dat je er bent.'

'Koffie, fris?' Nick keek de jongen die hem te gronde richtte aan.

'Koffie graag, maar eh...' Søren keek de groep rond, 'als dit een feestje voor alleen de familie is, dan ga ik weer, hoor. Ik wil me niet opdringen. Het was gewoon dat Ruben zei dat...'

'Dude, je stoort niet.' Ruben wuifde zijn bezwaren weg. 'Alleen maar gezellig dat je er bent, en we hebben genoeg eten, toch mam?'

Alle ogen waren opeens op haar gericht. Het bloed stroomde naar haar wangen. Haar hart bonsde zo hard, dat ze bang was dat dat door haar jurkje heen te zien was.

Søren knipperde schijnheilig met zijn ogen.

'Ja, eh, natuurlijk. Meer dan genoeg eten.' Ze moest hier weg. De tranen sprongen haar in de ogen. 'Nick, blijf jij maar hier, je cadeautjes in ontvangst nemen. Ik regel het drinken wel.'

In de keuken bleef ze tegen de deur geleund staan. Dit was het dan. Søren kwam hier, nu, vertellen hoe het allemaal zat. Terwijl zij omringd was door de mensen bij wie ze hoorde, terwijl ze net dacht dat ze van hem af was.

Het zweet brak haar uit.

Wat moest ze doen? Wat kón ze?

In de woonkamer werd gelachen. Ze ving het woord 'paragliden' op, de basstem van Søren vormde woorden die ze niet verstaan kon.

Ze hield haar handen net zolang onder de koude kraan tot ze vuurrood waren en prikten. 'Luister,' fluisterde Bart zachtjes in haar oor. 'Je kunt dit. Je gaat normaal doen – voor hetzelfde geld wil hij je alleen op stang jagen en komt hij helemaal de waarheid niet vertellen. Nadenken, zusje. Bij de les blijven!'

Met zijn handen in haar rug haalde ze de taart uit de koelkast en zette ze een dienblad vol met koffie, thee en frisdrank.

'Nadenken, Nientje. Na-denken! Wat hóór je echt? Wat zíé je?'

Zodra ze de woonkamer binnenkwam, begon iedereen te zingen. Floor ontweek haar blik, Nick keek ongemakkelijk, Søren zat op de bank alsof hij hier al jaren kwam.

Ze stond een paar wijnglazen af te wassen toen Søren de keuken binnenkwam. Ze draaide zich zo abrupt om dat er water over de rand van het aanrecht golfde. 'Wat doe je hier, Søren?' Aan haar plastic huishoudhandschoenen hingen vlokken afwasschuim.

'Ik had op het station afgesproken met een meisje, maar ze is nooit op komen dagen. Ik ben er nogal kapot van, weet je, want ik dacht echt dat zij en ik iets hadden, maar...' Hij grinnikte om zijn eigen stomme grapje en kwam veel te dicht op haar staan. 'Uw zoon is een goed mens, mevrouw Metsaers.' Ze kon zijn lichaamsgeur ruiken, maar ze bleef staan waar ze stond. Hij moest niet denken dat ze voor hem achteruit zou deinzen. 'Hij heeft vast zelf regelmatig een blauwtje gelopen, want hij snapte me meteen.' Hij gaf haar een knipoog. 'Ha, nee serieus: ik moest je zien. Het is gewoon te lang geleden dat jij voor het laatst bij mij was...'

'Blijf van me af.' Ze sloeg zijn hand van haar heup af – precies de plek waar Nick haar net had aangeraakt. 'Heb je nog niet genoeg kapotgemaakt?'

'Ik kom niets kapotmaken. Ik ben hier voor de liefde. Toch nog.' Ruw pakte hij haar vast en duwde hij zijn lippen op haar mond. De plastic klap van haar handschoen op zijn wang maakte een kletsend geluid.

Furieus keek hij haar aan. 'Het enige wat ik heb gedaan, Nina

Metsaers, is jouw wensen waarmaken.' Langzaam en dreigend veegde hij het zeepsop van zijn wang.

'Mijn wensen waarmaken...' Het kostte haar al haar zelfbeheersing om de trilling uit haar stem te houden. 'Als je iets níét gedaan hebt, dan...'

Hij greep haar bij haar haren, rukte haar met haar gezicht naar zich toe. 'Luister goed, Nientje, ik weet dat dat dierbare gezinnetje van jou nogal met al dat gedoe van de laatste tijd in zijn maag zit, dus ik ben bereid om met mijn hand over mijn hart te strijken en jou jouw gedrag te vergeven, maar dan moet je nu wel eventjes normaal doen.'

'Laat me los.'

'Houd me vast.'

'Je bent gek.'

'Zie je dan niet dat het enige wat ik wil, is dat jij gelukkig bent? Je droomde toch zo van je vrijheid? Van verder kunnen zonder dat dat jou iets kost? Nou, precies dat heb ik dus voor je geregeld.'

'Het enige wat ik wil, Søren, is dat je mij en mijn gezin met rust laat.'

Hij duwde zijn voorhoofd zo hard tegen het hare dat het pijn deed. Ze brak bijna haar rug. Hij sloeg zijn handen om haar onderrug en trok haar tegen zich aan, terwijl hij zijn ogen bij haar naar binnen priemde. 'Mijn meisje. Mijn kleine, bange meisje. Ik snap het wel, je bent bang voor alles wat je voelt.' Zijn tong gleed over haar nek. 'Maar weet je, ik ben ook bang. En samen komen we hierdoorheen. Het spijt me dat ik me heb laten gaan, de afgelopen keren dat we samen waren. Dat je me zo boos hebt moeten zien.' Hij keek haar aan alsof dat háár schuld was. 'Maar weet je, ik dacht werkelijk dat je me zomaar gedumpt had. Koud. Alsof ik niets waard ben. Nooit geweest ook. Maar nu besef ik dat je niet anders kon. Dat je deze rol moet spelen om zelf staande te blijven. Ik kan op je wachten, echt. Als ik maar weet hoelang en als we maar af en toe een moment hebben waarop we...' Opnieuw bracht hij zijn lippen naar de hare. 'Kom, geef me je natte slipje.'

Vol kracht duwde zij hem van zich af. 'Je bent gek. Werkelijk gek. Alsjeblieft Søren, ga hier weg, kom nooit meer terug. Ik speel niet dat ik niet van je hou, ik hou écht niet van je. Nooit gedaan en geloof me, dat zal ik ook nooit, nooit van mijn leven doen.'

Als een gekooid wild beest beende hij door de keuken. Zijn raspende ademhaling moest in de woonkamer te horen zijn, zijn handen waren gebald tot witte vuisten.

Nu komt het, dacht ze. Nu gaat hij schreeuwen.

Maar opeens bleef hij stilstaan en hief hij zijn vinger. 'Dus jij hebt me niets gevraagd?' Hij bracht zijn gezicht vlak bij het hare. '"Soms hoop ik dat hij vreemdgaat",' zei hij met een verdraaide stem. '"Weet je dat?"' Opeens realiseerde ze zich dat hij haar nadeed. '"Zo stom, maar het zou allemaal zoveel makkelijker zijn als híj met een of ander veel te jong, veel te mooi, blond ding..." Weet je niet meer dat je dat gezegd hebt?'

Ze sloot haar ogen. Natuurlijk wist ze het nog. Ze dacht aan niets anders. 'Maar daarmee bedoelde ik toch niet dat...'

Met een woest gebaar haalde hij zijn telefoon uit zijn achterzak. Met snelle bewegingen opende hij een filmpje, daarna greep hij haar bij haar wangen, zodat ze zich niet van zijn telefoon af kon wenden.

Op het beeld was zijn bed te zien. Hij naakt op het dekbed met een biertje in zijn hand, zij half eronder, tegen hem aan genesteld. Rode vlekken op haar blote borsten, haar haren in de war, blozend van de afterseks.

Zijn vinger schoof over de tijdbalk onderin. Hij stopte op precies het juiste moment. De video speelde verder. 'Dan zou jij verder kunnen en al je relaties in stand kunnen houden, zonder dat iemand jou dat ooit kwalijk zou nemen,' zei de Søren op beeld.

'Ja. Zwak toch?' zag ze zichzelf zeggen. Op het kleine schermpje zag ze er verliefd uit. In control. De vrouw op beeld had twinkelende ogen en kon niet ophouden Søren over zijn borst te strelen.

'Zal ik hem maar verleiden, dan?'

'Hè, hè, eindelijk snap je me.'

Ziek van spijt keek ze toe hoe zij hem een snelle tongzoen gaf, hoe haar vingers daarbij zijn schouder raakten, zijn litteken streelden. Hoe hij zijn hand uitstak en zei: 'Ik regel het voor je.'

'Hoe, hoe kom jij hieraan, heb je... Heb je werkelijk... Heb je ons gefilmd?'

'Home-entertainment.'

Ze zag zijn opengeklapte laptop zo weer voor zich, die stond altijd op het bureau.

Had hij elke keer opengestaan? Had hij elke keer dat ze vreeën...

'Maar dat is niet hoe ik het bedoeld heb...' Het kwam er zwak uit.

'Maar het is wel wat je hebt gezegd. Kijk, je kunt wel zeggen dat wij niets hadden met elkaar, maar als je nou kijkt naar bijvoorbeeld... Dit.' Hij klikte een nieuwe video open. Ze zag zichzelf met haar rug naar de camera zitten. Twee witte billen, omhooggestoken naar de kijker. Haar hoofd ging op en neer, zijn hand lag op haar haar. 'Hebberig, Nina. Je was gretig naar mijn pik.' De Søren op beeld keek recht de camera in.

'Alsjeblieft.' Tranen stroomden over haar wangen. 'Alsjeblieft, zeg me wat je van me wilt. Je kunt alles krijgen. Geld, een huis, ik kan dingen voor je regelen, zolang deze terreur maar stopt.'

'Terreur? Ben ik dát voor je?'

'Alsjeblieft, Søren, ik ben aan het eind van mijn Latijn. Ik ben kapot. Zeg me gewoon wat je wilt.'

'Ik wil jou. Ik weet dat het stom is, maar alsnog wil ik alleen maar jou. Volledig.'

'Wat wil je behalve dat?'

'Niets.'

Ze maakte een machteloos gebaar, hij haalde woest zijn neus op, draaide zich om en liep de keuken uit, de woonkamer in. Achter de deur werd ergens hard om gelachen.

'Paragliden... Epic.' Søren zette zijn biertje aan zijn lippen en draaide de tegoedbon die Nick van de kinderen had gekregen rond in zijn handen. '*Live life to the max*, toch?' Hij grijnsde naar Nick en liet zijn ogen door de kamer dwalen.

Een fractie van een seconde bleef zijn blik op haar rusten. Koud, kwaad en vol van het besef van de macht die hij over haar had. 'Ooit op een board gestaan?' Hij keek weer naar Nick. Argeloos.

'Nee, jongen. Ik ben van het wielrennen.'

Ze had dat glas rode wijn daarnet in de keuken nooit achterover moeten slaan. Ze voelde de alcohol klotsen in haar maag.

Ze werd misselijk van de manier waarop Nick met Søren sprak, kon Sørens levenslust bij wijze van spreken zo in hem zien stromen. *Ik ben de wind. Ik ben de zee. De storm, het water...* Nick hunkerde daarnaar: lucht. Vrijheid!

En het leek wel of Floors gesloten houding haar man nog extra aanmoedigde in zijn jovialiteit. Alsof hij wilde laten zien: er zijn zat mensen die wél achter me staan.

Hij moest eens weten.

Toen Floor achter haar jongens aan snelde die met een bal de keuken in verdwenen, liep ze vlug achter haar aan. 'Wat doe je hier eigenlijk als je niet normaal kan doen?' fluisterde ze boos – haar stem was geladen van de woede op Søren.

'Ik ben er toch? Dat is wat je wilde.'

'Nick heeft dat meisje niets gedaan. Steun hem. Laat hem niet zo vallen.'

Floor opende haar mond, maar leek zich te bedenken.

Wat was dat voor blik? Wat zeiden haar ogen? 'Wat weet jij wat ik niet weet?' Een ongemakkelijk gevoel bekroop haar.

'Niets.' Floor pakte haar jongste bij zijn schouder en keek haar strak aan. 'Helemaal niets.'

Voor ze het doorhad was zij de woonkamer weer in gelopen. Tegen het deurkozijn geleund bleef ze staan kijken naar Søren en Nick.

Het was de stoere zeebonk met gespierde armen, ongekamde haren en een huid die bloosde van de zon, het water en de kou tegenover de geroyeerde carrièretijger, onderuitgehaald door een onzichtbare vijand. Door hém – kon ze hem maar waarschuwen!

'Ik heb deze zomer wel gecanyoningd, of hoe je dat woord ook vervoegt.' Nick lachte. 'Je weet wel, zo snel mogelijk door een kloof heen zien te komen. Klimmen, springen, zwemmen, abseilen.'

'Dope. Als je wilt kan ik je wel een keer een kitelesje geven?' Weer vonden Sørens ogen de hare. 'Doe ik wel vaker.'

Ze moest hem hier weg zien te krijgen. Maar hoe?

'Want het is zo extreem mooi, dat vliegen. Kijk, meer dan om de sport gaat het bij kiten om je geest. Het houdt je wendbaar, gezond híér.' Hij tikte op zijn slaap.

Voor de zoveelste keer liep ze weg. Nog maar een keer de glazen bijvullen, nog wat toastjes smeren in de keuken – alles beter dan tegenover de man zitten die haar leven kapot wilde maken.

'En, ben jij ook zo avontuurlijk?' Søren keek Lisanne aan.

'Nou, nee.' Lisanne nam een slok van haar drankje, maar kon niet verbergen dat ze blij was met de aandacht van Søren. 'Ik ben niet zo'n *dare devil*.'

'Daar geloof ik niets van.'

Ze bleef voor de keukendeur staan, balde haar handen tot vuisten.

'Studeer je nog?'

'Communicatiewetenschap. Ik ben bezig met mijn scriptie.'

'Amsterdam?'

'Klopt. De UvA.'

'Nou, op je fiets door de stad is ook een vorm van *adventure sport*, toch? Kijk...' Hij haalde zijn mobieltje uit zijn broekzak. Nick boog zich over zijn schouder, Lisanne schoof iets naar voren.

'Søren, kun jij me even helpen in de keuken?' Haar woorden kwamen er hard en gehaast uit. Iedereen keek haar verbaasd aan.

'Mag het één tel wachten?' Met een onschuldige blik drukte hij op play.

'Awesome.' Lisanne lachte opgewonden.

'Ongelooflijk,' zei Nick onder de indruk.

'Laat mij het ook eens zien.' Haar moeder keek nieuwsgierig naar het groepje. Zij stond erbij en keek ernaar.

Søren draaide het schermpje naar de kamer. Het was een kitesurfvideo van hemzelf, hij deed duizelingwekkende tricks, de omgeving was subtropisch.

'Machtig.' Nick raakte nu echt enthousiast. 'Zo het water kunnen beheersen, zo kunnen vliegen...'

'Zeg.' Søren keek hem aan. 'Ruben vertelde me dat je thuiszit. Ik ga binnenkort naar de Ardennen; de Hoge Venen. Waarom ga je niet mee? Er een paar dagen tussenuit.'

'Wat ga je daar doen dan?'

'Mijn kop leegmaken. Tentje mee, back to basics, wat wandelen, beetje om me heen kijken. Ik had niets "avontuurlijks" op de agenda staan, maar als je wilt kunnen we voor jou wel gaan canyoningen, hoor.'

Nick begon hartelijk te lachen. 'Ik denk niet dat dat gaat.'

'Waarom niet?' vroeg haar moeder. 'Het lijkt me juist een uitstekend idee als jij er een paar dagen tussenuit gaat.'

'Ja, maar...' Nick maakte een machteloos gebaar.

'Denk er maar over,' zei Søren. 'Ik ga in ieder geval en als je mee wilt is dat zo geregeld.' Hij stond op en liep naar haar toe. 'Waar kan ik je precies mee helpen?'

Ze zag hoe Lisanne zijn beweging volgde.

'Laat maar, ik kom er wel uit.'

'Ik help je graag, hoor.'

Ze schudde haar hoofd. Hij moest verdomme ver, heel ver, bij haar dochter vandaan blijven.

Ze aten soep en broodjes. Søren zat wijdbeens op de stoel bij de tafel en was volledig opgenomen door haar familie.

'We gaan straks wel naar huis, hoor,' kondigde Floor aan. 'We moeten vanmiddag ook nog naar de verjaardag van de buren.'

Ze lachte er zowaar bij, al was het wat plichtmatig.

Wat wist zij? Wat had Nick haar verteld toen zij ze samen voor de deur had getroffen?

Ze kreeg geen hap door haar keel. Elke blik die Søren met Lisanne wisselde was er een te veel. Elke lach waartoe hij Nick verleidde, stak haar.

Zijn mobiel ging. Hij keek naar het scherm en wisselde een blik met Ruben.

'Is dat haar?'

Hij bevestigde door ongeïnteresseerd zijn wenkbrauwen op te trekken.

'Neem op dan. Zeg dat ze op kan rotten.'

Søren speelde dat hij twijfelde.

'Het is geen stijl. Zeg haar dat dan op z'n minst.'

Met een korte knik stond Søren op en liep hij de kamer uit. 'Hé,' hoorden ze hem nog net zeggen. Daarna trok hij de deur achter zich dicht.

Lisanne keek haar broer vragend aan. 'Stond hij daarom op het station te wachten? Had hij afgesproken met zijn vriendin?'

Ruben knikte. 'Maar ik denk niet dat het zijn vriendin nog steeds is...' Hij schraapte zijn soepkom leeg en vertelde ondertussen over de vorderingen die hij maakte met zijn scriptie.

Zijn woorden gingen volledig langs haar heen. Wat was Søren achter die gesloten deur aan het doen? Wat wilde hij toch van haar? Hoeveel video's had hij? En, als hij ze doorspeelde naar de politie, kon zij dan schuldig bevonden worden aan het framen van haar man?

Ze stond op, liep naar de deur.

'Mam, laat hem toch. Privacy, weet je nog?'

'Ja schat, wat ben je toch ongedurig.' Haar moeder gaf haar een blik van verstandhouding en drukte een paar vieze soepkommen in haar handen. Zelf pakte ze er ook een paar. In de keuken keek ze haar bezorgd aan. 'Gaat het echt wel goed met je?'

'Ja, mam. Best.'

'Wat is Nick blij met het drumstel, hè. En wat leuk dat die vriend van Ruben hem zo spontaan meevraagt op vakantie. Misschien is dit net wat hij nodig heeft om uit zijn dal te komen.'

'Wat Nick nodig heeft om uit zijn dal te komen is dat dat meisje haar aangifte intrekt en eerlijk vertelt dat hij niets met haar gedaan heeft.'

Haar moeder zette de vaat neer en sloeg liefkozend haar armen om haar heen. 'Het is geen schande om ook aan jezelf en je eigen behoeften te denken, hè.'

Snel maakte ze zich los uit de ongevraagde omhelzing. 'Sorry, ik moet even plassen.' Ze liep door naar de gang en hoorde Søren de woonkamer alweer binnenkomen.

What the fuck.

Haar ondergoedla stond halfopen. De kanten body die ze wel voor Søren en nog nooit voor Nick had gedragen hing er half uit.

Geef me je natte slipje.

De perverseling!

Maar dat was niet waarvan ze huiverde. Het was... Nee, dat móóht niet. Dat kón niet!

Zo snel ze kon trok ze de la verder open. Ze woelde tussen haar slipjes, beha's en setjes, haar vingertoppen tastten de bodem van de lade af.

Maar dat wat ze had moeten vinden, was weg.

Ze begon ondergoed aan de kant te gooien, schoof door naar rechts, waar haar panty's lagen, en vond uiteindelijk wat ze zocht helemaal aan de zijkant: haar dagboek.

Waarom had ze hem in godsnaam juist daar verstopt?

Nee!

Om de kaft zat haar paarse string met vlindertjes gewikkeld. Het boek viel open op de laatste pagina die vastzat onder de gladde stof.

Ze sloeg haar hand voor haar mond, terwijl haar ogen over de tekst gleden die zij twee maanden terug had geschreven.

Het zou allemaal zoveel makkelijker zijn als er iets gebeurde waardoor ik niet meer bij Nick zou kunnen zijn.

Ik haat mezelf dat ik zo denk – wat is er met mij gebeurd dat ik zo ver van mijn man, de vader van mijn kinderen (!) vandaan ben – maar het is de waarheid.

Als Nick toch eens vreemd zou gaan! (Daar heb ik het vandaag met Søren over gehad.) Dan zou ik door kunnen gaan met mijn eigen leven, zonder ook maar iets te verliezen.

Soms – o, het is zo erg! – maar soms denk ik: stel nou dat hij dood was.

Niet door iets ergs, natuurlijk. Niet door iets waarbij hij zou lijden. Een hartstilstand, waarmee het in één keer klaar is. Of dat hij zomaar, zonder reden, overlijdt in zijn slaap. Pijnloos, snel, in één keer einde oefening.

Dit mag ik toch niet denken?

Ik heb geproefd van iets – van iemand! – waarvan ik de smaak niet meer kan vergeten. Met de beste wil van de wereld zie ik niet voor me hoe onze relatie verder moet, hoe ik nog veertig, vijftig, misschien wel zestig jaar verder moet in deze saaiheid. We zijn ingedut!

Misschien moeten we in relatietherapie.

Misschien moet ik zelf in therapie.

Ik wil niet willen dat Nick dood was. Ik wil van hem houden. Maar het gaat niet meer. Het gaat gewoon écht niet meer!

Søren had dit gelezen. Søren ging dit tegen haar gebruiken!

Ze trok de string los, verborg het boek zorgvuldig weer onder haar ondergoed, sloot de la en drukte haar ogen zo hard dicht dat ze sterretjes zag.

Wat betekende dit? Ging hij dit naar Nick mailen? Op social media zetten? Naar de politie sturen?

Het enige wat ik heb gedaan, Nina Metsaers, is jouw wensen verhoren.

Ze liep terug naar beneden, ging de tuin in en propte zowel het paarse onderbroekje als de kanten body zo diep mogelijk in de kliko.

Haar ogen vlogen over het computerscherm. Ze móést hem vinden.

Iedereen is online. Alleen is de een iets beter verstopt dan de ander.

Google.

Søren Berg.

Enter.

Bart stond tegen de kast geleund, met zijn armen over elkaar naar haar te kijken. 'Ga weg,' zei ze, maar haar broer trok alleen wat ongeïnteresseerd zijn wenkbrauwen op. Het kon hem niets schelen wat zij allemaal wel en niet tegen hem zei.

Op haar scherm verschenen de foto's die ze al maanden van Søren kende. Nog steeds kwam zijn naam nog maar op twee webpagina's voor. Die van de surfschool en het blog van Roy, die vertelde over zijn sport.

In kitesurfen is geen plek voor ego, schreef hij. *Het is een speciale sport voor unieke mensen. Wat kitesurfers gemeen hebben is de passie voor de golven:* riding the waves. *Op welk strand je ook komt, waar ook ter wereld: iedereen is bereid je te helpen, iedereen is vriendelijk.*

Sørens naam kwam terug als onderschrift van een foto. *Met Søren Berg.* Geen uitleg, geen verdere informatie. Twee jongens in surfpakken. Twee lachende gezichten.

'Wauw, dat jij nog puf hebt.' Nick stond opeens naast haar. 'Ik dacht dat jij al naar bed was.'

Instinctief klapte ze haar laptop dicht.

'Slecht geweten?'

Ze schudde haar hoofd. Te snel. Te stellig. 'Nee, natuurlijk niet, ik...'

'Je hebt er stress van.'

Ze haalde haar schouders op, wees op haar laptop. 'Ik kom zo. Ik maak alleen nog even wat dingen af.'

Hij knikte. Zijn vertrouwen en dankbaarheid deden fysiek pijn. Hij pakte zijn sigaretten die inmiddels standaard op de tafel lagen en liep naar de gang.

'Nick,' zei ze vlak voordat hij bij de deur was.

Hij draaide zich om.

'Is er iets wat ik moet weten?'

Vragend keek hij haar aan.

'Floor was zo... Ze gaf me het idee dat...'

'Dat wat?'

'Dat er iets is.'

'Floor is een bitch. Ze had hier net zo goed niet naartoe kunnen komen. Ze denkt dat het waar is.'

'Als dat zo zou zijn, dan was ze niet gekomen.'

'Bullshit.' Zonder er verder woorden aan vuil te maken draaide hij zich om en liep hij naar de trap.

Ze luisterde naar zijn stappen op de trap en wist dat ze hem honderd keer kon vragen wat er tussen Floor en hem was voorgevallen, maar dat ze het antwoord niet zou krijgen voordat hij daar zelf aan toe was.

Zodra ze hem boven de tussendeur hoorde sluiten, klapte ze haar laptop weer open en logde ze in op het portal van de bank. Ze had belangrijker zaken aan haar hoofd.

Søren Berg.

Enter.

Ze mocht dit niet doen, maar nood brak wet. In dit systeem kon ze zijn volledige verleden bij de bank zien: rekeningen, kredieten, betalingsachterstanden, BKR-registraties.

Tot haar teleurstelling was het enige resultaat het nummer van de rekening die ze samen met hem had geopend en die hij nooit had gebruikt.

Ze probeerde het nog een keer met alleen de naam Berg, maar dat leverde een overload aan informatie op waarmee ze niet uit de voeten kon.

Ze ging terug naar google. Probeerde allerlei combinaties.

Søren + kitesurfen.

Søren Berg + strand.

Roy + Søren.

Familie Berg.

Vrouw + brand + Frankrijk + familiedrama.

Niets wat haar ook maar enige houvast gaf. Ze zat inmiddels al twee uur achter haar computer. Het was ver na middernacht. De stoel en de bank waarop Søren had gezeten stonden er eenzaam, maar uitdagend bij.

Hij was haar leven binnengedrongen, geïnfiltreerd in haar familie. Hij had iedereen bespeeld, terwijl hij hen ondertussen lachend kapotmaakte.

Hij genoot ervan dat zij geen kant uit kon.

Ze stond op en ging weer zitten.

Er moest toch íéts zijn waarmee ze hun machtsbalans wat kon herstellen? Hij moest toch vrienden hebben, of familie, die tot hem door konden dringen? Haar ging dat niet lukken, wist ze, want al zou ze toegeven aan zijn chantage; seks met hem hebben, of Nick verlaten, of bij hem intrekken, of wat hij dan ook maar wilde – het zou niet genoeg voor hem zijn. Nóóit.

Ze keek naar Bart. Naar de boekenkast waar hij voor stond. Naar het fotoalbum onderin.

De schoolfoto...

Iemand uit de oude klas van Ruben en Søren moest haar kunnen helpen. Een leerkracht misschien? Dat was beter dan een klasgenoot – die zou immers nog in contact kunnen staan met Ruben.

Ze pakte het boek uit de kast en liet nadenkend haar vinger over de gezichten gaan. Er stonden zeker vijftig pubers op de schoolfoto. PARKGYMNASIUM 4A 2014-2015, was er in de linkeronderhoek met gouden letters in gestanst.

Peinzend tikte ze op het gezicht van Rubens gewezen mentor. Hoe heette dat mens ook weer? Ze was gymjuf geweest, dat wist ze nog wel. De vrouw had er op een informatieavond nogal wat ophef over gemaakt dat het vak dat ze gaf lichamelijke opvoeding heette en dus niet gym.

Ze wendde zich weer tot haar computer.

Docent LO + Parkgymnasium.

Mentor + Parkgymnasium.

Uiteindelijk vond ze de vrouw op een klein fototje. Jessica Pittau. Ja, dat was haar naam. Nu wist ze het weer.

Toen ze eindelijk het e-mailadres van Pittau had gevonden, liep het tegen tweeën. Ze ging op de leunstoel zitten en trok de sprei over zich heen. Het warme lijf van Nick zou ze nu niet kunnen verdragen, maar ook de bank niet, waarop Søren gezeten had.

Pittau, ging het door haar heen. Pittau.

Als zij zich Søren toch maar wist te herinneren!

Vanuit haar slaaphouding keek ze naar de gordijnen, waar hij best eens achter kon staan.

Liefste,

Ik zou willen dat ik tegen je kon zeggen dat ik van je hou. Dat ik altijd van je zal blijven houden. Dat ik vannacht van jou gedroomd heb.

Maar hoe?

Hoe graag ik ook wil – en hoe graag jij ook wilt, – het kan niet meer. Het is over. Wíj zijn over.

Verdomme toch, we waren zo dicht bij een leven samen; bij een 'en ze leefden nog lang en gelukkig', bij ons happy end. Waarom, in vredesnaam, moest alles zo kapot?

Het hele internet staat verdomme vol! Ik kan niet ophouden met naar die foto's kijken. Ik kan niet stoppen met lezen wat iedereen over jou schrijft.

Konden we maar uit deze wereld stappen. Met z'n tweeën naar het buitenland verhuizen, opnieuw beginnen op een plek waar niemand ons kent. En dat onze levens hiervoor dan nooit waren gebeurd; dat we niemand zouden missen.

Met z'n tweeën zijn we geweldig, met deze buitenwereld om ons heen maken we geen schijn van kans.

Hoe het ook zit, wat dit ook allemaal heeft veroorzaakt: dit is allemaal jouw schuld.

Ik haat je.

En ik mis je.

Maar vooral hou ik nog van jou. Ook al wil ik dat niet. Ook al wil ik dat nooit gedaan hebben.

Ze schrok wakker uit een droom die ze zich direct al niet meer kon herinneren, maar die zeker over Søren was gegaan, want opeens zag ze het verband waar ze de avond daarvoor overheen had gekeken.

Roy.

Roy was R. van Lierop.

Die van het naambordje op het bellentableau van de Alberdingk Thijm; de eigenaar van het appartement waar Søren tijdelijk woonde.

Søren had zijn naam een keer genoemd, maar nu pas herinnerde ze zich dat.

Ze draaide haar pijnlijke schouders los en pakte haar mobieltje.

Internet.

Roy van Lierop.

De naam was niet uniek, maar toch had ze de juiste Roy in een mum van tijd gevonden. Ze herkende zijn gezicht van het surfblog waarop ze Sørens foto had gevonden.

Roys Instagramaccount stond vol met reisfoto's en -filmpjes, opvallend vaak met het onderwerp surfen, kitesurfen of watersport. Op één foto lag hij met ontbloot bovenlijf op een hoge rots met spectaculair uitzicht. De zon verspreidde een rode gloed.

Pic by @kitegoddess, stond eronder.

Ze klikte op het account en belandde op een feed met vooral veel selfies, uitzichten en kitesurffoto's. De stream van Diana, vertelde de bio; een Aziatische die op elke foto serieus-sexy in de lens keek.

Diana Han. Ze zag het naambordje zo voor zich: *R. van Lierop en D. Han.*

Opgewonden dat ze iets van een aanknopingspunt had gevonden, kwam ze overeind. Ze moest behalve Jessica Pittau ook deze mensen zien te bereiken. Maar hoe? Een privébericht sturen zou vast niet werken en een telefoonnummer was van beiden niet te vinden.

Ze pakte haar laptop van de grote tafel en opende de portal van de bank weer. Tot haar grote vreugde kreeg ze een hit op Diana Han. Niet alleen haar betalingsverkeer was voor haar beschikbaar, ook vertelde het systeem haar dat ze bij de bank gewerkt had. Ze waren collega's geweest! Mooier dan dit kon niet.

Slagvaardig opende ze de gordijnen. De tuin baadde in het ochtendlicht. Vanaf vandaag greep ze de controle terug.

Nick bleef uitslapen. Lisanne kwam in een sportoutfit naar beneden.

'Koffie?' vroeg ze verbaasd.

'Straks.' Lisanne nam een paar slokken water, maakte een fanatiek sprongetje en rende toen naar de voordeur. 'Eerst een rondje. Doei.'

Kwam dit door Søren? Hij had ook haar 'aan'-gezet?

Lisanne jogde op haar gemak de straat uit.

Shit, het was te hopen dat ze zich vergiste. Hoe zou ze in hemelsnaam moeten reageren? Het gesprek met haar aangaan? Zeggen dat ze Søren niet vertrouwde? Maar met welke argumenten dan? *Ik heb gewoon een slecht gevoel over die jongen?*

Ha, Lisanne zou haar in het gezicht uitlachen, en bovendien: hoe meer anti-Søren zij zou zijn, hoe aantrekkelijker hij zou worden.

Misschien kon Ruben tegen zijn zus zeggen dat dat joch niet deugde? Ze schudde haar hoofd tegen haar eigen reflectie in het raam. Ruben en Søren waren buddy's.

Het enige wat ze kon doen, was hopen – bidden! – dat Lisanne nog te veel in haar liefdesverdriet zat.

Verdomme. Haar opgetogen gevoel van net was in één klap verdwenen. Waar was ze nou toch mee bezig? De controle terugpakken? Wat een farce.

Ze opende de lege appconversatie met Søren, begon een bericht op te stellen, maar deletete haar woorden meteen weer. Wat moest ze hem eigenlijk ook zeggen?

Hij wíst wat dit met haar deed. Elk teken van leven jutte hem alleen maar verder op. Hij liet het bewust binnen in haar stormen, vond het alleen maar heerlijk om te zien hoe metershoge golven brullend op haar neerstortten. Hij surfte op haar energie.

Godsamme. Hij had haar dagboek gelezen, hier bij haar familie gezeten, Lisanne en Nick bewerkt.

Rustig, maande ze zichzelf. Rustig doen. Vooral niet in paniek raken; boven water blijven.

Ze klampte zich vast aan de e-mail die ze vanmorgen vroeg naar Jessica Pittau had gestuurd.

Op dit moment kon ze maar één ding doen: hopen dat deze dag zo snel mogelijk over zou gaan, zodat ze morgen, maandag, meteen haar collega's van de bank kon bellen voor het nummer van Diana Han.

Ooit was ze bedreigd door een cliënt die diep in de schulden zat en met wie de bank geen betalingsregeling had willen treffen. De man had haar een paar keer bij haar werk staan opwachten, had dreigmails gestuurd en haar zelfs een keer thuis opgezocht.

Ze was oprecht bang geweest, maar de politie had haar weggestuurd. 'We kunnen alleen iets doen wanneer een dreigement werkelijk concreet en aannemelijk is,' hadden ze gezegd. 'Tussen zeggen dat je iemand iets aan gaat doen en dat ook daadwerkelijk waarmaken, zitten namelijk nogal wat stappen. Gelooft u ons, er is op dit moment geen reden, niet voor u en niet voor ons, tot zorg.'

Ze had het belachelijk gevonden en was wekenlang van slag geweest, maar de politie had gelijk gekregen. Na haar gesprek met de politie had ze de man nooit meer gezien en had ze nooit meer iets van hem gehoord.

Daaraan moest ze denken toen ze op maandagmorgen achter haar bureau zat. Alles kwam haar zinloos voor: het verbeteren van hun online *presence*, het halen van targets, het voorbereiden van een korte speech voor een collega die van *squad* ging veranderen. Details waar honderden mensen per dag mee bezig waren.

Wat had Søren willen zeggen met die string rond haar dagboek? Wat kon ze hiermee?

Helemaal niets.

Dit teken was nog abstracter dan die dreigmails van jaren terug. De politie zou haar uitlachen.

En het was onmogelijk te bewijzen dat Søren die Juliëtte – als dat al haar echte naam was – zover had weten te krijgen om aangifte te doen.

Ze liet haar ogen over de spullen op haar bureau dwalen. De foto, het pennenbakje, Rubens plant. Tastbare dingen. Dit was zij. Dit was haar leven.

Het zou één groot mediaspektakel worden als de waarheid uitkwam, en niemand, helemaal niemand, zou erbij gebaat zijn.

Zodra het negen uur was, pakte ze haar telefoon en belde ze de vestiging waar Diana Han tot een jaar geleden had gewerkt. Ze vroeg naar een collega die ze daar nog kende van vroeger en werd goddank meteen doorgeschakeld.

'Hé Nina, wat leuk om jou weer eens te spreken.'

'Vind ik ook. Gaat het goed?'

Buiten was er een wind opgestoken. Regendruppels spatten in steeltjes tegen de ramen van de ivoren toren waar ze in zat.

'Zeg, waarvoor ik bel... Ik moet je om een gunst vragen. Ruben studeert binnenkort af en hij is heel lang bevriend geweest met een oud-collega van jou: Diana Han. Ze maakt nu een wereldreis, zal wel ergens door Azië of Afrika zwerven. Maar naar wat ik ervan heb begrepen is zij binnenkort weer in Nederland en nu geven we een surpriseparty voor Ruub. Het leek ons leuk haar ook uit te nodigen. En daarom kom ik dus bij jou... Van de meeste vrienden van Ruub heb ik het telefoonnummer, maar van Diana niet.'

'Goh, afstuderen. Wat wordt die jongen toch groot. Wat doet hij?'

'Bedrijfskunde. Ja, hij is een kanjer.'

'Dat geloof ik. Ik weet nog zo goed dat jullie...'

Terwijl het gebabbel van haar collega doorging, stond ze op en legde ze haar voorhoofd tegen het venster. Kom op, dreunde het door haar heen. Stop met je geratel en geef gewoon het nummer. Elke minuut is er één.

'... dus ja, om samen te vatten gaat het met mij ook goed.' De vrouw lachte. 'We moeten binnenkort weer eens een kop koffie gaan drinken. Ik heb ook wat dingen waar ik jouw hulp bij kan gebruiken. Het moet onder ons blijven, maar op deze vestiging zit ik niet meer helemaal op mijn plek. Ik kan wel een nieuwe uitdaging gebruiken, dus...'

'Ik snap wat je bedoelt. Ik schakel je straks meteen even door naar mijn secretaresse om een afspraak te maken. App jij me dan even Diana's nul-zes?'

Ondertussen kwam er een e-mail binnen. Jessica Pittau. Ze klikte het bericht open.

> Beste Nina, het is natuurlijk alweer een tijd geleden dat ik Ruben in de klas heb gehad, maar uiteraard help ik graag bij wat er dan ook aan de hand is. Dit is mijn telefoonnummer...

Een van haar collega's tikte op het raam dat tussen de gang en haar kantoor in zat. De weekopening begon. Of ze kwam. Nu.

Ze knikte en wimpelde haar oud-collega zo snel mogelijk af. Het telefoonnummer van Jessica Pittau smeekte erom gebeld te worden.

Toch ging ze eerst naar de bankhal. Daar gaf ze haar medewerkers de kortste *motivational* speech ooit. 'Jongens, het gaat goed. Ga zo door.' Ze wilde maar één ding: bellen. De wind doen keren.

Haar telefoon zoemde. *Dit is het nummer van Diana. Ik zie je snel!*

Diana Hans toestel schakelde meteen over op voicemail. Dat viel natuurlijk te verwachten – ze was van de generatie die nooit zomaar een onbekend nummer opneemt – maar het bracht haar toch even van haar stuk; ze had niet zo snel een verhaal paraat om in te spreken. Het moest zo veel mogelijk de waarheid zijn, maar ook Diana overhalen om contact met haar op te nemen.

Ze hing op, typte een berichtje en veranderde dat zes keer voordat ze op verzenden durfde te klikken.

Hi Diana, ik ben een vriendin van Søren. Ik wil hem verrassen. Kunnen we even bellen?

Ze zag de vinkjes achter haar bericht blauw worden en Diana online komen, maar reageren deed ze niet.

Niets aan de hand, vertelde ze zichzelf. Gewoon zo'n millennial die anders omgaat met de telefoon dan ik. Niets aan de hand.

Of had ze het mis? Had Søren Roy en haar over haar verteld?

Gelukkig nam Jessica Pittau wel op. Ze kon de volgende dag, na schooltijd, wel even langskomen, zei ze. Kon ze alvast vertellen waar het zo'n beetje over ging? Nee? Oké, dan zouden ze het wel zien.

Ze speurde het parkeerterrein ver beneden haar af om haar onrust tot bedaren te brengen. Geen spoor van Søren.

Ze belde Nick en Lisanne nam op.

'Dag schat, met mama. Gaat het goed met jou en papa?'

'Ja? Hoezo?'

'Niets, gewoon... Ik maak me een beetje zorgen.'

'Hij ligt hier op de bank en ik zit een boek te lezen.'

'Een boek?'

'Ja, is dat zo raar?'

'Nee, natuurlijk niet, maar...' Een boek? Dat had ze Lisanne niet zien doen sinds ze weer thuis woonde.

'Ja, ik dacht: misschien moet ik mijn studie weer een beetje gaan oppakken. Voordat ik te veel vertraging oploop en het niet meer in kan halen. Zoiets.'

'Super.' Ze wist dat ze blij moest zijn; dit was alles wat ze al die tijd gewild had – maar het lukte niet. Lisanne voelde zich waarschijnlijk alleen maar zo goed en sterk door de flirt van zaterdag.

'Is er iets, mam?'

'Nee, schat. Nee... Ik eh... Nee...'

'Oké, dan ga ik hangen.'

'O, wat ik me wel nog afvroeg, Lisan... Heb je nog iets van die Søren gehoord?'

'Hoezo?'

'Gewoon, zomaar.'

'Nee.'

'O, oké.'

'Nou, doei dan.'

'Doei.'

Ze liet zich op haar stoel zakken, perste haar ogen dicht. *Lisan, pas op. En lieg niet tegen me. Lieg niet tegen me! Anders kan ik je niet beschermen.*

Toen ze weer opstond, tolde ze. Ze was zo ongelooflijk moe; haar gedachten vloeiden allemaal in elkaar over. Het leek wel alsof haar brein een grote, zwarte drab was. Nat zand, dat alles vastzuigt en het leven naar de bodem trekt; verstikt met zijn zwaarte.

Lucht had ze nodig. Ruimte! Het was thuis niet om uit te houden.

En toch wilde ze – nee, vond ze dat ze bij Nick hoorde te zijn. 'Laten we gaan wandelen,' stelde ze voor.

Tot haar verbazing knikte hij. Een stukje lopen was geen gek idee. Het begon al te schemeren en een gemeen koude wind was opgestoken. Daar waren ze allebei blij mee; er waren weinig mensen op straat, dat was veilig.

'Het is net alsof ik weer een heel klein beetje ademruimte heb,' verzuchtte Nick zelfs. Hij snoof luidruchtig in om zijn woorden kracht bij te zetten. De eerste bruine bladeren waaiden van de bomen, in de meeste huizen waren de gordijnen dicht.

Zij pakte zijn hand en keek stiekem naar zijn profiel. Zijn knappe trekken waren er nog, maar van zijn charisma was nauwelijks nog iets over. In haar grip liet hij zijn hand maar gewoon een beetje hangen, zijn jas had hij scheef dichtgeknoopt.

Hier liepen ze dan. Alsof hij niet bang was dat hij een bekende tegen het lijf zou lopen en zij hem goedhartig steunde; onbaatzuchtig, vergevingsgezind, onschuldig.

Normaal wandelden ze nooit.

Onder hun synchrone voetstappen vloeiden de tegelvoegen samen tot langgerekte strepen.

'Nick?'

'Ja?'

'Ik eh... Ik dacht: misschien is het verstandig als je een keer met iemand gaat praten.'

'Met wie dan?'

'Slachtofferhulp? Of een psycholoog of zo? Iemand die je wat steun kan geven.'

Hij trok zijn hand terug en stak die in zijn jaszak.

Ze bleef machteloos op de stoep staan. 'Maar dit kun je toch niet alleen verwerken? Dit is te groot, ook voor mij.'

'Maar ik heb het niet nodig. Ik...'

Een auto. Gierende banden.

Nick!

Ze wilde gillen, maar er kwam geen geluid uit haar mond.

De zilveren sedan racete de stoep op. Met twee wielen op het voetpad en twee op de weg scheurde hij op hen af. Hij toeterde, kwam dichter- nog dichterbij. Er was geen ruimte hier. Shit, ze sprong opzij, Nick rende de andere kant op. De bestuurder rukte aan zijn stuur en ging in volle vaart recht op hem af.

Zij viel op de grond, zag in een flits het gezicht van de man achter het stuur. Søren.

Zie je dan niet dat het enige wat ik wil, is dat jij gelukkig bent?

Ze hoorde het geluid van takken tegen staal, gevolgd door een oorverdovende claxon. De slipstream van de auto trok aan haar pijpen. Ze perste haar ogen dicht, hield haar adem in, had maar één gedachte: Nick.

Stilte.

Zwaarte.

Ze knipperde met haar ogen. Hees zich op, rende naar de bosjes toe. Taaie takken en scherpe doorns hielden Nick gevangen. 'Kom.' Ze strekte haar hand naar hem uit, maar hij sloeg die weg. Onhandig probeerde hij omhoog te komen. Zijn gezicht zat onder het bloed. Hij viel terug, vloekte.

'Gaat het?' vroeg ze stom, toen hij op de stoep stond.

'Fuck.' Hij keerde zich in de richting waarin de auto was verdwenen. 'Wat was dat?'

'Nick...' Het kwam er als een fluistering uit.

De auto was al om de hoek verdwenen. Had Søren hem gehuurd? Of geleend soms?

Ik wil niet willen dat Nick dood is. Ik wil van hem houden. Maar het gaat niet meer. Het gaat gewoon écht niet meer!

'Nick?' Ze kwam naast hem staan, legde haar mouw op zijn wang in een poging het bloed te stelpen. 'Nick!' Zoekend naar getuigen keek ze om zich heen. Ze wilde haar man niet kwijt. En ze wilde hem al helemaal niet dood.

Er was niemand op straat. Er was niemand die dit gezien had.

'Nien.' Met wazige ogen keek hij haar aan. 'Wat de fuck was dat?' Langzaam keerde hij zich naar haar toe. 'Ik was verdomme bijna dood geweest, Nina. Ik was verdomme bijna...'

Ze sloeg haar armen om hem heen en drukte haar lippen op de zijne. Zo stevig mogelijk hield zij hem vast. Hij mocht het niet zeggen. Dit mocht geen werkelijkheid worden. Nooit.

'We moeten aangifte doen.'

'Tegen wie?'

Ze beet op haar lip. Ze kon het niet zeggen, want de politie zou haar toch nooit geloven. Maar het moest; een dossier opbouwen, een document laten opstellen waarmee ze later iets konden – concreter kon ze het niet maken.

Nick schudde zijn hoofd. Hij haalde zijn hand langs zijn wang, waardoor het bloed zich nog meer verspreidde.

'De politie moet dit weten. Ze kunnen buurtonderzoek doen, misschien heeft iemand iets gezien.' Ze wees naar de huizen waarin niemand voor het raam stond, naar de deuren die allemaal dicht waren en bleven, naar de straat waar niemand in liep en niemand in reed.

Nick begon met grote passen terug naar huis te lopen.

'Nick! Zeg eens wat.'

'Wat dan?'

'We waren bijna dood man.'

Hij keek haar niet aan, liep alleen, zo hard dat zij hem nauwelijks bij kon houden.

'Hé.' Ze ging voor hem staan en versperde hem de weg. 'Kijk me eens aan, de politie kan...'

'Ophouden, Nien.'

'Ophouden? Dit kan niet, Nick. Je was bijna dood. Als jij het niet doet, dan doe ik het alleen. Ik wil dat er ergens zwart-op-wit staat dat jij praktisch...'

'Dat ik praktisch wat? Mijn hele toekomst is verdomme weg.'

'Onzin. We komen hier bovenop. We redden dit, samen.'

Hij schudde zijn hoofd. 'Je hebt geen idee, hè, werkelijk geen idee.'

'Geen idee waarvan, Nick?'

Hij zocht naar woorden, vloekte, maakte uiteindelijk een woest gebaar in de richting die Søren had gekozen. 'Dit is toch zo duidelijk als wat? Dit was iemand die mij herkende als pedorector. Misschien was het zelfs wel de vader van die Juliëtte.'

'Hoe zou hij moeten weten dat jij hier liep?'

'Zo moeilijk zijn we niet te vinden.'

Ze schudde haar hoofd. 'Daar geloof ik niets van. Ik denk dat, dat...'

'Ja?'

'Ik... Ik weet ook niet wie dit was, maar ik weet wel dat we aangifte moeten doen.'

'Ha, de politie ziet me aankomen. "Zo, daar bent u weer, meneer Metsaers." Die mensen daar gaan me echt niet serieus nemen. De hele wereld, de hele fucking klotewereld heeft me allang veroordeeld, Nina. Het maakt niet uit wat ik zeg, of wat jij vindt of wat er in werkelijkheid allemaal wel of niet is gebeurd. Het maakt helemaal geen ene moer meer uit.' Hij beende weg.

In haar mouw hing nog een tak met prikkels.

'Verdomme Søren, ben je nou helemaal gek geworden?'

'Ha, de mama van Lisan. Wat leuk dat je belt. Da's veel te lang geleden...'

'Lisanne. Ze heet Li-san-ne.'

'Liesje. Lief Liesje.'

'Je laat haar met rust, Søren. En Nick ook. Wat dacht je? Waarom doe je dit, verdomme?'

'Relax, babe.'

'Je bent ziek, weet je dat, werkelijk ziék. Hoe durf je mijn huis binnen te dringen, mijn dagboek te lezen, mijn man bijna dood te rijden. Hoe kwam je aan die auto?'

'Tut-tut-tut-tut, niet zo happen naar de baas.'

'Ik weet wat er in mijn dagboek staat, maar weet je, ieder mens denkt dingen, zegt dingen, verlangt dingen die hij niet werkelijk wil. Dus je kunt je onoverwinnelijk voelen dat je mijn woorden hebt – want ik neem aan dat je een foto van mijn dagboek hebt genomen, zoals je alles vastlegt met je misselijkmakende pathologie – maar iedereen zal begrijpen hoe ik het heb bedoeld. Ik hou van Nick, hoor je me. Ik ga oud worden met die man. Dát is een huwelijk namelijk; dat je elkaar af en toe wel kunt wurgen, maar dat je, puntje bij paaltje, blind voor elkaar gaat.'

'Zoals jij voor hem gaat, bedoel je?' Hij lachte. 'Het enige wat ik wil, *mevrouw Metsaers*, is dat jij de waarde van het leven weer in gaat zien.'

'Het gaat je niet lukken, Søren: mij bang maken.'

'Dat hoor ik ja.'

Ik heb de macht, vertelde ze zichzelf. Ik heb de macht. Nog een paar dagen en dan haal ik hem genadeloos onderuit. Hij móét eerder vijanden hebben gemaakt.

Bij de bank had ze geleerd dat die vinden een kwestie van volharding was: doorvragen, doorvragen, doorvragen. Slechts een heel klein percentage van de mensheid lukte het om te blijven liegen. De rest werd verraden door het digitale dan wel fysieke spoor dat ze hadden achtergelaten.

Iedereen liet steken vallen.

'Was er nog iets, Nientje?'

Trillend van woede drukte ze het gesprek weg.

Meteen zoemde haar mobieltje. *Heerlijk je stem weer even te hebben gehoord. Kus.*

'Kom erin.' Jessica Pittau maakte een uitnodigend gebaar naar het maatschappijleerlokaal. Omdat ze geen eigen klas had, mochten ze daar zitten. Aan de muur hingen posters over loverboys, discriminatie en drugs.

Loze waarschuwingen. Iedereen, zij incluis, was vatbaar voor slechte invloeden, zolang die maar mooi genoeg werden verpakt.

Ze dacht aan de onschuldige blik van Søren – misschien had hij ooit wel in dit klaslokaal gezeten – en rilde onwillekeurig. Zijn '*mevrouw Metsaers*' galmde al uren huichelachtig vals na in haar herinnering.

'Zo, de moeder van Ruben, dus. We hebben elkaar ongetwijfeld eerder ontmoet, maar om eerlijk te zijn: ik zie zoveel ouders dat ik het me niet goed kan herinneren.'

'Geen probleem. Je weet nog wie Ruben is en daar gaat het om. Hij gaf altijd hoog over je op.'

'Is dat zo?'

'Nou ja, voor zover pubers hoog over leraren opgeven, dan.'

'Niet dus.' Jessica grinnikte. Ze had gelijk. Ruben had het nooit inhoudelijk over haar gehad. Ze lachte verontschuldigend.

'Ik moet zeggen dat jouw e-mail me verbaasde. Ik herinner me Ruben als een goede jongen, slim, aardig. Wat voor moeilijkheden heeft hij?'

Meteen to the point dus. Ze voelde hoe ze rood begon te worden, verzamelde moed. Om zichzelf uitstel te geven, haalde ze eerst de schoolfoto tevoorschijn. Ze schoof die over haar tafeltje naar het bureau van Jessica.

Ze verachtte zichzelf dat ze Ruben gebruikte, maar het was de enige manier.

'Waar moet ik beginnen? Ruben, die... Die... Het is lastig om te zeggen over je eigen zoon, maar...' Ze maakte een handbeweging waaruit moest blijken dat ze hopeloos was. 'Misschien herinner je je zijn vriend Søren Berg nog?'

'Søren? Uiteraard.' Jessica wees hem aan op de foto. 'Fanatiek watersporter, heel sportieve jongen.'

'Klopt... Je weet misschien dat zij vroeger al bevriend met elkaar waren. Nou, dat zijn ze nog steeds. Daarom zit ik hier. Zonder in details te treden: het gaat niet goed met Ruben en dat komt mede, of misschien vooral door Søren. Ik weet dat ik me niet meer kan en mag bemoeien met zijn leven, maar ik zie het gewoon misgaan. Die twee...' Ze hief haar handen, voelde dat ze inmiddels werkelijk zat te blozen. Dat ze zich ooit tot iets als dit zou verlagen, had ze nooit van zichzelf gedacht. 'Eigenlijk wilde ik jou helemaal niet mailen; wat ben ik voor een moeder dat ik achter de rug van mijn zoon om met zijn oud-mentor ga zitten praten, maar...'

Jessica schonk haar een blik van verstandhouding. Ze trapte erin: haar fantasie vulde zelf de details in. 'Tja, het is een treurig verhaal hè, van Søren.'

Een treurig verhaal?

Nadenken. Blijven nadenken!

'Dat is het hem juist, ik weet dat er een treurig verhaal is, maar niemand vertelt me hoe het zit, wat er precies aan de hand is. Die jongens zijn met z'n tweeën zo gesloten! Ik wil zo graag helpen, maar ik krijg geen vat meer op Ruben en daarom dacht ik...' Ze wees op het vrijpostige jongenshoofd op de foto. 'O, het is ook zo stom van me. Ik had hier nooit mogen komen... Dat ik dit zomaar doe...'

Ze schudde haar hoofd, hopend dat haar twijfel Jessica Pittau zou overtuigen van haar goede bedoelingen. Een radeloze moeder die bij haar aanklopte voor hulp; daar moest een leraar toch gevoelig voor zijn. 'Maar ik dacht: als ik wat meer over Sørens achtergrond weet, dan kan ik die jongen misschien een heel klein beetje helpen. En daarmee Ruben ook.'

'Dus je komt hier voor informatie over Søren, niet over je zoon?'

Ze keek de vrouw tegenover haar radeloos aan. De tranen die in haar ogen sprongen, waren echt – ze hadden alleen een andere oorsprong dan ze nu vertelde. 'Ik kom voor een beetje van allebei... Op dit moment is de een niet los van de ander te zien. Ik zie Ruben met de dag afglijden. Hij was altijd zo'n heerlijk kind. Natuurlijk puberde hij, maar niks extreems. Het is zo zonde, Jessica, om een jongen met zoveel potentie zijn leven te zien vergooien. Ik wil hem helpen, maar ik weet niet hoe. Het is net alsof hij in Sørens macht is en...' Hoe kon ze haar zoon zo enorm verraden? 'Alsjeblieft, ik zou het je niet vragen als het niet nodig was, maar... Wat Ruben me heeft verteld, is dat Sørens moeder is vermoord, en daar maak ik me zo'n zorgen om.'

Jessica trok haar wenkbrauwen op. 'Vermoord? Is ze dood?'

Ze knikte. De radertjes in haar hoofd draaiden op topsnelheid. Over welk treurig verhaal had Pittau het dan gehad? 'Het is gebeurd toen hij hier al van school was,' gokte ze. 'Ze is omgekomen bij een aangestoken brand, in Frankrijk.'

'Waar ze woonde,' knikte Jessica. 'Bretagne, toch? Vlak bij Saint-Malo?'

Bretagne. Saint-Malo. Onthouden!

'Ja, ik weet het nog, omdat ik daar in de buurt op vakantie ging, toen zijn moeder daar net naartoe was verhuisd. Het was een heel ding dat zij een nieuwe partner met een zoon kreeg.'

Ze herinnerde zich hoe Søren haar had verbeterd toen zij het had gehad over zijn stiefvader – 'de vriend van mijn moeder', had hij met een verharde blik gezegd.

'Weet jij nog hoe hij het vond, dat zijn moeder emigreerde?'

Jessica haalde haar schouders op. 'Het was niet makkelijk voor hem, dat zal je begrijpen, maar eh... Ik moet eerlijk zeggen dat ik me er niet erg gemakkelijk bij voel om over een oud-leerling te praten met de moeder van een ander. Ik heb natuurlijk niet het beroepsgeheim van een arts, maar toch. Wat hij me heeft gezegd, was in vertrouwen.' Ze keek haar zelfverzekerd aan. 'Ik hoop dat je dat begrijpt.'

'Ja. Ja, natuurlijk.'

En nu?

Van strategie veranderen.

Door dit pantser heen zien te komen.

Terug naar haar basisverhaal!

Ze slikte de brok in haar keel weg. 'Kun je me dan misschien iets anders vertellen? Bijvoorbeeld met wie Ruben allemaal nog meer bevriend was? Hij vertelde er vroeger thuis zo extreem weinig over.'

Jessica wees wat jongens aan.

Zij deed alsof ze geïnteresseerd was en knikte. 'En Søren? Met wie ging hij om?'

Jessica boog zich zichtbaar ongemakkelijk over de foto en wees een paar gezichten aan. 'O, en met Jasmijn natuurlijk, zijn vriendin.' Ze wees op een knap meisje. 'Jasmijn de Groot. Heel tragisch. Op vakantie van een klif gewaaid.'

'Is ze...'

Jessica knikte. 'Toen ze net van school waren.'

'Wat verschrikkelijk.'

'Voor iedereen, ja. Tragisch. Ik weet trouwens niet of Søren en zij toen nog samen waren, hoor. Veel middelbareschoolverkeringen stranden na de eindexamens, maar het moet hoe dan ook niet makkelijk voor hem geweest zijn. Het is een gevoelige jongen. Een in de categorie: blaffende honden bijten niet.'

Zij knikte en liet bewust een pauze vallen.

Jessica trapte daar echter niet in. Zij legde haar handen op haar bureau en stond op. 'Het is niet veel, wat ik je kan vertellen, maar ik hoop dat je er toch iets aan hebt. Heel veel sterkte met Ruben. Nogmaals: ik vind het verdrietig om te horen dat hij zo in de ellende zit. Vooral omdat jullie het natuurlijk al zwaar genoeg hebben met al het gedoe rondom je man.'

De haartjes op haar armen gingen overeind staan. 'Hij heeft dat meisje niets gedaan.'

Jessica Pittau glimlachte.

Toen ze samen naar de uitgang liepen, voelde ze opeens de blikken van de leerkrachten die in hun lokalen zaten op zich gericht. Had Pittau haar bezoek aangekondigd? Was zij de roddel van de school? *De vrouw van die rector van het Overland komt langs...*

Hoeveel docenten hadden eigenlijk nog contact met Ruben? Hoeveel wisten dat het uitstekend met hem ging? Ging Pittau hun vertellen wat zij net allemaal gezegd had?

Ze zat op de snelweg toen Diana Han eindelijk een berichtje terugstuurde. *Waarmee?*

Ze moest even denken, maar herinnerde zich toen dat zij Diana had geappt dat ze Søren wilde verrassen.

Met één hand aan het stuur typte ze een berichtje terug. *Lastig uit te leggen, zo. Ik bel je even.* Ze nam geen tijd om Diana's reactie af te wachten en belde meteen. Na een paar keer overgaan kreeg ze echter opnieuw de voicemail.

Geïrriteerd drukte ze haar telefoon uit.

In haar achteruitkijkspiegeltje kwam een zwarte pick-up op hoge snelheid over de linkerbaan aan gescheurd. Haar lichaam reageerde ogenblikkelijk. Pas toen de auto haar voorbij racete en ze zag dat er een dikke, kale man achter het stuur zat, kon ze weer gewoon ademhalen.

Shit, waarom reageerde die Diana niet?

Na vijf minuten, toen ze het eigenlijk al had opgegeven, kwam er toch een reactie.

Kan niet. Zit in t buitenland.

Ze nam de eerste de beste afslag en parkeerde haar auto zomaar ergens langs de weg. Haar vraag stellen via WhatsApp was het laatste wat ze wilde, maar het was duidelijk dat deze millennial haar telefoontjes nooit zou aannemen.

Ze nam een gok en besloot open kaart te spelen.

Beste Diana, ik hoop dat je me wilt helpen. Ik heb een tijdje iets met Søren gehad en nu dat over is, doet hij vervelend. Nogal een understatement. Hij stalkt me, valt mijn gezin lastig en ik ben inmiddels echt bang voor hem. Wat ik ook probeer, ik lijk niet tot hem door te dringen. Zouden we alsjeblieft heel even kunnen bellen? Ik kan wel wat tips gebruiken en misschien weet jij of Roy hoe ik het beste met hem om kan gaan. Als belkosten het probleem zijn: ik kan je ervoor betalen. Ik ben echt ten einde raad. Nogmaals: ik ben echt bang.

Ze las haar woorden door, deletete ze en stuurde alleen: *Als belkosten het probleem zijn: ik kan je ervoor betalen.*

Diana kwam online, maar reageerde weer niet.

Toch nog een keer bellen dan maar.

Voicemail.

Opgefokt speurde ze haar omgeving af. De zijspiegels, achteruitkijkspiegel, voor zich, achter zich. Geen spoor van Søren.

Ze had geen keus. De veel te kwetsbare app die ze eerst had opgesteld was op dit moment haar enige hoop op redding.

Ze stuurde hem alsnog.

Diana kwam weer online, maar daarna doofde het scherm weer.

Ze wachtte op niets.

Pas toen ze op de snelweg zat ontving ze een berichtje. Van Floor, niet van Diana. *Hoe is het met Nick?*

Hoezo vroeg zij dit aan haar? Snapte ze er dan helemaal niets van? Met één hand aan haar stuur tikte ze terug: *Misschien kun je hem even bellen.*

Nicks gedrum was oorverdovend. Het overstemde het dichtslaan van haar portier en was te voelen in haar borst toen ze de hal in stapte. Het klonk alsof een losgeslagen gek zich op het instrument aan het uitleven was.

De woonkamer en keuken waren verlaten. Ze liep naar boven, nam twee paracetamol en vond Lisanne in haar kamer. Ze had haar koptelefoon op en zat zich op de grond, in haar ochtendjas, op te maken. Ze had een spiegel tussen haar spulletjes op de vensterbank gezet en bekeek ondertussen een make-uptutorial op haar mobieltje.

In plaats van de trap naar de zolder nemen, liep ze terug naar beneden. In haar hoofd hoorde ze haar moeders woorden. *Laat die man. Kan hij zich lekker afreageren.*

Ze ging aan de keukentafel zitten en opende haar laptop.

Jasmijn de Groot.

Enter.

Ze had Sørens ex in no time gevonden. Haar Instagramaccount was gevuld met vrolijke portretten. Jasmijn was een beeldschoon meisje geweest. In haar bio stond zowel haar geboorte- als haar sterfdatum. Daarachter hartjes en huilende emoticons.

Ze schoot vol. Jasmijn was pas achttien geweest toen ze verongelukte. Lisannes leeftijd. Hoe wreed kan het leven zijn?

Ze huiverde, maar nam niet lang de tijd om bij het drama stil te staan.

Haar vingers bewogen al over het toetsenbord. Ze zocht – in het Frans (waren die jaarlijkse vakanties toch nog ergens goed voor) – op 'brand in Saint-Malo' en vond al snel meerdere publicaties.

Het meest uitgebreide stuk stond op een regionale website. De journalist deed verslag van hoe er in het holst van de nacht een verschrikkelijke brand was uitgebroken. De oorzaak was waarschijnlijk een slecht aangesloten elektrische kabel, maar de politie kon dat niet met zekerheid zeggen. De woning stond in een afgelegen gebied en pas toen hij in lichterlaaie stond, was het een van de buren opgevallen; een boer die een kilometer verder woonde. De bewoners – man, vrouw en kind – waren alle drie om het leven gekomen, voor het gezin was een herdenkingsdienst in de plaatselijke kerk georganiseerd.

Ze wreef over haar stijve nek.

Het artikel was aangevuld met foto's van de brand en het zwartgeblakerde terrein dat er nadien over was gebleven.

Nergens stond iets over moord. Nergens stond iets over extra aanwijzingen die de politie had gevonden en die vervolgonderzoek rechtvaardigden. Met geen woord werd er gerept over een gezinsdrama.

Ze vergrootte de foto van hoe het huis er voor de brand had uitgezien; een korrelig beeld van een klein houten chalet, omgeven door bomen, planten en struiken. Het deed nog het meest denken aan een vakantiehuisje.

Ze huiverde toen ze zich voorstelde hoe groot de paniek die daar die nacht was uitgebroken moest zijn geweest.

Wanneer was Sørens moeder erachter gekomen dat die vent van haar alle luiken dichtschroefde? Op welk moment was ze erachter gekomen wat hij van plan was met hen? Hoe had de jongen gereageerd? Wanneer besefte moeder dat het huis in brand stond en ze niet meer konden vluchten?

Op zolder ging het rammen op het drumstel door.

Zo moest het de hele tijd in Sørens hoofd klinken: hard gedreun – want hoe de band met je moeder ook is, als ze zo om het leven komt en je weet dat, dan zal je daar altijd aan blijven denken.

Naast haar laptop lichtte haar mobiel op.

Diana Han.

Wtf. Over stalken gesproken... Hoe kom je aan mijn nummer?

Tornado

'Alles goed?' vraagt Nick.

Ik laat me tegen hem aan vallen en kijk naar het lege zwembad waarin Teun druk in de weer is met een parasol. 'Ik wil naar huis, schat. Ik zit onder het bier, heb het steenkoud en mijn voeten doen hartstikke pijn.'

'Jongens, komuh!' roept Teun. 'Het is hier beneden een stuk warmer!' Hij staat wankel op zijn benen. Op de zwembadvloer liggen regenplassen. Astrid wil weten of hij hulp nodig heeft.

Geen van de Achterhoekers reageert. Iedereen blijft bij de heaters staan roken en drinken.

'Weet jij waar Floor is?'

Nick schudt zijn hoofd.

'Hè verdorie, ik dacht dat jullie samen naar die snackbar waren. Waar hangt dat mens in godsnaam uit?' Ik kruip nog dichter tegen hem aan en laat mijn handen onder zijn T-shirt glijden. Zijn huid is heerlijk warm. Hij gloeit haast.

'Niet doen, gek.' Vijandig keert hij zich een kwartslag om. 'Die handen van jou lijken wel ijsklompen.'

'Ja, daarom wil ik ook naar huis. Kom, warm me eens op.' Ik sla zijn armen terug om me heen, maar in zijn omhelzing zit maar weinig passie. 'Kom op, Nickie. Het spijt me van mijn handen, laat me je opwarmen. Kom, zoen me eens.' Ik ga op mijn tenen staan en leg mijn armen in zijn nek.

Hij wil niet.

Hij houdt niet van kleffen in het openbaar.

Maar snapt hij dan niet dat ik hem nodig heb? Eén goede zoen en dan kan ik weer even vooruit. Ik voel me al de hele dag rot. Onbestemd. Mijn borsten doen pijn, ik ben misselijk en het is net alsof mijn lichaam niet van mij is.

In plaats van me te kussen, kijkt hij naar Teun en zijn bezigheden. Nog altijd is hij met zijn gedachten ergens heel ver weg.

In mijn ooghoeken voel ik iemand naar me kijken. Het is Bart. Hij staat een eindje verderop, zomaar in de regen, hij ziet eruit alsof hij elk moment kan gaan rennen. Of omvallen.

Hij is nog meer bezopen dan ik eerst al dacht.

In een aangeschoten poging hem op stang te jagen, duw ik mijn borsten ver naar voren en steek ik mijn kont pront naar achteren toe. Ondertussen druk ik me nogmaals tegen zijn best friend forever *aan.*

Mijn broer wordt woest. Het lijkt wel alsof zijn hele lijf gespannen staat en hij elk moment kan ontploffen.

Aangemoedigd door zijn reactie draai ik Nicks gezicht nogmaals naar me toe en breng ik een van zijn handen naar mijn nek. Voordat hij de kans krijgt zich terug te trekken, steek ik mijn tong tussen zijn lippen.

Godzijdank doet hij nu wel mee. Nick is warm en nat en veilig.

Normaal houd ik mijn ogen altijd dicht tijdens het kussen, maar nu sper ik ze wijd open. Dit is geen kus, dit is een spel. Ik kijk Bart uitdagend aan.

Zie je me?

Zie je dat ik niet lieg?

Vanavond, wanneer jij je eenzaam in je bed ligt af te trekken op de gedachte aan Floor, trekt jouw beste vriend me helemaal uit elkaar.

Wanneer hij in beweging komt, is mijn eerste reactie lachen. Ik heb het voor elkaar, hij laat zich en public helemaal gaan. Zo hoog heb ik hem nog nooit op de kast gekregen.

Maar als hij begint te rennen en daarbij een soort oerkreet uitstoot, laat ik Nick los. Wat doet-ie? Wat is er in hem gevaren?

Hij racet tussen de gasten door. Dat hij met zijn elleboog een vrouw raakt, lijkt hem niet te kunnen schelen.

'Bart!' Floor. Ze komt vanaf een van de gravelpaadjes aan rennen. 'Bart! Niet doen!'

Nick kijkt op, schrikt van zijn vriend, zet zomaar een stap opzij.

Het ene moment komt hij op ons af.

Het andere moment is hij verdwenen.

De muziek speelt door. 'Save Tonight' *van Eagle-Eye Cherry.*

De regen maakt rimpels in de plassen.

De discolamp blijft gekleurde vlekken op de zwembadtegels projecteren.

Mijn broer, mijn grote broer, ligt in een onwerkelijke houding op de zwembadvloer. Een zwarte plas bloed stroomt uit zijn hoofd en vermengt zich met het regenwater.

It ain't easy to say goodbye
Darlin' please, don't start to cry
'Cause girl you know I've got to go
And Lord I wish it wasn't so

'Hé mam. Wat ben je aan het doen?'

'Niets, gewoon nog even wat werk, ik... Lisan, waarom heb jij mijn rode jurkje aan?'

'Ik heb een date.' Lisanne zette haar handen in haar zij en draaide haar heup naar voren. Ze had haar make-up zwaar aangezet, krullen in haar haren geföhnd en laarzen met hoge hakken aangetrokken.

'Een date?' Ogenblikkelijk gespannen stond ze op. 'Met wie?'

Ze had haar zin nog niet uitgesproken of de bel ging. Lisanne draaide zich triomfantelijk om en liep naar de deur. Terwijl het jurkje bij haar los zat, spande het bij Lisanne om haar achterwerk. Een vleug zoete parfum dreef de lucht in.

The lady in red, zong Sørens stem door haar hoofd heen. *Is dancing with me. Cheek to cheek.* Zij had in dat jurkje met hem geschuifeld in zijn appartement. Al bij *it's just you and me* had de gladde stof op de vloer gelegen.

'Søren.'

'Søren?' Ze snelde achter Lisanne aan.

'Yep. We gaan eerst wat drinken en daarna naar de film.'

'Maar...'

'Lisan, ik ben het hier niet mee eens, ik wil dat je...'

Lisanne draaide zich om. 'Wilde jij deze soms aan vanavond?'

Ze keek betekenisvol naar de comfortabele jeans die zij droeg. 'Wat is het probleem?' Met een brede glimlach opende ze de voordeur.

Søren stond met een gretige blik in zijn ogen op de stoep. 'Wauw.' Hij liet zijn ogen langzaam over Lisannes lichaam glijden. 'The lady in red.' Zijn woorden waren langzaam en bewust.

'Waar gaan jullie naartoe?' Ze ging naast Lisanne staan, maar Søren trok zich niets van haar aan. Hij gaf eerst Lisanne drie kussen en daarna probeerde hij haar te zoenen.

Ze deinsde achteruit.

'Mam, wat heb je?'

'Hé, Søren.' Nick kwam de trap af, nieuwsgierig naar de stemmen bij de voordeur. Met al die krassen op zijn gezicht en die haal in zijn lip zag hij er niet uit. 'Wat leuk. Wat doe jij hier nou, jongen?'

'Uw dochter mee uit nemen, meneer.' Hij gaf Nick een knipoog.

'O.' Nick keek tevreden naar zijn dochter en haar date. 'Nou, dan heb je mazzel, zie ik.'

'En niet zo'n beetje ook. De genen van haar moeder. Maar eh, wat is er met jou, man? Heb je ruzie gehad?'

Nick haalde zijn schouders op. 'Lang verhaal.'

'Lisanne, kan ik je even spreken?' Het lukte haar niet haar woede te verbergen.

'Wat is er?'

'In de keuken graag.'

'Je kunt het toch hier zeggen?'

'In de keuken.'

Lisanne rolde overdreven met haar ogen, maar liep toch achter haar moeder aan. 'Ja, wat?' vroeg ze onverholen vijandig toen de deur achter haar was gesloten. 'Je zet me hartstikke voor lul, mam.'

'Ik heb een slecht gevoel over die jongen, lieverd. Een heel slecht gevoel. Ik kan de vinger er niet op leggen, maar...'

'Maar wat?'

Ze maakte een machteloos gebaar. 'Ik dacht dat je zei dat je niets meer van hem gehoord had?'

'Ja, om een reactie als deze te voorkomen.'

'Sorry hoor, maar echt, ik heb het beste met je voor. Schat, je hebt net een relatie achter de rug en... Ik denk gewoon dat je er nog niet klaar voor bent om weer te gaan daten en... En bovendien, Søren is een heel ander type dan jij. Ik snap dat hij leuk leek op die verjaardag, maar puntje bij paaltje is hij gewoon... Gewoon...'

Lisanne keek haar vragend aan.

Wat kon ze zeggen? Verdomme! Op welke manier kon ze haar dochter, haar lieve kwetsbare dochter, tegen deze psychopaat beschermen?

'Ja?'

'Hij is gewoon heel anders.'

'Kijk, en dat is nu precies waarom ik met hem uitga.' Lisanne legde haar hand op de keukendeur en keek haar moeder kwaad aan. '"Onze types",' zei ze en ze haakte haar vingers in de lucht, 'zijn namelijk behoorlijk verrot.'

En weg was ze.

Nick en Søren stonden als twee vrienden met elkaar te praten op de gang.

'Alles goed?' Nick keek haar vragend aan.

'Waar gaan jullie naartoe?'

'Ma-ham.' Lisanne schoot haar jas aan en pakte Søren bij zijn mouw. 'Kom.'

Maar Søren bleef staan en keek haar recht in de ogen. 'Heb je het liever niet, Nina, dat ik met Lisan wat ga drinken? Ik was van plan om ook even met haar naar de film te gaan en misschien daarna nog een hapje eten?'

'Wat is er toch, Nien?' Nick keek haar onderzoekend aan.

Niets aan Sørens gezicht verraadde dat zij een gezamenlijke geschiedenis hadden. Niets liet zien dat hij een dubbele agenda had. Hij was een en al blozende vrijheid, zijn *sexiness* spatte ervan af.

'Geloof me.' Hij legde zijn hand op zijn hart. 'Ik geef jullie dochter een avond om nooit te vergeten.'

De tranen sprongen in haar ogen, maar ze kon niets zeggen zonder de hele waarheid op tafel te leggen.

'Nou, veel plezier met z'n tweeën,' zei Nick. Hij sloot de deur achter Søren en Lisanne en keek haar vragend aan. 'Wat was dat?'

'Ik vertrouw hem niet.'

'Waarom niet?'

'Moederinstinct.'

'Lisanne is een volwassen vrouw, Nien. Je zult haar moeten laten gaan. Ik weet dat je het heerlijk vindt dat ze weer thuis woont, maar ook dat is tijdelijk, hè. We moeten allebei ons eigen leven weer op gaan bouwen. Of nou ja...' Hij haalde zijn schouders op en liep door naar de woonkamer.

Hoe was het mogelijk dat ze elkaar zo enorm slecht kenden?

Ze keek door het ruitje naast de deur. Sørens Ram Van met daarin haar dochter reed langzaam uit haar zicht.

'Nick, ik wil niet dat ze uitgaat met die Søren. We kennen hem helemaal niet en... En... En jij ziet toch ook wel dat dit het type is dat, voordat je het weet, haar hart weer breekt.'

Nick opende de koelkast, staarde naar de inhoud, maar maakte geen aanstalten om er iets uit te pakken.

'Kom op, je moet het toch met me eens zijn. Je ziet het aan alles. Aan hoe hij doet, aan hoe hij eruitziet, aan hoe hij is.'

'Hoe hij is?'

'Ja, hij kitesurft toch alleen maar? Hij heeft geen baan, volgens mij geen enkel verantwoordelijkheidsgevoel, niets.'

'Ze hoeft toch niet met hem te trouwen?'

Fuck! Alleen al het idee dat Søren met zijn vingers ook maar één tel aan Lisanne zou zitten!

The lady in red.

Na die dans in zijn woonkamer hadden ze seks gehad die de term pornowaardig met trots had mogen dragen. Op zijn bed, tegen de muur, in de keuken, op de stoel. Ongeremd, puur voor de lust, alle schaamte voorbij.

Met terugwerkende kracht zag ze het oogje van zijn laptop geniepig naar hen loeren.

Nick deed de koelkast weer dicht, vol ergernis – hij had natuurlijk geen idee waar ze het over had. 'Het is gewoon een sportieve jongen. Weet wat-ie wil. Niet zo'n doetje als die ex van haar. Leuk, toch.'

'Leuk? Leuk?! Die jongen gaat ze nooit voor zich alleen hebben, die zal ze altijd moeten delen met de rest van de wereld. Die hangt enorm aan zijn vrijheid en...'

'En het is haar leven, Nien.'

'Ik wil gewoon niet dat ze met hem uitgaat. Ik vertrouw hem niet.'

Hij zuchtte diep en hoorbaar. Even dacht ze dat hij gewoon weg zou lopen, haar verder zou negeren, maar hij bleef staan. Alsof hij zich overgaf. Meegaan met de stroom is makkelijker dan ertegen in verzet gaan. 'Want?'

'Het is een gevoel.'

'Heeft Ruben iets over hem gezegd, dan?'

'Nee, maar...'

Hij wreef vermoeid over zijn gezicht. '*If it walks like a duck and quacks like a duck, it's a freakin' duck*. Die Søren is gewoon een goede gast.'

'Ben ik niet met je eens.'

'Nou, goed, in de Ardennen zal ik even papa-achtig doen, oké?'

'De Ardennen? Maar dat meende je toch niet serieus?'

'Tjezus, wat heb je toch? Gaat het helemaal langs je heen hoe ik erdoorheen zit, dat iemand me heeft geprobeerd aan te rijden? Ik kan het huis niet meer uit, de hele godvergeten wereld denkt dat ik een pedofiel ben die aan zijn leerlingen zit. Als ik hier nog langer binnenblijf, word ik krankzinnig!'

'En dus ga je met een jongen die je niet kent survivallen?'

'Ja. Ik ga met een vriend van Ruben een paar dagen mijn kop leegmaken.'

Ik maak alles en iedereen om je heen kapot.

'Nee. Nee, dat wil ik niet.'

'Het maakt me niet uit wat jij wilt. Ik ben geen klein kind meer. Jij bent godsamme mijn moeder niet. Vrijdag gaan we.' Hij liep de keuken uit.

Zij snelde achter hem aan. 'Heb je dat net afgesproken?'

'Nee, dat verzin ik nu en dat geef ik straks via een geestelijke connectie door.'

'Maar als je eruit wilt, op vakantie, laten we dan samen gaan. Naar Frankrijk, of naar een Center Parcs-huisje of weet ik veel, als het maar met z'n tweeën is. We hebben tijd samen nodig, Nick. Juist nu. Ik wil er voor je zijn. Laten we samen...'

Hij trok de tussendeur zo hard achter zich dicht dat de schuifdeuren ervan bibberden in hun kasten. De knal werd gevolgd door zijn boze voetstappen op de trap.

Op dit moment had het geen zin om achter hem aan te gaan, wist ze. Maar ze wist ook dat ze er alles aan moest doen om te voorkomen dat die twee samen op 'vakantie' gingen.

Om de vijf minuten checkte ze haar mobiel om te kijken of Lisanne haar al een berichtje had gestuurd. Ondertussen bleef ze maar twijfelen: moest ze Søren nou wel of juist niet een app sturen?

Als je haar iets doet, dan kom ik achter je aan.

Niet. Natuurlijk niet.

Hij zou zich ten eerste niets van haar aantrekken en ten tweede zou het zijn gekte alleen maar meer aanwakkeren. Het enige wat ze kon doen was wachten. Naar buiten kijken en wachten. Wachten. Wachten... Ze werd hoe langer hoe hopelozer.

Ze pakte haar laptop en zocht de ouders van Jasmijn op. Haar moeder, Aranka, werkte bij een vrijwilligersorganisatie en haar 06-nummer stond gewoon online.

Onderaan de trap luisterde ze of ze Nick hoorde. Niets.

Staand voor het raam, kijkend naar de weg, belde ze.

Aranka de Groot nam op met haar naam en die van de organisatie waar ze voor werkte. Dit was de stem van de moeder van een meisje dat was gestorven op de leeftijd die Lisanne nu had.

'Dag Aranka,' zei ze. 'Je spreekt met Nina Metsaers. Je kent me niet en het spijt me dat ik je 's avonds stoor, maar... Ben jij de moeder van Jasmijn?'

'Ja?' De vrouw klonk op haar hoede.

'Dan hebben we een gezamenlijke kennis. Søren Berg, de...'

'Mevrouw, ik wil niets, maar dan ook niets meer met Søren Berg te maken hebben. Ik ga nu ophangen en...'

'Wacht. Ik... Mijn dochter is op dit moment met hem uit en ik... Ik vertrouw hem niet.'

Aan de andere kant van de lijn viel het stil.

'Aranka?'

'Wat is uw naam, zei u?'

'Nina. Nina Metsaers. Mijn dochter heet Lisanne. Søren is haar net komen ophalen, maar... Maar ik heb er gewoon een slecht gevoel over.'

De straat waar ze naar tuurde was donker en verlaten. Ze legde haar hand zacht om haar nek, want het was net alsof haar adem werd afgesneden door de stilte die de vrouw liet vallen.

'Oké,' zei Aranka na een tijdje. 'Ik wil wel even met u praten, maar niet nu, en niet aan de telefoon.'

Koplampen in de straat. Ze veerde op en haastte zich naar het raam. Eindelijk!

Ze verschool zich achter het gordijn – als Søren haar daar zou zien staan, zou hij er ongetwijfeld een hele show van maken – en ze keek vol afkeer toe hoe haar ex-minnaar haar dochter uit zijn auto hielp.

Ze verdwenen uit het zicht, liepen naar de voordeur. *Nee Søren, kus haar niet. Niet hier op de stoep.* Het duurde eindeloos voordat het verlossende geluid van de sleutel in de deur was te horen.

Met een stralend gezicht kwam Lisanne de woonkamer in. 'Je hebt toch niet op me zitten wachten hè?'

'Waar zie je me voor aan.' Ze lachte onschuldig. Ze was snel achter haar computer gaan zitten. 'Hoe was het?'

'Geweldig.' Lisanne liet zich languit op de bank vallen en ritste haar laarzen los. 'Ik zweer het je, mam, je hebt je zorgen gemaakt om niets. Hoe haal je het nou toch in je hoofd dat Søren niet te vertrouwen is?'

Ze maakte een machteloos gebaar.

'Je hebt gelijk: hij is heel anders dan wij. Hij leeft voor het water. Maar dat maakt hem juist ook zo leuk. Hij is oprecht, begrijp je. Het type *what you see is what you get.*'

'Ik wil dat je voorzichtig bent, lieverd.'

Lisanne draaide met haar ogen en haalde haar mobieltje uit haar handtas.

'Hebben jullie gezoend?'

'Gaat jou dat aan?'

De hardheid in Lisannes opmerking stak haar, maar het idee dat Søren van alles met haar had gedaan – al die dingen die hij ook met haar gedaan had – maakte haar onpasselijk.

Met een ijzeren zelfbeheersing ging ze in de stoel tegenover Lisanne zitten. Ze mocht zich niet laten verleiden mee te gaan in haar aanval. 'Dat iemand foto's heeft gemaakt van papa zit me niet lekker,' zei ze zo beheerst mogelijk. 'Stel dat Søren, of wie dan ook, foto's van jou maakt en die online zet.'

'Tjiezus mam, waar zie je me voor aan? Webcamseks?'

'Je weet nooit of iemand iets opneemt. Misschien filmt hij je stiekem met zijn laptop of telefoon of zo. Staat dat straks ook overal op het web, kun jij ook niet meer naar buiten en...'

'Nee. Nee, we hebben nog niet eens gezoend. Nou je zin?' Woedend liep Lisanne de kamer uit en vertrok naar boven.

Met haar hoofd in haar handen bleef ze in de woonkamer zitten. Haar kleine meisje. Hoe kon ze haar kleine meisje ooit tegen deze jongen beschermen?

Haar telefoon piepte.

Zie je, ik heb haar veilig thuisgebracht. Ik doe altijd wat ik beloof.

Søren sloot zijn berichtje af met een knipogende smiley.

Ze deed een poging zich te concentreren. Beantwoordde wat e-mails, las de notulen van een vergadering door, tikte een weekbericht; maar aan het eind van de ochtend gaf ze het toch op.

'Kun je mijn afspraken voor vandaag verzetten?' vroeg ze aan haar secretaresse. 'Ik ben ziek.'

'Toch niets ernstigs, hoop ik?'

'Nee. Gewoon ziek.' Ziek van de hele situatie. Van de stress. Van zichzelf!

Eenmaal in de auto wist ze niet waar ze naartoe moest. Bij de ouders van Jasmijn kon ze pas aan het eind van de week terecht en aan winkelen, een bezoek aan Floor of iets anders moest ze niet denken. Even schoot het door haar heen dat ze naar Søren kon gaan. Nog een poging doen om hem zover te krijgen haar met rust te laten.

Maar het zou niets uithalen.

Ze reed doelloos rond, alsof ze alleen door in beweging te blijven niet door zijn gifpijlen geraakt kon worden. Ze stopte bij een eetcafé en bestelde een kop koffie. Voor de mensen om haar heen ging het leven gewoon zijn dagelijkse gang.

Voor de zoveelste keer googelde ze zijn naam. Het leverde geen enkele hit op. Nicks naam daarentegen scoorde het ene na het andere resultaat. Helaas was het niets waar ze ook maar íéts aan had.

Ze maakte het rondje dat inmiddels een vast onderdeel was geworden van haar dagelijkse routine: het blog van Roy van Lierop, het Instagramaccount van Diana Han, het profiel van Jasmijn, de website van de surfschool. Almaar zoeken naar iets nieuws, naar dat wat ze over het hoofd zag.

Ze klikte op de nieuwspagina van de surfschool en veerde op toen ze zag dat er een nieuw bericht was geplaatst. Snel zette ze haar koffie neer. Ze hadden een feest gehad. Een groep jongens en meisjes in de branding was als een ouderwetse polaroid in een nieuwsartikeltje geplakt.

Ze vergrootte de foto, maar hij was van zo'n slechte kwaliteit dat ze alleen maar wazige gezichten zag. Vlug klikte ze door naar de Facebookpagina van de school. De post stond helemaal bovenaan. *Superstoere party gehad op La Playa. C-bonken & Surfbabes. Life's a beach. Enjoy it to the max.*

Er was een fotoalbum aangemaakt waarin ruim twintig feestfoto's geüpload waren. Met het gevoel dat ze beethad, keek ze ze door, maar Søren zag ze nergens.

'Zusje toch, blader je ze alleen maar zo vluchtig door?' Bart stond aan de bar. Hij keek haar met opgetrokken wenkbrauwen aan.

Ze dronk haar laatste slok koffie en bestelde meteen een nieuwe. Ze gaf Bart een blik en opende toen de foto's stuk voor stuk. Hier was het gelukkig wel mogelijk ze te vergroten.

Op het eerste beeld keek een vijftal vrolijke jonge mensen haar aan. Dit was dus Sørens scene. Hier hoorde hij thuis.

De volgende foto was een jongen die een glas bier aan het drinken was en scheel de camera in keek. Daarna waren er drie dansende meisjes die van achteren waren gefotografeerd. Daar kon ze helemaal niets mee.

Ze bekeek alle foto's lang en aandachtig. Toen ze de laatste had 'onderzocht', was haar nieuwe koffie koud geworden en zij een illusie armer.

Geïrriteerd stond ze op en liep ze naar de bar. 'Mag ik afrekenen?'

'Natuurlijk. Alles naar wens geweest?'

Ze knikte, hield haar bankpasje voor de pinautomaat en wachtte tot het apparaat aangaf dat ze had betaald.

'Hóren, Nientje. Echt zíén.'

Toen het machinetje akkoord piepte, sprong er een luikje in haar hersenen open.

Ze fronste. Bleef een moment nadenkend staan.

Kon het, wat ze gezien had? Klopte het?

'Wilt u de pinbon, mevrouw?'

Ze schudde haar hoofd, ging terug aan haar tafeltje zitten, haalde haar telefoon tevoorschijn en opende de foto's opnieuw.

Boven op het duin bleef ze staan. Voor haar lag de onmetelijke Noordzee er ogenschijnlijk stil bij. De golven zag je nauwelijks.

Dit was het water dat Søren kende; het water dat hun lijven toen omsloten had. Zouter dan tranen en angstzweet. De gedachte dat de zee nergens ophield, dat elke oceaan, elk meer en elke boerensloot in elkaar overliep, het water overal naartoe kroop, altijd zijn weg vond, had iets griezeligs.

Søren stopte nooit. Søren zou altijd overal zijn. Als het tij zou hij aan haar blijven trekken.

Hoe bestond het toch dat ze in zijn fuik was gelopen?

Ze liep naar de beachclub waar ze destijds na de les hadden gezeten; de strandtent waar ook het feest van de surfschool was gehouden. Bang dat ze hem tegen zou komen, was ze niet. Er woedde een tornado binnen in haar. Ze zou hem kunnen verpletteren met alleen haar energie.

Een jongen met zwarte krullen stond achter de bar. Hij groette haar vrolijk en zei dat ze overal kon gaan zitten waar ze wilde. Ze koos het rieten bankje voor het raam – precies waar ze met Søren had gezeten. Ze herinnerde zich iedere aanraking, elk woord. Het voedde haar woede nog meer.

Hier moest ze zijn. Hier werkte de bron van alle ellende.

'Zeg het eens.' De jongen kwam naar haar toe.

'Doe maar een kop koffie.'

'Lekker stukje taart erbij?'

'Nee, bedankt. Zeg eh...' Er ging een schok door haar heen. Ze slikte haar woorden in. Shit, daar was ze! Ze was hier binnengekomen met het plan om informatie in te winnen, maar nu liep ze hier gewoon rond!

Ze was jonger nog dan in haar verbeelding. Zomaar een meisje. Onopgemaakt, onschuldig, naïef.

'Ja?'

'Niets, sorry, laat maar. Alleen een koffie graag.' Ze lachte ongemakkelijk.

Wat moest ze doen? Wat kon ze zeggen?

Achter de bar lachte het kind om iets wat haar collega zei. Wat deed ze hier? Moest ze niet naar school?

Met bevende handen haalde ze haar telefoon uit haar tas en zocht ze de sociëteitsfoto's van Nick op. Ze vergrootte ze. Hetzelfde gezicht als nu achter de bar stond kwam tevoorschijn.

Het veel te jonge, veel te mooie surfmeisje – *surfsletje*. Juliëtte. Het enige verschil was dat ze op die foto's lingerie had gedragen en dat ze hier een zwarte spijkerbroek en een lichtblauwe blouse droeg; de werkkleding van de club.

Tal van scenario's schoten door haar hoofd: Nick bellen en vertellen dat ze 'zijn' meisje had gevonden, de politie inschakelen, zelf dit kind onder druk zetten.

Ze moest nu geen domme dingen gaan doen. Geen domme dingen!

De jongen bracht haar haar koffie. Ze bedankte ervoor zoals ze altijd zou doen, sloeg haar benen over elkaar en keek naar het water. Ze moest een strategie verzinnen.

'Jullie geven toch ook surflessen?' Ze had net zolang gewacht tot de jongen de keuken in was gelopen en stond nu zogenaamd geïnteresseerd in watersport aan de bar.

'Wij niet, maar ik kan u wel een surfschool aanraden.'

'Leuk. Graag.' Ze lachte en keek toe hoe Juliëtte zich omdraaide en een flyer pakte. God, wat was dit grietje nog jong. De cafeïne van alle koffie die ze gedronken had, stuwde het opgefokte gevoel in haar borst tot een kolkende hoogte. 'Ik ken trouwens iemand die hier volgens mij vaak komt.' Ging ze te ver door dit te zeggen? Verraadde ze zichzelf zo? 'Søren. Ik geloof dat hij instructeur is.'

'Søren Berg?' Er verscheen een brede glimlach op Juliëttes gezicht. Ze had een beugel. Verdomme, gewoon een beugel!

Ze slikte. Ze knikte.

'Dat is mijn vriendje.'

'Je vriendje?' Fuck. Dit kind was zeventien. Drieëntwintig jaar jonger dan zijzelf!

'Ja. En hij geeft inderdaad les. Als u specifiek hem wilt, kunt u dat gewoon vragen hoor, als u belt.' Juliëtte tikte op de folder.

'Leuk,' wist ze eruit te krijgen. 'Zal ik doen.' Ze nam de flyer aan en bleef even twijfelend staan. De vraag hoelang ze al verkering had met Søren, brandde op haar lippen. De vraag of ze wist dat hij nog een vriendin had, Lisanne, smeekte erom uitgesproken te worden.

Ze moest zich beheersen dit kind niet achter de bar vandaan te trekken en te dwingen eerlijk te zijn over wat er op de sociëteit was gebeurd. Vanbinnen stond ze zo gespannen als de lijnen aan een kite bij windkracht zes, maar daar mocht ze niets van laten blijken.

'Het is leuk hoor, surfen.' Juliëtte glimlachte, maar haar blik was duidelijk niet gemeend. Zo te zien vond ze haar maar een raar wijf. Een oude, verwarde vrouw, die niet wist wat ze nu eigenlijk wilde: hier blijven staan, of teruggaan naar haar tafeltje. Het kwam waarschijnlijk niet eens in haar op dat zij een verleden met Søren kon hebben.

'Werk je hier elke woensdag?'

Juliëtte keek haar op haar hoede aan. 'Ja.' Het kwam er eerder uit als een vraag dan als een bevestiging, de tegenvraag 'waarom wilt u dat weten' klonk in het korte woordje door.

'Je lijkt me nog zo jong.'

'Ik loop hier stage. Vier dagen in de week. BBL. Alleen 's maandags heb ik school.'

'O, zo.' Ze was te ver gegaan. Dat zag ze aan Juliëttes blik. De openheid die ze net nog had gehad, was verdwenen. Ze moest hier zo snel mogelijk weg. 'Mag ik afrekenen?'

Toen ze het strand op liep voelde ze zich voor het eerst sinds tijden weer een beetje in control. Juliëtte was precies wat ze op dit moment nodig had. De oplossing. De sleutel. Ze wist niet precies wat ze met haar ontdekking wilde, maar één ding stond als een paal boven water: zij kon het tij eindelijk keren.

'Wat ben je aan het doen?'

'Aan het pakken. Ik denk dat ik er weer klaar voor ben om naar mijn eigen huis te gaan.'

'Je gaat terug naar Amsterdam?'

Lisanne knikte.

'Komt dat doordat ik zo stom doe over Søren?'

Lisanne haalde haar schouders op. 'Ook door andere dingen. Ik moet voortdurend op mijn tenen lopen, hier. Papa is hartstikke depri, jij kunt alleen maar nare dingen zeggen over mijn date, ik heb hier zero privacy; ik wil gewoon weer bij mezelf thuis zijn.'

Date. Godzijdank zei ze date, in plaats van vriend.

Lisanne pakte een van haar parfumflesjes en stopte die in een tasje.

'Het spijt me. Ik had nooit zo stom moeten doen over Søren.' Ze moest zorgen dat Lisanne hier bleef. Hier kon ze haar tenminste in de gaten houden. 'Volgens je vader ben ik gewoon overbezorgd, maar lieverd, ik hou zo van je.'

'Dat weet ik, maar ik heb mijn ruimte nodig, mam.'

'Ja, natuurlijk. Dat snap ik. Toen ik nog bij opa en oma woonde – toen we Ruben al hadden en ik in verwachting was van jou – werd ik ook gek van mijn moeder. Twee volwassen vrouwen onder één dak is hoe dan ook lastig. Je moet doen wat goed voelt, lieverd.'

Lisanne kwam naast haar zitten en verfrommelde een schoon en gestreken T-shirt in haar schoot. 'Hij is écht leuk, mam. Geloof me. Hij is sportief en slim en grappig.'

Ze knikte. Slikte in dat ze voorzichtig moest zijn. Dat Søren niet was wie hij leek. Dat zijzelf niet was wie ze leek.

'Wil je dat ik je help met pakken?'

'Hoeft niet.'

'Wanneer vertrek je?'

'Ik dacht vanavond al.'

'O, dat is snel. Sneller dan ik had gedacht. Had gehoopt... Je mag hier echt nog wel wat dagen blijven hoor, schat. Dan beloof ik om mijn mond te houden.'

Er brak een voorzichtige lach door op Lisannes gezicht.

'Laat het me goedmaken door je morgen mee uit lunchen te nemen. Dan kom ik tussen de middag naar huis, gaan we samen naar het strand. Omdat jij daar nu zo van houdt, geloof ik.'

'Je wilt me niet laten gaan, hè.'

'Ik heb je nooit willen laten gaan.'

Zuchtend liet Lisanne zich achterover op bed vallen. 'O mijn god, ik laat me gewoon manipuleren door mijn moeder.'

'Dus je blijft vannacht nog?'

'Alleen vannacht.'

'Dank je wel, schat. Dan kan ik eraan wennen dat je straks weer weg bent.'

'Lisanne gaat terug naar haar eigen huis.' Ze stond bovenaan de zoldertrap. Nick zat met zijn rug naar haar toe achter zijn drumstel. De herrie was niet te harden, ze had gewacht tot hij even pauze had genomen.

'Mooi toch.' Het was duidelijk dat hij eigenlijk weer verder wilde spelen.

'Ze gaat vanwege ons.'

'Nee, ze gaat vanwege zichzelf. Ze is achttien, die meid wil haar eigen leven leiden, in plaats van vastgeplakt te zitten aan haar ouders.'

'Dat is niet waar, Nick. Ze zei zelf tegen me dat ze ging omdat ze het gevoel heeft dat ze hier op haar tenen moet lopen.'

'Dat is rot voor haar.'

'We moeten het goedmaken.'

'Door...'

'Door beter ons best te doen. Ik wil niet dat ze zich haar tijd terug thuis herinnert als een fiasco. Ze blijft in ieder geval vanavond nog, maar ik ga morgen met haar lunchen en dan wil ik proberen uit te leggen dat we het allemaal niet zo bedoelen; dat ze best nog even mag blijven en...'

'Je zult haar toch een keer moeten loslaten.' Hij keerde zich helemaal om, op zijn kruk. 'Ik snap jou niet, hoor, toen Lisanne een jaar geleden op zichzelf ging wonen, zei je dat je heel erg toe was aan een eigen leven, en nu wil je het liefst iedereen 24/7 tegen je aan gekleefd houden.'

Wat kon ze hierop zeggen? Ze liep naar hem toe, ging op zijn schoot zitten en sloeg haar armen om hem heen. Zo hadden ze vroeger vaak gezeten. Toen had ze niet van hem af kunnen blijven. Floor had telkens met haar ogen gedraaid als ze hen samen zag, dan zei ze dat ze niet zo moesten kleffen.

Nu voelde ze er helemaal niets bij. Alleen verlatenheid. Hij was iemand geworden die ze moest beschermen, hij was allang niet meer de man bij wie zij zich veilig voelde.

'Ik hou zoveel van jullie.'

'En daarom moet je haar loslaten.'

'En jou ook zeker? Luister, lieverd, ik heb er nog eens over nagedacht en ik wil écht niet dat je naar de Ardennen gaat. Het is niet handig met het politieonderzoek dat nu loopt en ik zie er ook heel erg tegen op om je in deze periode kwijt te zijn.'

'Het is maar voor een paar dagen. Dat overleef je heus.'

'Natuurlijk overleef ik het, maar ik wil het gewoon niet. Ik heb op internet zitten kijken. Wat vind je van het Tjeukemeer in Friesland? Daar kunnen we een paar dagen naartoe...'

'Nee. Gewoon nee. Ik ga vrijdag naar de Ardennen. Punt.'

'En daar heb ik helemaal niets over te zeggen?'

Hij schudde zijn hoofd, gaf haar een zetje zodat ze wel op moest staan.

'Ik ben je vrouw, Nick. Ik heb er wel degelijk iets over te zeggen.'

'Je bent mijn vrouw, ja. Niet mijn baas.'

'Nu weggaan is het aller-, allerstomste wat je kunt doen.'

Hij draaide zich om, pakte zijn sticks op.

'Dus je gaat me gewoon zomaar in de steek laten?'

Zijn gedrum vaagde haar vraag weg. Kwaad greep ze zijn handen en trok ze de stokjes tussen zijn vingers vandaan. 'Luister naar me, man. Ik wil niet dat je gaat. Ik vertrouw die Søren niet.'

'Geef me één goede reden.'

Er waren er duizend, maar ze kon er niet een vertellen.

'Je moet oppassen dat je niet zuur wordt, Nina.' Hij griste zijn drumstokken terug en ging los op zijn instrument.

'Och, wat heerlijk.' Lisanne spreidde haar armen en liep het strand op. Ze zag er lichter uit dan ze in tijden geweest was.

Inwendig kromp ze ineen. Ze gunde haar dochter haar geluk, maar het gevoel van liefde dat Lisanne nu ervaarde, was vals. Geen illusie, maar kwade opzet.

En dat was haar schuld.

Ze móést het goedmaken. Alhoewel dat Lisanne pijn zou doen.

Ondanks het feit dat het buiten fris was, had ze het bloedheet. Ze ritste haar jas open.

Er was geen goede, of makkelijke weg, besefte ze. Het enige wat ze kon doen was haar kind pijn doen, meer pijn doen of nog meer pijn doen.

Straks, in de beachclub, zou ze Lisanne vragen om wat surffoto's of -video's van Søren te laten zien; natuurlijk precies op het moment dat Juliëtte aan hun tafeltje zou komen.

Het kon niet anders dan dat er een gesprek tussen hen zou ontstaan. Niet alleen Lisanne, maar ook Juliëtte zou beseffen dat Søren hen belazerde.

Ze kon Lisannes verdriet al voelen. Haar vertrouwen in de liefde zou volledig vermorzeld zijn. Zie je nou wel, geen man is te vertrouwen: je ex niet, je vader niet, Søren niet.

Maar zij zou met haar slag twee vliegen in één klap raken. Lisanne zou veilig zijn en Juliëtte zou, als zij de juiste druk zou geven, haar aangifte intrekken.

'Søren heeft beloofd me te leren kiten.' Lisanne staarde naar de horizon en glimlachte. 'Volgens mij is het ontzettend moeilijk.'

Ze stak haar handen in haar zakken en ging naast haar staan. 'Gezellig om zo even met jou eropuit te zijn. Dat doen we veel te weinig.'

Lisanne knikte. Ze was zo jong nog en zo mooi. Een echte vrouw, met een sterk gezicht en dromerige ogen.

'Ik hou van je, schat.' Ze zei dat lang niet vaak genoeg.

'Ik ook van jou.'

Dit moment moest ze onthouden.

'Zullen we daar ergens gaan zitten?'

De strandtent zag er met zijn brandende lampen en wapperende vlaggen verwelkomend uit. Lisanne knikte. Het mulle zand trok aan hun voeten, alsof het een poging deed hen tegen te houden – het hele strand zat in het team van Søren.

Ze stak haar handen diep in haar jaszakken. Vannacht had ze het risico dat ze nam goed afgewogen. De kans dat Lisanne Juliëtte zou herkennen als het meisje op haar vaders foto's, schatte ze minimaal. Zijzelf had het alleen doorgehad, omdat dit Sørens vaste hang-out was. Zomaar in het wild, zou ze het meisje nooit herkend hebben.

Waar ze wel rekening mee moest houden, was de mogelijkheid dat Juliëtte haar zou herkennen. *U was hier gisteren toch ook*, hoorde ze haar in gedachten al zeggen.

Ze moest het gesprek zo zien te draaien dat daar weinig aandacht voor was. Dat zou niet moeilijk zijn, met de ontdekking over Søren.

De deur van de beachclub ging zwaar open. Een zachte beat kwam uit de speakers, kaarsjes flakkerden in sfeervolle houders. Achter de bar stond een jongen van halverwege de twintig.

'Zullen we daar gaan zitten?' Lisanne wees op een tafeltje bij het raam.

'Ja, is goed schat.' Haar ogen vlogen door de club. Juliëtte was er niet.

'Hoe wist jij dat papa de ware was?'

Ze keek haar dochter op haar hoede aan. Ze kon wel raden wat het motief achter haar vraag was. Kom op, zou ze willen schreeuwen. Je denkt toch niet werkelijk dat Søren 'hét' is?

Maar wat ze deed, was glimlachen en – hopelijk – een positief-melancholische zucht slaken. 'Je vader en ik kenden elkaar al een paar jaar toen hij me op het verjaardagsfeestje van een vriendin ten dans vroeg. Op zo'n schuifelnummertje. Ik was zeventien. Hij sloeg zijn armen om me heen en opeens wist ik het: deze jongen laat me altijd lachen, hij is te vertrouwen, hij is stoer, maar ook heel erg verantwoordelijk.'

Lisanne knikte enthousiast. Achter haar, aan de bar, stond nog steeds alleen een jongen. Juliëtte was in geen velden of wegen te bekennen.

'Het was meer dan lust.' Ze liet een pauze vallen, want het was belangrijk dat Lisanne dat zou horen. 'Ik wist op dat moment al precies wat ik aan je vader had; wie hij wás.' Zogenaamd dromerig richtte ze haar ogen op de zee. 'Weet je, elke relatie is in het begin spannend en hoopvol; je begint alleen iets met iemand omdat je denkt dat dit hem weleens zou kunnen zijn, toch? Maar pas na jaren – na gezamenlijke tegenslagen – weet je of iemand de ware is. Het leven is niet zoals een romantische comedy, het leven is wat zich ná de aftiteling afspeelt, dat wat veel te saai, complex en vooral onsexy is om te laten zien.'

'Lekkere reclame voor het huwelijk.'

'Sorry, maar zo is het. Trouwens, ik dacht dat jij niet op blanke jongens viel.'

'Er moet altijd een uitzondering op de regel zijn, hè.' Lisannes mobiel piepte. Ze keek naar het scherm, lachte en tikte iets terug.

Ze maakte van de gelegenheid gebruik om het paviljoen goed in zich op te nemen. Verdorie, die Juliëtte was er echt niet en ze kon moeilijk aan die jongen vragen wanneer zij weer zou komen werken.

Ze pakte de menukaart maar. 'Wat wil je eten?'

'Iets lichts. Hebben ze een soepje of zo? Ik lees net dat ik vanavond uit eten ga.' Een grote grijns gleed over Lisannes gezicht.

'Leuk,' wist ze eruit te persen. 'Heel leuk voor je, schat. Dus je blijft vanavond ook nog thuis slapen?'

'Dat weet ik niet, maar mijn spullen laat ik in ieder geval nog even staan.' Lisanne gaf haar moeder een betekenisvolle knipoog en nam de menukaart van haar over.

Ze perste haar lippen op elkaar. De vlammen sloegen uit haar borst. Vannacht zou haar meisje, haar kleine meisje níét bij Søren blijven slapen. Wat er ook gebeurde. Geïrriteerd keek ze nogmaals om zich heen. Haar ogen werden naar een gestalte getrokken die buiten naar haar stond te kijken. Hij stond aan de zijkant van het paviljoen, achter het raam, met in zijn rug het duin.

Søren.

Ze schrok.

Rustig bracht hij zijn hand omhoog, maakte een V van zijn wijs- en middelvinger en legde die tegen zijn mond. Hij stond te ver weg om het goed te kunnen zien, maar ze kon zweren dat hij het geultje waar zijn vingers bij elkaar kwamen likte.

'Lisan.' Ze stootte haar dochter aan.

'Wat?'

'Søren.' Ze wees, maar zo plotseling als Søren voor het raam had gestaan, zo plotseling was hij ook weer verdwenen.

'Waar?' Lisanne boog zich iets voorover, zodat ze met haar moeder mee kon kijken.

'Daar, ik...' Ze stond op en liep naar het raam toe. 'Ik zag hem daar staan. Echt.'

Lisanne kwam naast haar staan en keek met haar mee naar buiten. 'Je moet je vergissen, mam. Søren is op dit moment in de stad; inkopen doen voor zijn trip naar de Ardennen.' Ze zuchtte, genietend van de zee en het vooruitzicht van de nacht. Iets verderop stond een kleuter met een blauw schepje in het zand te graven. 'Ik weet dat jij hem om de een of andere reden niet mag, maar hij zou zomaar eens mijn ware kunnen zijn. Ik zie het voor me: een leven met hem.'

Ze knikte alleen maar – elk woord dat ze hierop antwoordde zou vals zijn – en tuurde over het strand en de duinen. Søren leek te zijn opgelost in het niets.

'Tot straks, lieverd.' Ze stak haar hand op, terwijl Lisanne het portier achter zich sloot. Ze bleef even op de oprit staan wachten tot haar dochter binnen was, zette toen haar auto in zijn achteruit en scheurde naar Sørens appartement.

Wie dacht die gek verdomme wel niet dat hij was?

Ze drukte beneden op zijn bel. Zonder iets te zeggen deed hij open. Ze voelde zich misselijk toen ze in de lift stond, waarin ze vier maanden geleden zo opgewonden was geweest. Toen ze door de gang liep, de hoek omsloeg naar zijn woning.

Haar ademhaling schoot omhoog toen ze zag dat zijn deur wagenwijd openstond.

Het was een onverholen verwijzing naar die keer, weken geleden, dat zij bij hem naar binnen was gelopen. De blinddoek, zijn hand op haar mond, zijn lichaam op en in het hare.

De laptop die opengeklapt op zijn bureau had gestaan...

'Ah, het is u... Kom erin, lieve schoonmama.'

Het werd zwart voor haar ogen. Het was die zelfgenoegzame blik van hem, die tergende zelfverzekerdheid, de macht die hij had.

'Wil je wat drinken? Een biertje of liever iets sterkers?' Hij liep naar de koelkast, verwachtend dat zij achter hem aan zou komen.

'Wat ben je met Lisanne van plan, Søren?'

'Niets.' Hij grijnsde. 'Gewoon: lief voor haar zijn. Haar geven waar ze behoefte aan heeft.'

'Je laat het uit je hoofd, hoor je me? Wat wil je toch van me?'

Terwijl hij haar negeerde haalde hij twee biertjes uit de koelkast. Hij opende ze allebei en haalde zijn schouders op toen ze het hare niet aannam. Grijnzend zette hij zijn flesje tegen zijn lippen. Nadenkend nam hij een slok. Hij slaakte een goedkeurende zucht. 'Wauw, ze kan wel zoenen hoor, die dochter van jou.'

'Je gaat te ver. Veel te ver.'

Hij grinnikte. 'Ik? Ik zou zeggen: kijk eens naar jouw eigen aandeel hierin.' De blik in zijn ogen veranderde. Dreigend keek hij haar aan. 'Hoezo val jij mijn vrienden lastig, achter mijn rug om? Eerst Diana en dan Juliëtte?'

'Je bent gek.'

'Gek op Liesje, ja... Niet tof, schoonmamaatje van me, dat je rare tricks aan het uithalen bent.'

'Ik ben je schoonmoeder niet. En je laat Lisanne voortaan met rust, hoor je me?'

'Nou eh, ik denk niet dat zij dat wil. We hebben het nogal eh... Gezellig met elkaar.' Hij grinnikte. 'Maar chill, *woman*, maak je geen zorgen, ik ben een echte gentleman. Tussen Liesje en mij gaat het niet om de seks. Het is niet zoals bij ons. Ik ben dol op haar. Stapelverliefd. En ik moet me wel heel erg vergissen als dat niet wederzijds is. Weet je, Nien, ik denk zelfs dat dit haar is: de vrouw van mijn leven. Degene met wie ik oud wil worden. We... We willen hetzelfde in het leven, zie je. Ik heb er altijd van gedroomd om jong vader te worden. Om dan twee, misschien wel drie kleintjes te hebben rondrennen en...'

In een reflex griste ze het bierflesje dat hij voor haar klaar had gezet van het aanrecht, ze sloeg het kapot op de natuurstenen rand van het aanrecht, negeerde de bruisende drank en scherven die alle kanten op spatten, het gerinkel, de messcherpe splinters die op haar handen en gezicht belandden. Ze zette Søren het bruine glas op de hals. 'Je krenkt haar nog geen haar, hoor je me?'

'Wat wil je doen, schoonmama? Me hier neersteken? Vermoorden? Ha! Denk je dat je daarmee wegkomt, dan? Lieve schat, jouw vingerafdrukken staan hier overal. Mijn computer staat vol met filmpjes van ons. Nee, niet de machine, ik zie je wel kijken. Ik bedoel de cloud. Als jij me hier iets doet, dan komt alles alsnog uit. Jij wilt de gevangenis niet in, geloof me. En je wilt ook niet dat jouw gezin je ware gezicht ziet.'

Ze drukte de punt van het glas in zijn keel. Er verscheen een druppel bloed. Ze schrok ervan.

'Geile, geile Nina, zei je niet zelf dat kinderen je voor altijd aan elkaar binden? Kleinkinderen doen dat volgens mij ook. En eh, nu ik er zo over nadenk... Misschien moet er iets gebeuren wat Liesje en mij tot de tijd dat "het lot ons een wondertje gunt" extra verbindt. Ik weet nog niet wat, maar... Kijk, niet alleen toevoegingen – kinderen – verbinden je, ook verliezen; mensen die wegvallen. Je weet er zelf alles van, toch?'

'Wat bedoel je? Bedoel je dat je Nick...'

'Weet ik niet. Echt niet. Ik denk alleen hardop. Ik... Ja, jezus, er wordt een gebroken bierflesje tegen mijn nek aan gedrukt en er staat een vrouw voor me te freaken; ik weet ook allemaal even niet wat ik zeg.'

'Ik wil mijn leven terug.' Ze trok haar hand terug – dit had toch geen zin; hij was er niet eens van onder de indruk.

Met een grote grijns wreef hij over zijn nek. Hij kuchte nadrukkelijk en keek haar vanonder zijn wimpers uitdagend aan. 'Van mij heb je geen last meer hoor. Ik heb nu Nina 2.0. De jonge en verbeterde versie.'

'Ik ga haar alles vertellen.'

'Veel succes. Zal ze leuk vinden, dat jij haar papa hebt bedrogen met de liefde van haar leven.'

Ze smeet de fles op de vloer. Hij spatte in ontelbaar veel splinters uiteen.

'Dat zal Diana niet leuk vinden.'

'Je hebt gewonnen, oké Søren? Gewoon gewonnen. Geniet ervan, maar laat mij en mijn gezin met rust.' Ze draaide zich om en liep zijn appartement uit.

'Ik heb nog iets voor je!' riep hij haar achterna.

Ze draaide zich niet om. Vanavond zou ze schoon schip maken. Vanavond zou dit stoppen.

Nog voordat ze bij haar auto was, had ze een berichtje binnen. Een filmpje van ruim vier minuten. Ze deletete het meteen, want ze zag aan het eerste beeld al wat het was. Wat zij in al haar opwinding met hem had gedaan hoefde ze niet terug te zien.

Al vertel je het aan de koffiejuffrouw op je werk, ik ben niet te stoppen, typte hij. *Jouw zogenaamde 'waarheid' zal je niet redden. Dé waarheid bestaat namelijk niet. Er is alleen een perceptie van het leven. Alles hangt ervan af aan welke kant je staat. Fijne avond. Kus, je schoonzoon.*

Op hoge snelheid reed ze terug naar huis. Lisanne was al vertrokken.

'Ze is op de fiets gegaan,' zei Nick.

Ze pakte haar mobiel. Dit was het moment om het hem te vertellen. Maar ze zag dat Søren zijn bericht aan haar had verwijderd. Het enige wat er nog was, was dat gore filmpje van hen. Het bedrog van iedereen en alles.

Aranka en Jos de Groot, de ouders van Sørens ex Jasmijn, woonden in een futuristisch appartementencomplex dat uitkeek op een meer. Van veraf leek het gebouw verticaal te golven, maar van dichtbij zag je dat het bestond uit grote platen die vernuftig over elkaar heen vielen.

'Kom erin,' zei Aranka. In tegenstelling tot het gebouw was hun appartement klassiek en gezellig ingericht. 'Het is goed dat je me gebeld hebt.'

'Heel goed, ja.' Jos stond half achter haar. 'Søren Berg is niet te vertrouwen. Zonder hem had Mijntje nog geleefd. We hebben...'

'Jos.' Aranka onderbrak haar man met een blik die hem vertelde dat hij zich moest inhouden. Maar het feit dat ze dat niet uitsprak, wees erop dat ze vond dat haar man gelijk had. 'Wat wil je drinken?' Ze ging haar voor naar een woonkamer waarvan twee wanden in beslag genomen werden door boekenkasten.

'Heb je thee?'

Ze knikte, maar schonk een glas water voor haar in uit de karaf die op tafel stond. Handenwringend ging ze op het puntje van een stoel bij het raam zitten. 'Dus jouw dochter heeft iets met Søren?'

'Ik weet niet of ze al echt iets hebben, maar het hangt in de lucht.' Haar blik gleed naar de foto's van Jasmijn. Mijntje. Lieve naam, mooie meid.

Aranka zag haar kijken en zuchtte diep. 'Waar zal ik beginnen?' Ze probeerde een blik te wisselen met haar man, maar die was iets op zijn telefoon aan het zoeken. 'Onze Mijntje was zo'n levenslustige meid. Een energie dat ze had! Daar kon ze mensen mee in beweging brengen. Als kind was ze al bijzonder, maar toen ze opgroeide werd ze alleen nog maar mooier.'

Jos hief zijn telefoon en liet een foto van Jasmijn zien. Stralende ogen, lang, krullend haar tot ver over haar schouders, een perfect figuur en een brede lach op haar volle lippen.

Een dood meisje.

En zij zat hier nu, onder valse voorwendselen.

'Mijntje en Søren zaten bij elkaar in de klas toen de vonk oversloeg. Zij waren allebei zeventien en wij waren er blij mee, toch Jos?'

Jos zei niets. Hij zocht de volgende foto op.

'We dachten nog: daar heeft ze tenminste iets aan, iemand die niet alleen maar op z'n telefoon zit, een jongen die houdt van het buitenleven. Ze gingen samen kiten en zodra ze maar konden naar het strand en hij kwam hier vaak over de vloer.'

Jos draaide zijn toestel weer naar haar. Jasmijn op een tropisch strand naast een surfboard dat rechtop in het zand was gezet. Shit. Ze herkende het beeld meteen. 'Waar is die gemaakt?'

'Fuerteventura.'

Dit was Sørens profielfoto. Hij had Jasmijn er alleen afgeknipt.

In haar tas begon haar telefoon te zoemen. Het was Nick, die haar belde. Snel drukte ze hem weg. De mensen tegenover haar stonden juist op het punt om alles te vertellen.

'We waren er met z'n allen,' zei Aranka. 'Een cadeautje voor hun gymnasiumdiploma. Want zo zat het: hij hoorde er helemaal bij. In die tijd dat ze verkering hadden, ruim twee jaar, waren we zo'n beetje zijn surrogaatouders geworden. Hij was onderdeel van ons gezin. Hij wilde kiten en wij hadden zin in de zon. Eén en één is twee.'

'Zijn surrogaatouders?'

'Heeft hij je niets verteld over zijn moeder?'

'Ik weet alleen dat ze is overleden.'

'Klopt. Kortsluiting. Ze woonde in een of ander afgelegen houten huisje in Frankrijk, samen met haar nieuwe vriend en diens zoon. Ze zijn alle drie omgekomen.'

'Het was een ongeluk?'

'Dat, of achteloosheid. Zijn moeder is een paar weken na Jasmijn overleden en dat is geen gemis voor de mensheid. Die vrouw was niet goed bij haar hoofd. Ja, sorry hoor dat ik het zo zeg, maar de verhalen die Søren ons over haar verteld heeft!'

'Wat was er dan?'

'Ze was gewoon bikkelhard en geestelijk labiel.'

Jos liet een nieuwe foto van zijn dochter zien – hij was in zijn hoofd nog steeds op de Canarische Eilanden.

'Wat wij ervan begrepen hebben, is dat zijn moeder tot zijn veertiende de grond kuste waar hij op liep. Søren was de man in huis en deed alles. Klussen, boodschappen, hij ging met haar mee naar het ziekenhuis als ze daar moest zijn. Álles. Zij dweepte met hem; verafgoodde hem. Hij was zo lief en zo stoer, en zo goed, en zo slim. Ze hadden eerder een liefdesrelatie dan een moeder-zoonband, toch Jos?'

'Ze sliepen samen in één bed.' Het was het eerste wat Jos had gezegd na de blik van zijn vrouw in het halletje.

Aranka knikte. 'Maar dat hield dus zomaar ineens op. De ene nacht ligt ze nog lepeltje-lepeltje tegen hem aan en de dag erop loopt ze een man tegen het lijf, wordt ze verliefd en is ze weg. Zomaar, van het ene op het andere moment. Er heeft, geloof ik, slechts een week tussen hun ontmoeting en haar vertrek gezeten.'

'Maar...' Ze fronste haar voorhoofd. 'Maar ze kan toch niet zomaar opgestapt zijn?'

'Wel. Søren was pas veertien, maar ze heeft haar boeltje gepakt en is naar Frankrijk verhuisd. Opeens draaide het niet meer om hem, maar om die nieuwe man; waren hij en zijn zoon alles.'

'Maar Søren dan?'

'Die is in hun huis blijven wonen. Doordat hij al zo jong de rol van een volwassene moest spelen...'

'In alle opzichten van het woord.'

'Hè Jos... Doordat hij al zo jong de rol van een volwassene moest spelen, kon hij zichzelf redden. Het lukte hem om geld te verdienen en de huur te blijven betalen. Vraag me niet hoe, hoor. Baantjes als kitesurfinstructeur, geloof ik. Dingen in de bouw, als tuinman in een villawijk. Ik geloof niet dat hij ooit iets crimineels gedaan heeft, maar dat is met recht een wonder te noemen. Net zoals dat hij zijn middelbare school heeft afgemaakt. Die vrouw, die moeder van hem, was echt volkomen van god los. Eerder heeft ze ook allerlei rare dingen gedaan. Zat bij de Scientologykerk en dan weer bij de Jehova's getuigen, elke sekte die haar maar hebben wilde. Overal ging ze met ruzie weer weg, natuurlijk... Hoe kun je je kind nou zo dumpen? Denken: zoek het maar uit?'

Jos hield weer een foto op. Søren met zijn arm om Jasmijns schouders geslagen. Zijn gebruinde blote torso glansde in het zonlicht.

Maar... Op zijn borst stond de naam Jasmijn getatoeëerd. Duidelijke blokletters, precies op de plek van zijn litteken.

'Op die vakantie op Fuerteventura begon het eigenlijk mis te gaan, hè Jos? Toen begon Jasmijn zich van hem los te maken.'

Ze knipperde met haar ogen en besefte wat die tattoo betekende: dat zijn litteken niet veroorzaakt was door een kitesurfongeluk, zoals hij had verteld, maar door de breuk met zijn ex.

'Ze groeiden gewoon steeds verder uit elkaar. Jasmijn zou na de zomer gaan studeren; planologie. Ze wilde het fileprobleem oplossen – zo was ze, begaan met de wereld. Maar Søren gooide er met de pet naar. Hij wilde veel liever kiten en "zou wel zien hoe hij aan geld kwam".'

De Grevelingendam. Veertig knopen. Regen. Onweer. Ze herinnerde zich Sørens woorden. *Mijn kite rukte me mee en uiteindelijk smakte ik tegen een rotsblok aan.*

'En daar ging het mis. Zij wilde een toekomst opbouwen, hij wilde alleen maar in het nu zijn. Op een gegeven moment maakte ze het uit, maar hij accepteerde dat niet. Hij weigerde haar te laten gaan. Het was net alsof hij dacht: ik laat niet nog een vrouw mijn leven uit lopen. Alsof hij wat hij bij zijn moeder niet gekund had, bij haar probeerde goed te maken. Hij liet zich niet dumpen – zijn woorden. Het werd een ware machtsstrijd.'

'Overal waar Jasmijn was, dook hij op,' zei Jos. 'Hij stond hier uren, dagen voor de deur. En wij maar met hem praten en maar meebuigen. Hem begrijpen. Het uitleggen. Maar op een gegeven moment ging het gewoon niet meer. Dat joch was niet voor rede vatbaar, haalde het bloed onder mijn nagels vandaan.'

'Onder die van ons allemaal, Jos. Søren stalkte Jasmijn, liet haar geen moment met rust. De politie kon niets doen, want hij deed verder niets. Alleen maar staan, alleen maar dreigen. Dat hij haar iets aan zou doen, dat hij zichzelf iets aan zou doen. Op een nacht stond hij met een groot mes in zijn hand voor ons huis te schreeuwen – niet hier trouwens, we zijn verhuisd, we konden daar niet blijven wonen, te veel herinneringen. We waren doodsbang, die nacht. Mijntje kon niet ophouden met huilen. Hij stond onder de lantaarnpaal en wachtte net zolang totdat zij voor het raam verscheen. Hij schreeuwde dat hij haar haatte en sneed toen, zo, zijn tatoeage van zijn borst; haar naam. Bloeden dat het deed... We werden helemaal gek natuurlijk, maar we durfden niets te doen. Zo erg was het, dat we dachten dat hij doodging, maar we niet naar buiten durfden om hem te redden. We hebben de politie en ambulance gebeld zodat die hem konden helpen, maar voordat die er waren was hij zelf al verdwenen. De volgende dag stond hij er gewoon weer.'

'En de politie kon nog steeds niets.'

In Aranka's blik school nog steeds de wanhoop die ze destijds gevoeld moest hebben; dezelfde machteloosheid die zijzelf nu ervaarde. 'Mijntje en wij werden er helemaal gek van. Elke keer dat zij naar buiten ging, kwam hij naar haar toe. Hij zei dat hij er altijd zou zijn, ze moest niet denken dat ze hem uit haar leven kon zetten. Hij maakte haar kapot. Heel langzaam, heel uitgekiend, met engelengeduld. Ze voelde zich schuldig over zijn gekte, alsof zij daar iets aan zou kunnen doen... We zagen onze levenslustige, sterke dochter veranderen in een wrak. Ze durfde niet meer naar de universiteit in een vreemde stad, niet alleen op kamers, niet meer naar vriendinnen – want daar ging hij ook gewoon staan en aanbellen. Ze bleef steeds vaker thuis, kon niets meer. Hij had haar gegijzeld in haar eigen leven.'

'Ik heb hem geslagen.' Jos keek naar de foto met de tatoeage. 'Daar heb ik nog een taakstraf voor gekregen, maar ik heb er geen spijt van. Hij had het verdiend.'

'Maar het haalde niets uit. Er gingen weken voorbij, maanden. Hij gaf gewoon niet op. Je denkt dat iemand zich er toch uiteindelijk wel bij neerlegt, maar Søren niet. Hij volhardde. Stoïcijns. Met een ijzeren uithoudingsvermogen.'

'En toen?' Ze herkende haar eigen stem niet. Ze klonk hol en bang. Dit was dus waartoe Søren in staat was.

'Jasmijn had het gevoel dat ze geen kant meer op kon. Ze zakte voor haar tentamens, durfde niet meer naar haar colleges te gaan, vereenzaamde... Er was maar één oplossing en dat was dat ze zelf zou verdwijnen. Thailand. Daar wilde ze eigenlijk pas na haar studie naartoe, maar we hebben die reis naar voren gehaald. Wij hebben hem betaald. We wilden haar rust geven! Maar...'

Weet je dat ik voor de liefde letterlijk een keer naar de andere kant van de wereld ben gereisd? Thailand. Koh Phi Phi. Zo'n romantische plek, misschien moeten wij samen een keer...

Jos staarde naar zijn knieën. Hij troostte zijn vrouw niet.

'Ze ging samen met een vriendinnetje,' snikte Aranka. 'Voor haar hadden we ook betaald. Al hadden we een miljoen moeten neerleggen om van die Søren af te komen...'

'Ik las op Instagram dat ze van een klif is gewaaid.'

Aranka wreef over haar armen. 'Klopt. Op Koh Phi Phi, het grootste eiland van Thailand... We hadden mee moeten gaan. Dat kind was op van de zenuwen. Zo gespannen als een veer.'

'En haar vriendin?'

'Die was er niet bij. Die zei dat Jasmijn een wandeling wilde maken, dat het juist wat beter met haar begon te gaan. Het... Misschien was het wel een slecht idee van ons om haar te laten gaan. Je kunt altijd alleen maar hopen hè, dat je weet wat er in het hoofd van je kind omgaat.'

'Hebben jullie ooit nog iets van Søren gehoord?'

Jos zuchtte diep. 'Hij moet het gehoord hebben, dat ze... Dat ze door zijn schuld... Die klootzak dook gewoon doodleuk op, op haar begrafenis. We lieten de kist zakken en toen zag ik hem staan in de verte. Ik ben er natuurlijk meteen op af gegaan en heb hem de huid vol gescholden.'

'En toen?'

'En toen niets,' antwoordde Aranka voor haar man. 'Jos zei dat hij naar Frankrijk moest opdonderen. Dat hij niet voor zichzelf in zou staan als hij hem nog één keer zou zien. Maar het enige wat Søren zei was dat zijn "bitch van een moeder"' – ze maakte met haar vingers haakjes in de lucht – 'voor hem net zo dood was als Jasmijn en dat dat dus geen optie was. Krap een maand later wás zijn moeder opeens ook echt dood. Alsof het zo moest zijn. We hebben zoveel van die jongen gehouden en hij heeft ons zo, zo intens kapotgemaakt.' Ze sloeg haar ogen op. 'Zorg dat die jongen zo ver mogelijk uit de buurt van jouw dochter blijft. Søren heeft onze Mijntje uitgeput, verzwakt, gebroken en daardoor heeft dit kunnen gebeuren; is ze zelf... Van die klif...'

Ze knikte stompzinnig. Haar keel was droog, alsof hij was geschuurd met wit zand van het tropische strand waar Søren en Jasmijn op hadden gestaan.

Terwijl in haar achteruitkijkspiegel het appartementencomplex van Aranka en Jos steeds kleiner werd, probeerde ze te bevatten wat haar zojuist allemaal duidelijk was geworden. Søren was geen blaffende hond die niet beet.

Hij was gevaarlijk.

Een moordenaar.

Met terugwerkende kracht kreeg ze de rillingen van de blik die hij in zijn ogen had gehad toen hij haar over Thailand vertelde; de bravoure, zijn lef...

Hij was erbij geweest, toen Jasmijn viel.

Misschien had zijn aanwezigheid haar zo laten schrikken dat ze was gestruikeld en gevallen. Misschien had ze geen andere uitweg gezien.

Misschien had hij haar geduwd.

Vanuit het spiegeltje keek Bart haar aan. Hij zag er bezorgd uit.

Die arme mensen.

Die arme Jasmijn.

Niemand dumpt mij... Over wie had hij het gehad? Over haar of over Jasmijn?

'Of over zijn moeder. Dat kan ook nog, zusje.'

Haar mond werd droog van het besef dat dat inderdaad zo kon zijn. Zijn moeder, de eerste vrouw in zijn leven, degene van wie hij afhankelijk was geweest, had hem van de ene op de andere dag ingewisseld voor een ander. Terwijl hij nog maar zo jong was.

Kwam daar zijn woede vandaan? En zijn voornemen zich nooit meer aan de kant te laten zetten?

Het stuur werd glad onder haar klamme handen. Ze perste haar lippen op elkaar en durfde eindelijk te denken wat zich al die tijd in de schaduw van haar gedachten had verscholen; dat het verhaal over het gezinsdrama dat geen gezinsdrama was niet klopte. Het bestond gewoon niet dat iedereen dacht dat de dood van zijn moeder en haar nieuwe gezin een ongeluk was, maar dat hij alle details van die drievoudige moord kende.

Overdonderd door de verbanden die haar brein legde, parkeerde ze haar auto in het eerste het beste vak dat ze tegenkwam. Ze wilde internet openen, maar zag de gemiste oproep van Nick.

Haar hart begon wild te slaan terwijl ze op het belicoon drukte. Shit. Stel dat het wél een aanslag was geweest, laatst.

En stel dat Søren nu met Lisanne was. Stel dat hij haar...

Ze schudde haar hoofd. Ze moest erbij blijven, helder blijven denken!

Zonder over te gaan schakelde Nicks toestel door naar de voicemail. De enige reden dat hij zijn telefoon weleens uitschakelde, was dat hij in een belangrijk gesprek zat. Een belangrijk gesprek... Maar met wie dan?

Ze opende internet en had al na een paar seconden het artikel over de brand in Frankrijk gevonden. Wat was daar echt gebeurd? Ze móést het weten.

Maar meer nog dan dat moest ze naar huis. Verdomme. Stel dat Søren...

Niet aan denken!

Haar vinger vloog over het touchscreen van haar mobieltje. Het telefoonnummer van de gendarmerie in Saint-Malo was makkelijk te vinden. Zodra het toestel overging, startte ze de auto en zette ze koers naar huis. Ze moest naar haar gezin. Zo snel mogelijk!

Wild veegde ze haar tranen weg. De flitspalen en verkeerslichten konden haar niets schelen.

Nick en Lisanne waren in gevaar. Ze moest het goedmaken; hun alles vertellen. Dan maar alles kapot. Dan haar hele leven maar opgeven. Als ze daarmee haar man en dochter kon redden.

'Bonjour, gendarme Saint-Malo, c'est madame Roux à l'appareil.'

In vloeiend Frans vroeg ze of de receptioniste haar kon doorverbinden met de rechercheur die betrokken was geweest bij de brand van vijf jaar geleden.

'Ik moet even uitzoeken wie dat is geweest, mevrouw. Heeft u een moment geduld?'

Ongeduldig trommelde ze op haar stuur. Kom op, kom op.

Toen ze dacht dat er niemand meer aan de telefoon zou komen en ze de verbinding wilde verbreken, kwam er toch een man met een zware stem aan de lijn.

'Bonjour,' zei ze zo vriendelijk mogelijk – ze bad dat de wanhoop niet in haar stem te horen was. 'U spreekt met Nina Metsaers uit Nederland. Het spijt me dat ik u stoor, maar ik heb een vraag over een brand in Saint-Malo, vijf jaar geleden. Iemand heeft tegen mij gezegd dat het ging om een gezinsdrama, moord en zelfmoord dus, maar in de media lees ik dat het een ongeluk was. Nu vroeg ik me af of u mij kunt vertellen of er ooit een onderzoek is geweest.'

'Moord zegt u? En wat is uw naam precies?'

'Nina Metsaers.'

De man vroeg haar om haar naam te spellen, hij nam de tijd om de letters goed op te schrijven.

'En wie heeft u dat verteld, dat het ging om moord?'

'Ik wil alleen weten of het zo is. Of het verhaal van diegene is verzonnen of dat het waar is.'

'Mevrouw, daar kan ik u niet zomaar informatie over geven. Waarom maken wij geen afspraak? Dan kunt u hier op het bureau rustig uw verhaal vertellen, want dat wil ik zeker graag horen.'

'Ik woon in Nederland.'

'Maar het gaat om moord, zegt u.'

'U weet er dus niets van?'

'Wat ik u zeg: ik kan u er niets over vertellen.'

'Oké *monsieur*, bedankt voor uw hulp.' Paniekerig drukte ze het gesprek weg. Voor dit soort doodlopende sporen had ze geen tijd. Ze racete over de snelweg met het gevoel dat het leven van Nick en Lisanne afhing van het moment waarop zij thuiskwam.

Met één hand aan het stuur zocht ze het nummer op van de krant die het uitgebreide artikel over de brand gepubliceerd had. Er werd meteen opgenomen.

'Kunt u mij doorverbinden met Bernard Thomas?' Ze las de naam voor van de internetpagina die ze open had. Hij stond vermeld als redacteur van het artikel.

'Natuurlijk,' zei de man die ze aan de lijn had.

'*Oui?*' Thomas klonk jong en verveeld.

Snel legde ze uit waarvoor ze belde.

'Een gezinsdrama?' herhaalde de journalist opeens een stuk energieker. 'Maar wie heeft u dat dan verteld?'

'Ik wil alleen weten of er sprake was van moord. Of er überhaupt in die richting gedacht werd.'

'Alstublieft mevrouw, ik ben de inlichtingendienst niet. Ik wil u best wat informatie geven, maar dan moet daar wel iets tegenover staan. Vertel me wat meer over wat u weet.'

Ze twijfelde. Haar telefoon piepte, wat betekende dat er een ander telefoontje tussendoor kwam. Het was een haar onbekend 06-nummer. Ze negeerde het. Vast iemand die haar nodig had voor haar werk – dat kon haar op dit moment gestolen worden.

Ze reed hun dorp al in. Veel te hard.

'De vader zou de luiken hebben dichtgeschroefd en de deur hebben dichtgespijkerd. Daarna zou hij de brand hebben aangestoken. De moeder en zoon zouden samen met die gek geweten hebben dat ze levend zouden verbranden.'

'Wat een verschrikkelijk verhaal. Wie heeft u dat verteld?'

'Het verhaal is nieuw voor u?'

'Ja mevrouw, dit verhaal is zeker nieuw voor mij. Dit zou de voorpagina van *Le Monde* hebben gehaald. Wie heeft u gesproken? Hoe weet u dit?'

'Even één stap terug: dat dit nieuw voor u is, betekent dat dat de politie het niet naar buiten heeft gebracht, of betekent het dat de politie het niet weet?'

Thomas begon aan de andere kant van de lijn te lachen. 'Mevrouw, ik versta mijn beroep. Had de politie het geweten, dan had ik het ook geweten. Ik heb mijn bronnen. Gelooft u mij, dit verhaal is nieuw en zeer waardevol.'

Het 06-nummer belde haar opnieuw.

'Vertelt u mij alstublieft wat u weet, ik wil graag...'

'Meneer Thomas, ik zal u terugbellen, maar ik moet nu ophangen. Bedankt voor uw tijd.' Ze drukte het gesprek weg en nam het wisselgesprek op. 'Nina Metsaers.'

'Mevrouw Metsaers, u spreekt met de politie Noord-Holland. Wij zijn op zoek naar uw man, Nick Metsaers, maar we krijgen hem mobiel niet te pakken. Kunt u ons vertellen waar we hem kunnen vinden?'

Ze rende bijna haar auto uit, had zoveel haast haar sleutel in de deur te steken dat het niet lukte en schreeuwde meteen Nicks naam toen ze binnenkwam.

De woonkamer was leeg, de keuken verlaten.

Ze rende de trap op en vond Lisanne – godzijdank! – in haar kamer. Ze was haar spullen aan het inpakken met de muziek hard aan. Ze keek op toen ze haar moeder zag staan. '*What's the rush?*'

'Waar is papa?'

'Weg.'

'Weg? Maar waar is hij naartoe dan?'

'Nou, wat denk je?' Lisanne lachte breed, in haar ogen school een triomfantelijke blik.

Ze maakte een gebaar waaruit bleek dat ze geen idee had.

'Hij zou toch met Søren een paar dagen weggaan?'

'Is hij echt... Samen met Søren...'

'Tof toch?' Lisanne propte een hand onderbroeken in een big shopper. 'Dat mijn vriendje en mijn vader gewoon samen aan het survivallen zijn. Ik vind het wel een grap.'

'Ik niet. Papa had beloofd niet te gaan.'

'Hij moet toch iets, mam. Papa is hartstikke depri. Misschien helpt dit hem een beetje om weer normaal te worden. Søren gaat lief voor hem zijn, dat heeft hij me beloofd. Ze gaan praten en zo. Mannendingen doen.'

Hij gaat hem vermóórden.

'Waar zijn ze naartoe?'

'De Ardennen, toch.'

'De Ardennen is een groot gebied. Waar in de Ardennen?'

'Hoe moet ik dat weten?'

'Shit!' Ze belde Nick nog een keer, maar zijn telefoon stond nog steeds uit. Lisanne keek haar vragend aan. 'Ik móét weten waar hij is,' zei ze. 'Bel jij Søren alsjeblieft? Vraag waar ze uithangen.'

'Waarom? Papa is geen klein kind meer. Je bent zijn baas niet.' Precies de woorden die Nick haar eerder had toegebeten.

'De politie is op zoek naar papa.'

'Waarvoor?'

'Dat wilden ze me niet vertellen.'

Lisanne keek haar moeder boos aan, maar belde Søren. Veelbetekenend hield ze haar toestel op. 'Uitgeschakeld. Dacht ik al, want ze wilden even weg van de wereld. Alleen zij en de natuur.'

'En je hebt echt geen idee waar ze naartoe zijn?'

'Een of ander natuurpark, geloof ik.' Ze hervatte doodgemoedereerd het inpakken. 'Iets van Oostkantons?'

Oost-België? *De Hoge Venen*, herinnerde ze zich opeens. Dat had Søren gezegd op die verjaardag. De Hoge Venen... Ze had die naam onthouden, omdat die haar zo bekend voorkwam.

'Zeg, kun jij me trouwens een slinger naar Amsterdam geven?'

'Je gaat terug naar je eigen huis? Vandaag?'

Ze knikte. 'Ik ben uitgenodigd voor een feestje van een studiegenoot. Ik moet nog maar eventjes van mijn jonge leven genieten nu het nog kan hè.' Ze legde haar handen op haar platte buik.

'Rustig blijven, zusje.' Bart kwam naast haar staan. 'Rustig blijven.'

'Ik heb nog een paar shirtjes in de droger zitten en die wil ik graag meenemen naar Amsterdam. Ik denk dat hij over een kwartier of twintig minuten klaar is.'

Ze knikte, trok de deur achter haar dochter dicht en liep de trap op naar zolder. Ze moest een plan bedenken. Zomaar naar de Ardennen scheuren sloeg nergens op.

Ze ging op bed zitten en legde haar hand op Nicks kussen. Als er iets met hem gebeurde, zou ze dat zichzelf nooit vergeven. Net zoals ze zichzelf nooit had vergeven wat er met Bart was gebeurd.

Ze drukte Nicks hoofdkussen tegen haar buik en keek voor de zoveelste keer op haar telefoon. Haar berichtje – *Bel me zodra je dit leest* – was nog steeds niet bij Nick aangekomen.

Shit, shit, shit!

Hij was met een psychopathische moordenaar die haar via hem wilde straffen naar de *middle of nowhere* vertrokken en zij had geen idee waar hij was!

In sneltreinvaart scande ze de webpagina's die ze over de Hoge Venen vond.

Het was een natuurpark, las ze, van zo'n 240.000 hectare; bijna zo groot als heel Luxemburg. Het lag vol bossen en venen en strekte zich uit over zowel België als Duitsland. Hoe ging ze hen daar ooit vinden?

Een kleiner deel van het park werd omschreven als een van de meest ongerepte stukken natuur van de Ardennen; een desolaat oerlandschap waar onder meer de rivier Trôs-Marets doorheen bulderde – de heilige graal van wildwatervarend België – en waar je, ondanks de populariteit, heel goed alleen kon zijn.

Dáár moest ze naartoe, voelde ze. Het zou alsnog zoeken naar een speld in een hooiberg zijn, maar ze moest íéts.

Het was ruim drie uur rijden. Amsterdam lag op de route.

Ze opende haar bankapp om te checken of ze genoeg geld had

voor benzine en haar mond viel open.

Honderdvijfentwintigduizend euro?

Wat de fuck.

Snel opende ze de bijschrijving.

Hè? Maar dat kon helemaal niet... Volgens het scherm was zijzelf degene die dit exorbitante bedrag had overgemaakt.

Maar... zoveel geld had ze bij lange na niet.

En ze had niets naar zichzelf overgeschreven.

Wat...

Wie...

Er was geen betalingskenmerk of mededeling gekoppeld aan de bijschrijving. Toch stond haar naam daar, in blokletters. NINA METSAERS.

Hon-derd-vijf-en-twin-tig-dui-zend euro!

Haar ogen gleden over het rekeningnummer dat erbij stond. Een swiftcode uit Zwitserland? Maar...

Opeens schoot het beeld van Søren in de bankhal haar te binnen. Mannelijk. Sportief. Alsof hij net van het strand was komen aanwaaien.

'Ik wil graag klant worden.'

'Klant in de zin van...'

'Een rekening openen?'

Hoe hij tegenover haar zat, in haar kantoor. Zijn Noordzeeogen op haar gericht, de warmte die ze in haar borst had gevoeld.

Hoe ze haar wachtwoord had ingevoerd – ze was te onvoorzichtig geweest, had hem niet gezien als klant.

Had hij dit gedaan? Maar hoe dan?

Ze sloeg haar hand voor haar mond. Ze moest Hasib bellen, ze moesten samen de herkomst van dit geld traceren, ze moest aan hem uitleggen dat zij dit niet gedaan had, dat zij erin geluisd werd, dat...

Ze schudde haar hoofd. Hasib zou haar helemaal nooit geloven.

Hoogstwaarschijnlijk had Søren geld ontvreemd, dat weggesluisd naar een Zwitserse rekening op haar naam en het vervolgens naar haar overgeschreven.

Ze kon hiervoor opgepakt worden.

Veroordeeld worden voor diefstal. Gevangenisstraf krijgen. Een strafblad. Ontslag.

Diana... Diana Han had hem misschien wel geholpen in te loggen in het systeem.

Ze maakte een printscreen, opende haar adresboek, selecteerde het 06-nummer van Hasib – de waarheid is altijd het beste – maar bedacht zich toen.

Ze kon hem beter bellen als ze straks in de auto zat. Nick had nu prioriteit.

Naar de Hoge Venen. Waar moest ze in dat gebied zijn?

Verdomme, haar gedachten kolkten als een woeste zee door haar hoofd.

Haar telefoon ging.

Een onbekend nummer.

Met een slecht voorgevoel nam ze op.

'Nina, je spreekt met Onno Olthuis, van het Overland Lyceum. Het spijt me dat ik je lastigval, maar... Maar we zijn op zoek naar Nick.'

'Ik ook. En ik heb net de politie aan de telefoon gehad. Wat is er aan de hand? Waar hebben jullie hem opeens zo hard voor nodig?'

Olthuis twijfelde.

'Alsjeblieft.' Tranen schoten in haar ogen. 'Ik móét weten wat er aan de hand is.'

'Ja, maar ik...'

'Ik smeek het je, Onno. Ik wil jou helpen. En Nick helpen. Maar daarvoor moet ik wel weten wat er speelt...'

Nicks directeur zuchtte diep. 'Nina, dat andere meisje, die Shanaya – dat is dat meisje dat die foto's van Nick en Juliëtte heeft gemaakt – heeft nu ook aangifte gedaan.'

'Wát zeg je?'

'Ja, het komt ook voor mij als een verrassing... Ik geloofde Nick echt, weet je dat? Dat hij erin geluisd werd en Juliëtte niets heeft gedaan, maar... Maar nu er twee meisjes aangifte tegen hem gedaan hebben... Shanaya is pas zestien. Ze zit bij ons op school en nu is het niet het meest stabiele kind, maar we geloven haar wel, en al hadden we haar niet geloofd... Ze heeft aangifte gedaan. De politie moet hier iets mee. Ík moet hier iets mee.'

Niet tof, schoonmamaatje van me, dat je rare tricks aan het uithalen bent.

Ik maak niet alleen jou, maar iedereen om je heen kapot.

'Nina, ben je daar nog?'

'Ja, ik... Ik weet even niet wat ik moet zeggen.'

'Dat snap ik. Het is een schok, voor ons allemaal.'

Bart zat op de grond, met zijn rug tegen de knieschotten van de zolder waarachter een schuine bergruimte was vol met spullen die ze nauwelijks gebruikten.

'Zodra ik Nick te pakken heb, zorg ik dat hij je belt, oké? Dit is allemaal één groot misverstand. Nick heeft niet... Hij ís niet...'

Olthuis bromde iets onbestemds. 'Laat het me weten.'

'Doe ik.'

Beneden piepte de droger.

'Ma-ham,' riep Lisanne.

Razendsnel liet ze zich op haar knieën vallen, schoof ze de deurtjes van de berging opzij en trok ze de doos met kampeerspullen tevoorschijn. Er steeg een muffe geur uit op. Picknickspullen, opblaasbare hoofdkussens, muskietennetten, een badmintonsetje...

De grote zaklantaarn die ze zocht, vond ze helemaal onderin. Hij deed het nog. Mooi. Ze woog het ding in haar handen. Hij was hard en zwaar. Goed.

Ze holde de trap af naar Lisanne.

'Mam, is er iets?'

'Nee, schat. Nee. Natuurlijk niet. Kom je mee? We gaan.' Ze hield de grote handtas waar de zaklamp in zat dicht tegen zich aan.

Lisanne mocht hier niets van weten. Ze beende naar de keuken, pakte voor de zekerheid een pakje nieuwe batterijen en haastte zich toen naar de auto. Ze scheurde zo hard mogelijk naar het zuiden. Eerst Amsterdam en dan België, op hoop van zegen.

Zodra ze Lisanne had afgezet, belde ze Hasib. Hij nam meteen op. 'Ja?'

'Hasib, met mij. Nina. Heb je even tijd? Ik zit met iets heel vreemds. Het liefst was ik nu naar je toe gekomen, maar dat gaat helaas niet en...'

'Toch heb ik liever dat je nu naar kantoor komt.'

'Er is vanmorgen opeens honderdvijfentwintigduizend euro op mijn rekening bijgeschreven, vanaf een Zwitserse bankrekening die op mijn naam staat. Ik ben bang dat iemand me probeert te framen. Ik heb namelijk geen idee wie die rekening in Zwitserland geopend heeft, hoe daar geld op is gekomen en waarom er nu honderdvijfentwintigduizend naar mij is overgemaakt. Ik...'

'Nina, kom naar kantoor. Nu.'

'Als dat had gekund, had ik dat meteen gedaan, maar het gaat niet. Ik zit de rest van de dag vast...'

'Ik vraag het je niet nog een keer.'

'Het spijt me, maar...'

'Wat spijt je? Dat je op zaterdagavond het systeem hebt gebruikt om te zoeken naar privépersonen? Dat je een van de collega's van de bankhal hebt gebeld om een 06-nummer van een ex-werknemer op te vragen? Je geeft zogenaamd een surpriseparty voor Rubens verjaardag, begrijp ik? Het duurt nog een halfjaar voordat hij jarig is.'

'Ik kan het uitleggen.'

'Ik luister.'

Ze trapte haar gaspedaal nog dieper in en scheurde langs de auto's die braaf honderd kilometer per uur reden. Ze had geen tijd. Geen lucht...

'Oké, ik kan het niét uitleggen, maar je moet me geloven als ik zeg dat het niet zit zoals je denkt. Ik zou nooit, helemaal nooit geld stelen. Hasib, je kent me. Al jaren. Zo goed dat je weet wanneer mijn kinderen jarig zijn.'

'Ik vraag me af of ik je ken, Nina.'

'Ik kom morgen naar kantoor. Beloofd.'

'Ik heb de politie er al bij gehaald.'

'Wat?'

'Ik weet niet in wat voor ellende je zit, maar het gaat te ver.'

'Maar de politie? Kwam het niet in je op eerst aan mij te vragen...'

'Aan jou te vragen hoe het zit? En dan nóg meer vage verhalen te horen krijgen? Je hebt me teleurgesteld, Nina. Juist in onze branche zijn transparantie en vertrouwen belangrijk. Het is een kwestie van...'

Woedend drukte ze haar telefoon uit – een domme zet, want dat maakte haar natuurlijk alleen maar verdachter, maar ze kon Hasibs woorden niet langer verdragen.

Ze kneep zo hard in haar stuur dat haar knokkels er wit van werden. De tranen stroomden over haar wangen. Dit ging niet meer goed komen. Dit ging nóóit meer goed komen.

Happend naar adem belde ze Floor. Tot haar grote verbazing nam die op, verre van vrolijk, maar wel vertrouwd. Eigen.

'Floor, ik... Nick is...' Ze barstte meteen los, niet in staat volzinnen te produceren. Woest haalde ze haar neus op, veegde ze haar tranen weg.

'Nina? Nien, ben jij dat? Waar ben je? Wat...'

'Søren gaat Nick vermoorden, Floor. Ik ben nu op weg naar de Ardennen, achter ze aan. Het is allemaal zo'n puinhoop. Ik...'

'Wát? Wat zeg je? Nick vermoorden? Søren? Wie... Nina, waar heb je het over?'

'Ik... Ik...' Paniekerig haalde ze adem. Ze moest rustig worden. Op de weg blijven letten. Floor vertellen wat er was gebeurd, want stel dat er ook iets met haar gebeurde, dan moest zij Ruben en Lisanne kunnen inlichten en... Nee, die kant mocht ze haar gedachten niet op laten gaan.

'Floor, ik zit tot aan mijn nek in de shit.' Ze gaf nog meer gas bij, ademde steeds sneller en sneller. 'Je gaat me haten, maar jij bent de enige die ik op dit moment vertrouw. Weet je nog dat ik mijn verjaardag op het strand vierde? Dat Ruben toen ging kiten met Søren?'

'Ja, tuurlijk.'

'Ik heb een affaire met hem gehad. Met Søren.'

'Wat zeg je nou?'

'Ja. Ik en Søren.' Nu ze het hardop zei, klonk het nog belachelijker dan het in werkelijkheid was geweest. Wat had ze eigenlijk gedacht? Dat ze hier iets mee kon oplossen? Haar eentonige huwelijk soms? Haar verlangen naar een ander leven? Haar schuldgevoel over Bart?

Nee. Het antwoord op al die vragen was nee.

Dit, een affaire, paste zo niet bij wie ze was. Ook zonder alle consequenties wenste ze dat het nooit was gebeurd.

'Het, het...' Ze ademde diep in via haar neus. 'Het had niets met Nick te maken. Het was alleen voor de seks. Voor de aandacht. O god, zo egocentrisch... Maar ik werd veertig en... Ik voelde me oud en tegelijkertijd veel te jong om alles al op de rit te hebben. En daar was hij opeens.'

'Dit meen je niet, hè...'

'Ik wilde het uitmaken. Echt. Dat deed ik ook, maar hij wilde er niets van weten. Hij kwam achter me aan, dook zomaar overal op, probeerde me te dwingen om met hem verder te gaan. Die foto's van Nick en dat meisje... Daar zit Søren achter. Híj heeft ze gemaakt. Hij heeft die Juliëtte zover gekregen dat ze aangifte deed. Ik probeerde hem te stoppen, maar het ging niet. Hij werd alleen maar gekker, zijn zieke gedrag erger. Hij probeerde Lisanne te verleiden, heeft er inmiddels voor gezorgd dat ik gepakt kan worden voor fraude, heeft zelfs geprobeerd Nick aan te rijden.'

'Was híj dat?'

'Misschien wilde Søren hem wel doodrijden. Floor, ik ben zo bang, ik weet bij god niet wat hij van plan is. Ze zijn vanmorgen samen naar de Ardennen vertrokken en ik ben er net achter gekomen dat hij een psychopaat is. Hij heeft zijn ex vermoord, zijn eigen moeder, zijn stiefvader en zijn stiefbroer.'

'Maar... Verdomme, Nina, waarom heb je niets gezegd?' Floors stem sloeg over.

'Ik krijg Nick niet te pakken. Zijn telefoon staat uit. Søren neemt ook niet op.'

'Heb je de politie gewaarschuwd?'

'Die zal me nooit geloven. Ik heb nergens bewijs van en...'

De verbinding viel weg.

'Shit!' Snel belde ze terug, maar er werd niet opgenomen. Was er een storing, of liet Floor haar wéér vallen? Ze belde nog een keer. En nog een keer. Verdomme!

Floor belde niet terug. Of kreeg haar niet te pakken.

Ze scheurde over de grens met België heen. Bart keek haar via de achteruitkijkspiegel aan. 'Gassen, zusje.'

De Trôs-Marets. De wildwaterrivier. Daar had ze haar hoop op gevestigd.

Ik ben de wind. Ik ben de zee. De storm, het water...

Toen ze aankwam had de schemer zich al vermengd met de nacht. Het dal stond vol hoge, dicht op elkaar staande bomen. Kale granieten rotsen vormden vervreemdende elementen tussen hen in.

Alles aan het gebied straalde ondoordringbaar- en onvriendelijkheid uit. De maan en de sterren hadden zich achter dikke wolken verstopt.

'En nu?'

In haar achteruitkijkspiegel haalde Bart zijn schouders op. Hoe moest hij dat weten?

Het gebied was ongelooflijk uitgestrekt en er waren talloze plekken waar je kon parkeren en een wandeling kon beginnen. Waar moest ze zijn?

Ze koos op goed geluk de eerste de beste ingang die ze tegenkwam. De parkeerplek lag iets van de weg af. Twee konijnen schoten schichtig weg toen ze het bospad dat ernaartoe leidde op reed.

In het koude schijnsel van haar koplampen zag de omgeving er nog unheimischer uit dan net op de weg. Macabere slagschaduwen vielen op de verlaten bosgrond.

Ze draaide haar sleutel om en stapte de auto uit. Een ijzige kou trok onder haar jas door. Wind trok aan haar haren.

Zo stil mogelijk bleef ze staan luisteren naar de vallei. Ze hoorde het ruisen van de bomen, de roep van een beest en heel in de verte het geluid van de rivier. Of verbeeldde ze zich dat? Was het de wens van haar gedachten die het water dichterbij bracht?

'Wat denk je?'

'Ik denk dat hij hier niet is,' zei Bart. Hij stond tegen de auto geleund en leek totaal geen zin te hebben in een nachtelijke wandeling door een donker, verlaten bos.

'Kom op dan.' Met de kou nog hangend aan haar lijf stapte ze weer in de auto. Ze liet haar navigatie de volgende parkeerplek vinden. De radio liet ze uit, de verwarming ook. Haar zintuigen moesten op scherp staan. Ze mocht geen detail over het hoofd zien. Elke stap die ze nu zette, elke kilometer die ze reed, kon het verschil betekenen tussen leven en dood.

Ruim tweeënhalf uur reed ze van verlaten parkeerplek naar verlaten parkeerplek. Ze werd er wanhopig van. Maar opeens, toen ze het niet eens meer verwachtte, schenen haar koplampen op glimmend, zwart staal.

Sørens auto. Hoekig en kolossaal.

Hij stond op een parkeerterreintje dat verder helemaal verlaten was. Een eenzame auto in een desolaat bos.

Met een bonzend hart stapte ze uit. Ze pakte de zaklantaarn van de bijrijdersstoel en scheen door de raampjes. De kitesurfstickers op het dashboard kende ze veel te goed. Op de achterbank lag het hoesje van Nicks zonnebril.

Ze waren hier. Ze had hen gevonden. Een snel gevoel van opluchting waaide door haar heen, om meteen plaats te maken voor het besef dat dit niet betekende dat ze Nick en Søren ook daadwerkelijk zou weten te vinden.

De begroeiing was zo massief en donker dat ze de ingang niet eens kon vinden. Hoge naaldbomen hingen dreigend naar voren. In de verte klonk een schreeuw.

Van wat voor beest was dat? Een uil? Een zwijn?

Kwam het soms niet van een beest?

Ze slikte. De bosrand leek haar te willen verzwelgen en instinctief deed ze een stap achteruit.

'Wat sta jij nou te twijfelen?' Bart kwam naast haar staan. 'Die kant op.'

Maar ze durfde niet. De hele weg was ze vastberaden geweest om Nick te redden, maar nu... Wat als Søren ook haar vermoordde?

'Wat? Ga je Nick gewoon laten stikken?'

Alles in haar zei dat ze het bos niet in moest gaan.

'Nou?'

Huiverend scheen ze om zich heen. De zaklamp was van goede kwaliteit, maar had toch maar een minimaal bereik. Haar voetstappen waren harde grindverschuivingen in het duister. Onder haar zolen klonk het gekraak van brekende takjes als een naderend beest.

Waar moest ze zijn? Waar begon het wandelpad? Waren er misschien meer paden die vanaf dit terrein het bos in liepen?

Eindelijk vond ze een boom waaraan drie bordjes bevestigd waren. Het begin van wandelroutes. Maar welke moest ze hebben? Durfde ze eigenlijk wel?

'Het doet er niet toe of je durft. Je móét. Door jou zit Nick nu in de problemen.'

'Van jou moest ik mijn mond houden, Bart.'

'Van mij? Nientje, ik besta niet eens. Deze hele conversatie vindt alleen in je hoofd plaats.' Sneller dan net verdween hij voor haar uit het bos in.

Ze liep zo vlug als mogelijk achter hem aan. Het pad was bezaaid met obstakels: keien, boomwortels, takken en kuilen vol plassen.

Toen ze achteromkeek, hadden de bomen haar ingesloten. Hun stammen lichtten asgrijs op, schaduwen gedroegen zich als snel bewegende takkenmonsters. Na drie bochten was ze haar oriëntatie volledig kwijt.

'Weet je nog dat je op het strand liep?' Bart liep nog altijd snel voor haar uit. 'Dat je spijbelde van je eigen verjaardag, dat je zo het leven in je voelde waaien? Dáár begon het. Op dát moment verliet je Nick.'

Ze klom over een omgevallen boomstam heen. Het bos werd dichter en dichter, het ruisende geluid waar ze net geen aandacht aan had besteed, werd steeds harder. Was dat de Trôs-Marets, of waren het de bomen? Was het echt, of bedacht ze dit ook alleen?

Er streek iets warms en harigs langs haar been. Ze gilde, verloor haar evenwicht, viel.

Bart kwam voor haar staan. Zijn handen ongedurig in zijn zij.

'Je wilde kijken wat er zou gebeuren, hoever je kon gaan. Je hebt honderd keer de kans gekregen om Søren te stoppen, om Nick de waarheid te vertellen, maar jij wilde een interessant leven. Spanning. Sensatie.'

'Ik heb dit nooit gewild.'

'Je hebt hiernaar gehúnkerd. Al die jaren waarin de mensen om je heen in beweging waren en jij voor je gevoel stilstond. Al die jaren waarin Ruben en Lisanne je steeds minder nodig gingen hebben. Elke vergadering, elke voorspelbare vakantie naar Frankrijk, iedere keer dat Nick geen zin had in seks. Jij wilde dit.'

Haar pijn verbijtend liep ze verder. Aan haar rechterhand maakten de bomen plaats voor een glibberige, leistenen rotswand. Toen ze naar links scheen, zag ze dat de afgrond daar steil naar beneden liep. Hoe diep was die kloof?

Het rotspad werd steeds smaller. Ze legde haar hand op het steen, maar dat was nat en bedekt met mos. Glibberig.

Doorlopen vergde al haar concentratie. Ze had geen tijd om Bart tegen te spreken. Het was simpelweg de ene voet voor de andere zetten. Doorgaan, niet omkijken, niet denken aan wat er nog allemaal voor haar lag, dat geen mens haar hier zou vinden als er nu iets met haar zou gebeuren – hoe zou ze haar locatie door moeten geven? –, niet denken dat zij Nick en Søren hier natuurlijk nooit zou vinden...

Fuck, waar was ze aan begonnen? Ze liep hier door de wildernis, met bergruggen van zevenhonderd meter boven zeeniveau.

Hoge toppen, diepe kloven.

Toen ze een pauze nam en op haar telefoon keek, zag ze dat ze inmiddels al drie kwartier aan het ronddwalen was. Haar berichtje aan Nick was nog altijd niet aangekomen.

Terwijl ze wist dat het vergeefse moeite was, belde ze Nick toch. Zijn telefoon schakelde meteen door naar de voicemail.

Tranen sprongen in haar ogen.

'Alsof je tijd hebt voor zelfmedelijden. Kom op, doorgaan.'

Maar hoe? En waarvoor? Dit was hopeloos. Zoeken naar een speld in een hooiberg, maar dan met een blinddoek om.

'Kom.' Zonder genade begon Bart van haar weg te lopen.

Ze sloeg haar armen om haar verkleumde bovenlichaam – ze had een winterjas aan moeten trekken in plaats van haar jack met daaronder een dun vest – en probeerde zichzelf warm te wrijven. Haar dode broer werd steeds kleiner en doorschijnender.

Ze wilde niet verder, maar ze wilde nog minder hier alleen achterblijven. In hoog tempo begon ze achter hem aan te lopen. 'Wacht!' riep ze, terwijl ze wist dat dat onzinnig was. Bart had gelijk, hij bestond helemaal niet. Ze riep tegen zichzelf.

Maar tegelijkertijd maakte dat niet uit. Dit was niet langer een zoektocht naar haar man en die psychopaat, maar een toestand van overleven.

Het begon te regenen. Steeds maar harder en harder.

Ze verloor haar besef van tijd. Van richting. Van angst.

Doorweekt, uitgeput en onderkoeld kon ze niet meer verder, maar ze bleef maar lopen. Lopen, lopen, lopen. Door. Doorgaan.

Wie van de twee was nu eigenlijk dood? Zij of Bart?

Het maakte niet uit. In feite had zijzelf eigenlijk nooit bestaan. Alles wat ze had gedaan – wat ze níét had gedaan – was ontstaan uit haar schuldgevoel; de dood van haar broer die zij op haar geweten had. Haar bestaan was één grote poging het goed te maken met het leven.

Ze sleepte zich over houten bruggetjes die over de bulderende rivier liepen, langs ravijnen, door het bos met ontelbare bomen. Zonder na te denken, almaar achter Bart aan.

Ze was hier tegelijkertijd wel en niet.

Elke splitsing die ze tegenkwamen: Bart. Elke hindernis die ze moest nemen: Bart. Elke keer dat ze viel: Bart.

Hij keek niet naar haar om. Niet één keer.

Pas toen ze bij een uitkijkpost kwam, gunde hij haar een pauze. Te moe om zelfs maar te huilen kroop ze op de plank die dienstdeed als bank. Dikke regendruppels vielen van het houten dak op de reling waar ze tegenaan zat en spatten in haar nek. Ze had de kracht niet om anders te gaan zitten.

Ze had verloren, drong het tot haar door. Het was allemaal vergeefs geweest. Ze had al heel lang geleden verloren en nu werd het tijd dat ze zich daarbij neer ging leggen.

'Nina.'

Ze negeerde Bart. Ze was kapot. Zo kapot dat ze haar gezicht niet naar hem toe kon draaien.

'Nien.'

Ze sloot haar ogen. Die brandden zo hevig dat het pijn deed.

'Nientje.'

Het speet haar zo, dat ze hem de dood in had gejaagd. Dat ze Nick nu niet kon redden.

'Mevrouw Metsaers.'

Ze keek toch op. Alleen omdat hij Sørens naam voor haar gebruikte. Vals en laf en gemeen.

Haar broer hing in de lucht, boven de bomen. Hij leek op sommige plekken te vervloeien met de wolken. Onder hem scheen een zwak, oranje schijnsel tussen de bomen door. Het leek te bewegen, maar toen ze beter keek, zag ze dat niet het licht bewoog, maar alleen de takken waar ze tussendoor moest kijken.

Ze had ze gevonden!

Met een kracht die van buiten haar leek te komen stond ze op en keek ze over de reling naar beneden. Dat licht... Dat móésten ze zijn: Nick en Søren.

Het zwakke oranje schijnsel lag een stuk lager dan de uitkijkpost. Het pad liep precies de andere kant op. Van welke kant was ze ook alweer gekomen? Ze draaide zich om, keek van links naar rechts. Beide kanten waren even duister.

'Snel, Nina. Kom op nou!'

Ze begon zo snel ze kon – en durfde – het pad op te lopen. Ze koos links. Viel. Wiste de modder van haar gezicht, haar natte haren van haar voorhoofd.

Ze kwam bij een kruising, maar Bart was er niet meer om haar te helpen. Hij hing daar alleen nog maar, nietszeggend tussen hemel en aarde.

Het pad rechts, besloot ze. Die weg leek naar beneden te lopen. Toen ze bij een houten loopbrug aankwam, bleef ze staan. Onder haar lichtte de bulderende rivier wit op. Ze keek naar boven. De wolken waren voor de maan weggeschoven. Onder haar lagen eeuwenoude rotsen.

Ik ben het water...

Ze vóélde dat ze dichtbij was. Een absurde vastberadenheid overviel haar.

Ze stapte de gladde brug op, klemde haar verkleumde handen rond de leuning. Doorgaan. Gewoon doorgaan.

In de verte zag ze opnieuw het zacht oranje schijnsel.

Ze glimlachte.

Schudde haar hoofd om de absurditeit van die lach.

In de luwte van de bosrand bleef ze met een kloppend hart staan. Ze had haar zaklantaarn uitgeknipt en hield die als een wapen voor haar borst.

Dáár was Nick.

Met Søren.

Ze moesten in hun tent zijn gaan zitten; schuilen voor de regen.

Ze was toch nog wel op tijd?

Haar grip om de zaklantaarn verstevigde, elke zenuw in haar lichaam stond op scherp.

De tent leek een ruimteschip, zo met de lamp die achter het tentdoek brandde. Vaag verlichtte hij de open plek. Iets verderop vermoedde ze de rivier. Zojuist was ze daarlangs gelopen en vervolgens was het pad niet meer naar boven of beneden afgebogen.

En nu?

Ze had een mes moeten meenemen, bedacht ze. Of gereedschap – een schroevendraaier of een bijl? –, of een hockeystick. Iets wat écht als wapen kon dienen. Deze zaklantaarn sloeg natuurlijk nergens op.

Wat moest ze doen? De tent openritsen en Søren vervolgens met die zaklantaarn te lijf gaan?

Opeens voelde ze zich onvoorstelbaar onvoorbereid en stom. Maar tegelijkertijd had ze geen andere optie. Dit móést ze doen.

Oké. Eerst poolshoogte nemen, de situatie in kaart brengen en vervolgens de volgende stap bedenken.

Zo zacht mogelijk sloop ze naar de tent toe. Voorovergebogen liep ze erlangs en keek ze om het hoekje naar de ingang.

Ze zag een campinggasstelletje met daarop een pannetje. Twee borden op de grond, een lege whiskyfles, in elkaar gedrukte blikjes bier. Ze fronste haar voorhoofd. Zowel Nick als Søren hield van een drankje, maar veel drinken had ze geen van beiden ooit zien doen.

Heel voorzichtig boog ze zich verder naar voren. De flappen van de rits wapperden in de wind. Af en toe werd een hoekje opgetild, maar het was steeds te kort om echt naar binnen te kijken.

Waren ze daar? Waarom hadden ze hun tent niet dichtgedaan tegen de regen en de kou?

Ze hoorde geen menselijk geluid.

Sliepen ze?

Ze keek naar boven, waar Bart veel te hoog hing om haar te kunnen helpen.

Ze rechtte haar rug, haalde diep adem en wist dat dit het moment was. Hier en nu ging ze rechtzetten wat ze gedaan had. Ze trok een haring uit de grond, stak die als een priem voor zich uit en dook toen de tent in.

Het zeil van de voorflap kletste nat tegen haar gezicht, haar hart bonsde zo hard dat dat het enige geluid was dat ze hoorde. Ze stak haar handen naar voren. Haar vingers klemden om de haring en de zaklamp heen.

Ze viel in iets zachts. Een slaapzak, een matje.

Vliegensvlug griste ze het natte zeil weg.

De tent was leeg.

Nicks broek, Sørens muts, twee rugtassen, maar geen Nick en Søren. Shit.

Waar waren ze?

Snel draaide ze zich om. Stonden ze achter haar? Waren ze daar, ergens tussen de bomen?

Ze zag niets. Hoorde alleen de rivier.

Verdomme. Nick! Waar was haar man? Waar was Søren? Waren ze eigenlijk überhaupt wel hier?

De bosrand...

Ze moest terug naar de bosrand.

Ze struikelde de tent uit en zette het op een rennen. Terug naar de beschutting, terug naar de veiligheid.

Ze hield haar handen voor zich uit, speurde om zich heen, maar zag Nick of Søren nergens. Geen sprankje licht. Alleen maar duisternis.

Toen ze eindelijk bij de bomen was, bleef ze buiten adem staan.

Verdomme, wat moest ze doen?

Wanhopig probeerde ze een pad in de begroeiing te vinden. Ze moest Nick vinden. Zo snel mogelijk!

De bomen vormden echter een haast ondoordringbare wal.

Eindelijk, ein-de-lijk, vond ze een pad. Ze rende drie stappen naar voren, maar toen was het zo extreem zwart om haar heen, dat ze geen idee meer had wat voor of achter was, links of rechts.

Ze knipte haar zaklamp weer aan. Het felle licht knipperde even, maar viel toen uit. Shit!

Ze stak de ijzeren haring in haar achterzak en haalde haastig het doosje batterijen uit haar tas. Ze draaide de onderkant van de zaklantaarn open, schudde de oude penlites eruit en trok met haar nagel het lipje van het doosje open. Het ging niet. Het was dichtgeplakt met een plakbandje. Dat dát nu de horde vormde!

Opgejaagd scheurde ze het karton kapot. De batterijen gleden uit haar handen en vielen op de grond. Hijgend tastte ze de natte aarde af. Takjes, natte bladeren, modder, stekelplanten. God, waar waren die dingen?

Ze wist uiteindelijk één batterij te pakken te krijgen, maar het ding was nat, en de andere was onvindbaar. Radeloos kwam ze overeind. Ze moest verder. Of terug. Maar welke kant was dat op?

Het pad leek verzwolgen door de nacht.

Was het eigenlijk wel een pad, dat ze ingeslagen was? Was het niet meer een inham geweest die nergens toe leidde? De bomen en planten voelde ze overal, nergens vond ze een doorgang. Ze haalde haar handen open, struikelde. Takken staken in haar haren, alsof ze haar probeerden vast te spietsen. Planten wikkelden zich om haar enkels.

Een schreeuw.

Een harde schreeuw die het gedender van het water overstemde.

Ze bleef stokstijf hangen in haar ongemakkelijke houding, ergens tussen opstaan en lopen.

'Aaahhh!'

Dit was niet van een beest.

Dit was duidelijk een mens.

Nick.

Ja, het was Nick!

Het moest Nick zijn.

Ze draaide zich om, in de richting van waaruit de brul was gekomen, zette een stap naar voren, maar wist meteen dat het geen zin had. Nu de schreeuw weg was, had ze geen idee meer welke kant ze op moest. Ze keek naar boven: Barts voeten hingen nog hoger dan zojuist – het leek alsof hij van haar afdreef. 'Waar moet ik heen?' schreeuwde ze in gedachten.

Geen antwoord.

'Verdomme jongen, laat me niet alleen.'

Hij keek niet eens meer naar haar.

Ze was alleen. Nu moest ze het zelf doen.

Met ingehouden adem bleef ze staan, probeerde ze zich te oriënteren op wat ze hoorde.

Opspattend water.

De rivier.

Ik ben het water.

Die kant op!

Voetje voor voetje worstelde ze zich door het bos. Op de tast. Telkens bang om te vallen en dan niet meer in staat te zijn weer overeind te komen. De zaklantaarn had ze nog steeds in haar handen geklemd. Alsof dat ding nu nog van waarde was. Maar ze moest zich aan íéts vasthouden.

Eindelijk begon het tussen de stammen door iets lichter te worden; hoe verder ze kwam, hoe meer de bomen uit elkaar leken te staan. De rivier klonk steeds harder. Ze voelde nu opeens ook de extra kou die ervan uitging.

Daar moest ze naartoe.

Daar was het einde.

Ze klom over een omgevallen boom, struikelde tussen de struiken door, gleed uit over slijmerig mos.

En opeens was ze er; lag het bos achter haar en raasde de rivier voor haar langs. Het ijskoude water spatte omhoog op hoekige keien, witte schuimkoppen lichtten op door de maan die eindelijk weer was te zien.

En nu? Naar links of naar rechts? Voor haar gevoel lag links van haar de open plek waar Nick en Søren hun tent hadden opgezet. Ze klom op de rotsblokken en kroop op handen en voeten stroomafwaarts.

In de verte hoorde ze opnieuw geschreeuw.

Nick.

Ze was de verkeerde kant op aan het gaan!

Toen ze zich omkeerde, glibberde haar voet weg en gleed ze het water in. De tentharing bleef ergens aan haken en schoot uit haar broekzak. Ze ging kopje-onder, proestte. Het water was ijskoud, voelde als tienduizend kleine speldenprikken.

Tijd om daarbij stil te staan had ze echter niet.

Moeizaam kwam ze overeind.

Ze moest doorgaan.

Niet opgeven.

Doorweekt veegde ze de haren uit haar gezicht.

Ze zette haar kaken op elkaar en begon tegen de stroom in te waden. Na twee stappen had ze echter door dat dit niet ging lukken. Ze hees zich terug op de stenen en begon druipend en bibberend verder te kruipen.

De spleten tussen de rotsen werden kleiner, de stenen gladder. Toen ze Søren en Nick zag, leek haar hart stil te staan.

Ze stonden vechtend in het water. Twee donkere silhouetten die woeste armbewegingen maakten. Nick vocht voor zijn leven. Søren probeerde hem onder water te duwen, maar telkens kwam Nick weer boven.

Fuck!

Ze stonden aan de rand van de open plek waar de tent een eindje verderop stond. Al die tijd waren de mannen hier geweest. Ze had hen alleen niet kunnen zien.

Terwijl ze haar arm voelde bloeden, klauterde ze zo snel mogelijk over de rotsblokken heen. Bij het eind van de bosrand liet ze zich op de grond zakken en greep ze haar zaklantaarn als wapen beet.

'Søren!' gilde ze. 'Søren, laat hem los!'

Hij schrok, dat zag ze aan zijn houding. Hij liet Nick los en keerde zich om, zijn gezicht draaide hij zoekend van links naar rechts en weer terug.

Hij zag haar niet.

Raspend en hijgend probeerde Nick uit het water omhoog te komen. Hij wankelde echter en plonsde terug in de rivier.

'Laat Nick gaan!'

'Nina?' Søren was niet alleen verrast door haar, hij was duidelijk ook gedesoriënteerd.

Ze moest gebruikmaken van dit moment van verwarring. Ze maakte zich klein en hurkte neer bij de rotsblokken. 'Ik weet wat je gedaan hebt! Je hebt iedereen vermoord: je moeder, Jasmijn, je stiefvader, je stiefbroer...'

'Dat maakt ons soulmates, Nien.' Hij herstelde zich veel sneller dan ieder ander mens zou doen. Lachte; hard en schor. Angstaanjagend. Het was duidelijk dat hij nog steeds niet wist waar zij zich in de donkere omgeving bevond. 'Soulmates, Nientje, geen vijanden! Want jij hebt toch ook een dood op je geweten!'

Hij liep het terrein op, liet Nick achter alsof hij zijn aandacht niet meer waard was. 'Jij hebt je broer vermoord, Nina. Jij hebt hem de afgrond in getreiterd! En je hebt me praktisch gevraagd die lieve, goede Nick hier om te leggen. Wij zijn gelijken, jij en ik. Dat weet je. Je bent geen haar beter dan ik.' Met dreigende passen kwam hij haar kant op.

Nee. Barts dood was een ongeluk geweest. Ze had hem nooit, helemaal nooit, wíllen vermoorden. Ze had hem zelfs nooit fysiek pijn willen doen.

En wat betreft Nick: haar fantasie over zijn dood had ze helemaal nooit serieus bedoeld.

Met haar vingers tastte ze de grond af. Ze moest iets hebben om Søren mee af te leiden.

Een steen.

Ze kwam iets overeind en gooide het ding zover ze kon in de richting van de bosrand. Søren keerde zijn gezicht in de richting van het geluid. Zonder twijfel begon hij die kant op te lopen.

Dit was haar kans.

Zo snel ze kon, rende ze op hem af. Ze dacht niet meer, ze wás alleen nog. Ze hief de zaklamp boven haar hoofd – voelde Nicks aanwezigheid, zijn stem die haar naam riep, de ogen van Bart van bovenaf op haar gericht.

Maar er was nog maar één ding dat telde. Sørens hoofd, zijn brede rug, dat walgelijke litteken op zijn borst.

Diep binnen in zich voelde ze een ongelooflijke kracht. Een oerdrang, die haar sterker maakte dan ze ooit voor mogelijk had gehouden. Al haar haat projecteerde ze op de jonge jongen die voor haar liep. Hij probeerde niet alleen haar man te vermoorden, hij had het op haar hele gezin gemunt, ook op haar. Deze man mocht niet de vader van haar kleinkinderen worden, niet degene die haar de gevangenis in kreeg, niet de moordenaar van Nick.

'Klootzak!' gilde ze, buiten zichzelf van woede. Het maanlicht flikkerde op het glanzend zwarte plastic van de zaklamp. Het waren haar eigen handen die de beweging maakten, maar het was ook de blauw doorschijnende grip van Bart; hij begeleidde haar – 'Het was niet jouw schuld, Nina. Niet jouw schuld...'

Ze hief haar handen hoger en hoger. Søren draaide zich om en zij liet de zaklamp zo hard mogelijk naar beneden komen. Als een dolk. Ze had de kracht hem te doorklieven.

Maar hij sprong aan de kant, ze raakte alleen zijn schouder. Hij schreeuwde, maar pakte toen razendsnel haar hand beet en rukte de zaklantaarn uit haar vuist. 'Wat doe je, bitch? Ben je gek geworden? Dat doet pijn!' Hij haalde uit, zijn vuist raakte haar buik, ze klapte dubbel en viel op de grond. Tegen de achtergrond van de oplichtende tent zag ze de contouren van de zaklamp. Hij lag te ver weg, tegen een dennenappel of iets dergelijks aan.

Ze had niets anders meer dan haar blote handen om zich mee te verdedigen.

Søren torende hoog boven haar uit. 'Jij focking bitch!' Hij haalde uit met zijn voet en liet zijn bergschoen ongenadig hard in haar maag terechtkomen.

Haar spuug vermengde zich met bloed, de wereld tolde om haar heen.

'Ik laat me door niemand dumpen.' Nog een trap. 'Door helemaal niemand, en zeker niet door jou.'

Hij bukte zich, raapte de zaklamp van de grond en liet zich op zijn knieën vallen. Huilend keek ze toe hoe hij het loodzware ding hief. Zijn ogen schitterden in het licht uit de tent, zijn blik was kouder dan het rivierwater, donkerder dan de duisternis uit het bos.

Ze probeerde weg te kruipen, maar het ging niet. Ze klauwde haar vingers in het gras, probeerde zich om te draaien, perste haar ogen dicht.

Maar de klap die ze verwachtte bleef uit.

Søren maakte een raspend geluid.

Ze sperde haar ogen weer wijd open.

Nick stond achter hem. Hij had zijn arm rond Sørens keel geslagen en probeerde hem met zijn spierbal te kelen. In het zwakke schijnsel waren zijn trekken vervreemdend. Hij leek een totaal andere man dan die ze kende, in niets was hij nog de goedzak met wie ze al die jaren was getrouwd.

Søren probeerde uit alle macht Nick weg te trekken, hij sloeg, schopte, schreeuwde. Maar Nick was sterker. Nick liet niet los.

En toch...

Ze móést overeind komen. Nick helpen...

Het lukte. Een heel klein beetje. Ze zette haar handen op de grond en richtte haar billen op. Maar voordat ze kon gaan zitten, viel ze terug op het gras en de stenen. Het voelde alsof haar ingewanden waren geëxplodeerd, ze had nauwelijks nog controle over haar lichaam.

Met afkeer keek ze naar de vechtende mannen. Háár vechtende mannen. Die allebei niets menselijks meer hadden.

Nick ging het winnen, Søren liet zijn arm los, maaide haast machteloos met zijn handen in het rond.

Met al haar kracht lukte het haar om zich op te richten, op handen en voeten te gaan staan, haar hand sloot zich om een grote kei die op de grond lag. Ze pakte hem op, kwam helemaal overeind en liep op de jongen af die haar kapot had willen maken. Ze was klaar, klaar om toe te slaan.

Maar opeens begon Nick te schreeuwen als een beest.

Wat?

Sørens mond zat om Nicks arm geklemd. Hij beet hem, dwars door zijn trui heen. Toen hij losliet, droop zijn kin van het bloed.

Nick viel achterover en Søren kwam pijlsnel overeind.

Als een hondsdolle maniak greep hij haar bij haar haren. Hij sleurde haar mee het water in, als een lappenpop over de bosgrond. Ze viel, voelde plukken loslaten. De stenen onder haar waren vlijmscherp en keihard.

Søren liet haar los – ze moest te zwaar zijn om haar zo achter zich aan te slepen. Ze viel met haar achterhoofd op het zand. Hoog stond hij boven haar, keek hij op haar neer.

'Jij had me nooit, helemaal nooit mogen verlaten.' De trap in haar buik kwam keihard aan.

Daarna was er alleen nog zwart.

Ze zag zichzelf staan; treurend bij het graf van Nick, bloemen op zijn kist, de begrafenisondernemer starend naar het gat in de grond. Iets verderop een stel politieagenten dat haar in de gaten hield.

De mensen om haar heen. Søren, met een uitgestreken gezicht, zijn arm om Lisanne heen geslagen, haar dochter met een dikke buik.

Ruben, die ondanks het verdriet om zijn vaders dood blij was dat zijn jeugdvriend de vader ging worden van zijn eerste nichtje of neefje. Nieuw leven.

Floor. Haar ouders. Al die teleurstelling. Iedereen zo verscheurd. Ze hadden een man verloren van wie ze hielden, maar tegelijkertijd een pedo die twee minderjarige meisjes had aangerand.

En ze hadden gedacht dat zij een eerlijke vrouw was, maar nu bleek dat...

'Nina... Nien...'

Iemand riep haar naam. Heel ver weg. Heel dichtbij. Ze hoorde de regen.

'Nina... Wakker worden.'

Ze knipperde met haar ogen. De kist waar ze naar keek, zakte langzaam weg. Iemand gooide een schep aarde in de kuil.

'Nientje... Nien, kom op nou...'

Langzaam ontwaakte ze uit haar black-out. Haar ogen draaiden rond, zagen glimmend zeil en hard, onvriendelijk licht.

'Nina, kijk naar me. Kijk. Naar. Me.'

Hé? Waar was ze? Wat gebeurde er? Waarom voelde haar lijf alsof ze was aangereden... Wie...

Ze keek recht in Nicks ogen. Angstige blik, rode aders, tranen of regen of water uit de rivier – in ieder geval nat. Hij lag pal tegenover haar, op het matje, op de slaapzak.

Opeens wist ze het weer. Alles. Waar ze was.

Alleen, hoe was ze hier terechtgekomen?

Paniekerig keek ze om zich heen. In de lage nok van het tentje hing een lamp, de flappen van de ingang hingen los en waaiden af en toe wat op – ze dropen van de regen –, toch lukte het niet om eronderdoor naar buiten te kijken.

'Nick...' Toen ze sprak, kromp ze ineen. Zoveel pijn deed het.

Waarom had hij zijn handen zo raar op zijn rug?

'Je moet me losmaken.' Hij maakte een hoofdbeweging naar achteren en schuifelde iets naar voren.

'Waar is Søren?'

'Ssst.' Hij keek met bange ogen naar de flappen. 'Maak me los.' Hij rolde op zijn buik, zodat ze bij zijn handen kon die op zijn rug waren vastgebonden. Er zaten strakke tiewraps om zijn polsen.

'Die krijg ik nooit open.'

'Het moet. We moeten weg uit deze tent. Die gast is gestoord.' Hij trok zijn benen op, waardoor ze zag dat ook zijn enkels waren vastgebonden.

'Wat gaat hij doen?'

'Ons vermoorden. Ik heb alleen geen idee hoe.'

De pijn verbijtend kwam ze omhoog, maar toen had ze door dat ook haar handen vastgebonden waren.

'Je moet je omdraaien,' fluisterde Nick haastig. 'Kom, probeer me los te maken.'

Er schoten tranen in haar ogen. Met de beste wil van de wereld zou haar dat niet lukken. Als ze aan die plastic strips ging trekken, zouden zijn handen alleen maar vaster komen te zitten.

Radeloos keek ze om zich heen. Vlak boven hun hoofden lagen twee backpacks. Daar moest ze bij zien te komen. Daar zat vast een zakmes in, waarmee ze Nick kon bevrijden, waarmee ze Søren kon tegenhouden.

Maar ze had geen ruimte.

Ze keek naar Nick en toen naar de uitgang. Er was een wind opgestoken en één flap waaide op. Het uitzicht dat ze kreeg was minimaal, maar net lang genoeg om Søren te zien. Hij stond met zijn rug naar de tent toe en bukte zich, leek iets voorzichtig neer te zetten.

'Zie je hem?'

'Slecht. Hij is ergens mee bezig, maar ik weet niet waarmee.' Ze rukte aan de band om haar polsen, maar er kwam geen beweging in.

'Mijn mobiel zit in mijn achterzak,' fluisterde ze. 'Probeer hem te pakken.' Ze klemde haar kaken op elkaar en rolde met haar billen naar Nicks kont; naar zijn handen.

Aan zijn ademhaling kon ze horen dat hij pijn had.

'Ja, ja,' moedigde ze hem aan. 'Je hebt hem bijna. Iets meer naar boven, iets verder naar rechts nog.'

Toen ze haar toestel uit haar zak voelde schuiven, voelde dat alsof ze waren gered, maar toen ze haar mobiel zag, wist ze meteen dat haar gevoel nergens op sloeg. Het ding was zeiknat en reageerde nergens meer op.

Buiten knetterde er iets.

Shit.

De flappen waaiden weer op. Regendruppels waaiden naar binnen. Ze slikte. Wat ze zag was vuur; Søren had een tak in brand gestoken en liet die naar beneden vallen.

Hij stak iets aan.

Een kampvuur.

Maar...

Mijn moeder woonde samen met haar nieuwe vriend en zijn zoon in een chalet. Zo'n oud houten ding. Krakkemikkig. Karakter, zeggen ze toch? Die vent heeft eerst alle houten luiken van dat huis dichtgeschroefd en daarna heeft hij de deur dichtgespijkerd. Toen benzine en een aansteker.

Niemand weet precies wat er is gebeurd.

Ging hij...

Wilde hij werkelijk...

Hij ging deze tent in brand steken. Met hen erin!

Hen niet alleen vermoorden, hen ook meteen laten verdwijnen.

'Nick, hij gaat deze tent in brand steken. Als het hem lukt om vuur te maken in de regen, dan...'

'Wacht. Draai je op je buik.'

Ze deed wat hij haar opdroeg.

'Kom hier. Terug.'

Ze voelde zijn vingers rond de band om haar polsen. 'Ik kan jou wel losmaken. Ik dacht dat hij jou ook met tiewraps had vastgemaakt, maar... Verdomme, waarom gaat het niet?'

Met angstige ogen bleef ze de tentflappen in de gaten houden. 'Schiet op. Schiet toch op, man.'

'Ja, ja... Bijna.'

En ze was los. In een flits zag ze waarmee ze vastgebonden was geweest: de hoofdband die Søren in zijn haar had gedragen. De pijn uit haar lichaam stroomde weg. Haar levensenergie nam het over. Als ze nu niet in actie kwam, dan stond straks deze tent in lichterlaaie, met hen erin.

'Nina, wat...'

Ze stormde de tent uit. De stapel hout was een flikkerend vuur geworden. Lange tongen dansten in de nacht.

Søren had een brandende tak in zijn handen, liep naar haar toe, ze boog haar hoofd en zette vaart. Deze man moest ver, vér weg van die tent blijven.

Ze overviel hem. Hij deinsde achteruit. De tak viel op de grond, zij bleef maar lopen, lopen, lopen. Tot hij struikelde en zij over hem heen viel, het water in. Zijn lichaam was overal, zijn handen klemden om haar hoofd, duwden haar onder water. Hij drukte zijn vingers haar ogen in. Het ijskoude water schoot door haar neusgaten naar haar hersenen.

'Jij moet leven, zusje. Jij. Moet. Leven.'

Ze vond een kei op de grond, zwiepte haar hand omhoog en raakte zijn hoofd. Ze hoorde het kraken.

Hij liet haar los.

Hoestend en proestend kwam ze boven, krabbelde ze achteruit. Søren zakte door zijn knieën. Met een verbaasde blik keek hij haar aan.

Hij opende zijn mond, maar er kwam geen geluid uit. Hij hief zijn hand, alsof hij hoopte dat ze zijn vingers in die van hem zou strengelen en hem omhoog zou helpen. Uit zijn blik sprak gekte en woede. Verdriet. Verlatenheid.

Niet vrij, maar los.

Ze las het in de lijnen van zijn gezicht; hoe zijn leven aan hem voorbijtrok. De liefdesrelatie die hij met zijn moeder had gehad, hoe zij hem had gedumpt, hoe hij al die tijd was blijven zoeken naar onvoorwaardelijke moederliefde.

Ze klemde haar hand om de steen die ze nog altijd vasthad, maar kon zich er niet toe zetten er nog een keer mee op zijn schedel te slaan.

Hoezeer ze hem ook haatte.

'Nina,' fluisterde hij. 'Nina, je...' Voor hij zijn zin af kon maken, viel hij bewegingsloos voorover in het water.

En zij stond daar maar.

In het donker leek hij een rotsblok. Hij lag half op de kant, half in het water. Alleen zijn haren bewogen in de stroming. Zijn gezicht was naar beneden gericht. Niets in zijn lijf verried nog enige vorm van leven.

Iets verderop brandde het kampvuur, daarachter lichtte de tent op. Nick kroop op zijn knieën naar buiten. Zijn polsen zaten nog altijd vastgebonden op zijn rug.

Zij keek naar boven. Daar zweefde Bart, ergens tussen aarde en hemel. Steeds meer begon hij op te lossen in de wolken.

Ze richtte haar ogen weer op de jongen die aan haar voeten in het water lag. Zijn haren waren besmeurd met drab – maar het kon ook bloed zijn.

Godsamme, hij was dood.

Zij had een mens gedood.

Haar minnaar.

Haar drieëntwintigjarige minnaar.

Dikke regendruppels vermengden zich met tranen. Over haar hele lichaam rilde ze.

'Nien, waar is hij? Wat heb je met hem...'

'Kom.' Ze hurkte om Nick omhoog te helpen, maar door de manier waarop hij vastzat, was het voor hem onmogelijk te gaan staan.

'Waar is hij? Wat als hij...'

'Hij is dood, Nick.' Haar stem beefde. 'Dood.'

Vanaf de grond keek hij haar aan met een blik die ze niet kon thuisbrengen. 'Dood...' Door met zijn schouder te bewegen, schudde hij haar handen van zich af. In het flikkeren van het vuur lichtte zijn verbeten gezicht oranje op.

'Ik ga iets zoeken om je mee los maken.' Ze kroop de tent in, opende zijn rugzak en begon alles eruit te halen. Nick had ongetwijfeld het zakmes dat hij jaren geleden in Amsterdam gekocht had meegenomen. Daar was hij toen zo trots op geweest.

Ze haalde zijn onderbroeken tevoorschijn, zijn sokken, een kompas, een energiereep, een routekaart van het park. Een mobieltje.

Verbaasd keek ze naar het ding. Dit was niet zijn telefoon. Dit was een zilveren iPhone zonder hoesje. Een hip ding dat ze helemaal niet kende.

Maar het was ook Sørens toestel niet. Wat deed deze mobiel hier?

Met haar duim tikte ze op het scherm. Een foto van Nick en Floor lichtte op. Lachend keken ze de camera in, hun hoofden tegen elkaar, zijn hand in haar haren, haar hand op zijn been. Een zomerfoto. Achter hen een felblauwe lucht, zij droeg een topje met spaghettibandjes.

Ze zagen er verliefd uit.

Nick en Floor...

Floor en Nick...

Ze slikte.

Haar beste vriendin en haar man?

Hoelang al?

Tussen de flappen door zag ze hem met zijn rug naar haar toe liggen. God, waar waren ze toch mee bezig geweest al die tijd? Wat moest ze tegen hem zeggen?

Ze beet op haar lip.

Vragen hoe dit zat kwam straks wel.

Eerst moest ze hem los zien te krijgen. Ze vond zijn toilettas en vond daar tot haar verbazing een nagelknippertje in. Het zakmes zag ze nergens.

Ze kroop weer naar buiten en knipte de tiewraps om zijn polsen en enkels los.

Met een van pijn verwrongen gezicht kwam hij overeind. Hij wreef over zijn polsen en vloekte hartgrondig. 'Is hij echt dood?'

Ze knikte, keek naar haar handen. God, ze had hem echt gedood!

Wankelend liep hij naar de waterkant. Van bovenaf keek hij op Søren neer. Hij gaf een zacht schopje tegen Sørens uitgestrekte arm. Er volgde geen enkele reactie. Radeloos hief hij zijn handen. 'Shit!'

'Nick...' Ze ging naast hem staan, pakte hem bij zijn bovenarm, maar hij sloeg die haastig weg.

'Hoe ben je hier in godshemelsnaam gekomen, Nien?'

'Ik wist het, dat hij je wilde...' Ze kon de woorden niet over haar lippen krijgen. Voor hetzelfde geld had hij hier zo gelegen.

O god, moest je Søren hier nu zo zien liggen, zijn lange blonde haren besmeurd, voor de helft in het pikzwarte water. Levenloos, koud.

'Ik wist dat hij je iets wilde aandoen.' Haar stem beefde. 'Op het allerlaatste moment pas. Vanmiddag. Toen ik erachter kwam, ben ik zo snel mogelijk hiernaartoe gekomen.'

'Fuck!' Nick schudde zijn hoofd, wendde zijn blik af, liep een stuk verder de duisternis in, maar kwam toen weer terug. 'Dus jij en Søren?' Vlak voor haar bleef hij staan. Hij keek alsof hij het niet kon geloven. Alsof het het vulgairste was wat hij ooit had gehoord. 'Jij en Søren? Werkelijk?'

'Het spijt me zo, Nick.' Ze probeerde hem recht in de ogen te kijken – hoelang was dat geleden, dat ze elkaar werkelijk hadden gezien? 'Het was op mijn verjaardag. Het was zo stom, de grootste vergissing van mijn leven, maar...'

'Søren. De vriend van Ruben!'

'Ik weet het ook niet, het gebeurde gewoon. Op mijn verjaardag was er iets, een vonk, chemie, hoe noemen mensen zoiets? En ik wilde niets echts met hem. Echt niet. Het was alleen een flirt. Misschien zelfs dat niet eens. Maar een paar dagen later stond hij opeens bij de bank. Hij wilde een rekening openen en toen zei hij dat hij me weleens een kiteles wilde geven.'

'En dat heb je gedaan...' Het dedain droop eraf.

'Ik voelde me vereerd. Of levend. Of... alles tegelijkertijd. Het was geen opzet, maar voor ik het wist ging ik mee naar zijn huis. Alleen voor de...' Ze slikte het laatste woord dat ze had willen zeggen in. Alleen voor de seks; dat snapte Nick ook zo wel.

Kleine golfjes klotsten tegen Sørens schoen.

'Toen ik merkte dat het voor Søren meer begon te worden, wist ik dat ik ermee op moest houden. Ik maakte het uit via de app, maar dat pikte hij niet. Hij dook opeens op, op mijn werk. En daarna op de sportschool. En toen hem duidelijk werd dat ik hem echt niet meer wilde, zei hij dat hij me helemaal kapot zou maken; mij en iedereen om me heen. Ik dacht: dat meent hij niet. Maar toen waren er opeens die foto's van jou en Juliëtte. Die heeft híj gemaakt, in de hoop dat hij mij daarmee terug zou krijgen. Die foto's, het online zetten, de aangifte, het verhaal van dat tweede meisje.'

Nick keek haar aan alsof hij dacht dat ze krankzinnig was geworden. 'Dus...' Zijn stem klonk dreigend. 'Dus jij wist dat die aanranding in scène was gezet? En je hebt niets, helemaal níéts gedaan? Ik ben verdomme bijna doodgereden door iemand die me aanzag voor pedofiel.'

Ze antwoordde niet en zag het kwartje bij hem vallen.

'Was dat óók Søren?'

'Geloof me, alsjeblieft Nick, ik heb er alles aan gedaan om hem te stoppen, maar hij heeft het allemaal zo ontzettend gehaaid aangepakt. Ik kwam alleen maar vaster en vaster te zitten in zijn web. Hij was me telkens een stap voor. Net toen ik aan jou wilde vertellen dat hij achter die foto's zat, stuurde hij ze door naar de krant. En toen ik het daarna even later alsnog wilde vertellen, stonden ze al online. Ik... Ik kon me gewoon niet voorstellen dat hij werkelijk zover zou gaan, daar kwam het door. En daarnaast kon ik niet naar de politie: ik had nergens bewijs van. Telkens ging hij nog een stap verder. Hij liet me video's zien die hij stiekem van me heeft gemaakt.'

'Godverdomme!' Nick schopte in het zand.

'Op jouw verjaardag las hij mijn dagboek, hij verleidde Lisanne.'

'Je hebt hem gewoon ons huis binnen laten komen! Ben je waanzinnig?'

'Hij sluisde één komma vijfentwintig ton naar mijn rekening. Ik kan de gevangenis in gaan voor diefstal.'

'Fuck Nina, op welke planeet heb je er "alles aan gedaan om hem te stoppen"? Je had dit godsamme allemaal kunnen voorkomen. Je had het me gewoon kunnen vertellen!'

'Serieus, de politie zou me nooit geloofd hebben, Nick. En jij ook niet. Het was mijn woord tegen het zijne. Nergens was ook maar enig bewijs van. Het enige wat ik kon doen was hem terugpakken met zijn daden, het heft in eigen handen nemen. Ik ben research gaan doen, heb zijn vrienden gegoogeld, heb uiteindelijk zelfs die Juliëtte gevonden.'

'Dat kind van die foto's?'

Ze knikte.

Hij zette zijn handen in zijn haar. Zei niets, liep alleen maar radeloos heen en weer, alsof hij het bedrog onmogelijk kon bevatten.

'Uiteindelijk heb ik de ouders van zijn ex gevonden: Jasmijn. Hij blijkt haar vermoord te hebben, in Thailand, hij heeft haar vermoedelijk van een klif af geduwd. En toen kwam ik er vanmiddag achter dat hij ook zijn moeder en haar nieuwe gezin heeft vermoord. Hij had een zwaar verknipte band met zijn moeder, een soort liefdesaffaire, daar leek het nog het meest op. Toen zijn moeder een nieuwe man vond, liet ze hem keihard vallen. Hij moet zich gedumpt hebben gevoeld en zich toen voorgenomen hebben zich nooit meer aan de kant te laten zetten. Vandaar dat hij Jasmijn heeft omgebracht en vandaar dat ik wist dat... Dat... Dat hij je hier wilde vermoorden.'

'Holy fuck.'

'Søren was gestoord, Nick. Ik... Je hebt gelijk, het is mijn schuld, het is allemaal mijn schuld. Maar... Maar ik kon hier niet tegenop. Een normaal mens zou nooit zover zijn gegaan. Ik... ik...'

'Ongelooflijk. Echt ongelooflijk. Als Floor me niet gebeld had, dan...'

'Floor?'

'Floor, ja. Verdomme, kijk me niet zo aan.'

'Hoelang zijn jullie al samen, eigenlijk?'

'Alsof dat er nu iets toe doet. Het gaat erom dat zij me gebeld heeft, dat zij mij wél gebeld heeft. Zonder haar was ik nu morsdood geweest.'

Ze maakte een gebaar naar het water. Het was duidelijk wat ze gezien had.

'Wat bedoel je met dit?' Hij deed haar beweging na.

'Ik zag jullie toch vechten. Søren stond boven je, als ik iets later was gekomen dan had hij je...'

'Wel verdomme Nina, die gast is dood, heeft mijn leven verwoest, mijn vrouw geneukt en mijn dochter... en jij denkt nog steeds dat hij god is?! Dat híj alles kan en ík niets voorstel? Nien, je hebt geen idee wie ik ben hè. Jij hebt me altijd gezien als een of ander zwak wezen, maar dacht je nou echt dat ik mezelf niet zou verdedigen? Dat ik niet het heft in eigen hand zou nemen?'

'Het heft in eigen hand? Bedoel je dat...'

'Ja.' Hij maakte een woedend gebaar naar het water. 'Als jij niet opeens was opgedoken, dan was hij niet ontkomen. Dan had hij nooit een tweede kans gekregen. Fuck! Hoe gaan we mijn mes hier ooit nog terugvinden?'

Hè?

Ze staarde met hem mee over het water, probeerde het beeld van net terug te halen. Twee mannen, vechtend in het donker. Wie was wie geweest?

Ze slikte moeizaam, besefte dat Nick gelijk kon hebben. Ze had niet gezien dat Søren hem aan het vermoorden was, ze had gezien dat Nick hém onder water hield.

'Hoe heb je dit hier eigenlijk terug kunnen vinden in het donker?' vroeg hij bijtend.

'Terúg kunnen vinden?'

'Ja, dit is toch waar we gekampeerd hebben, toen met de kinderen.'

'Dat survivallen...' Ze keek om zich heen, naar de zwarte bomen en het onherkenbare bos, herinnerde zich de foto's uit het album. De rots met de uitstekende punt waar de kinderen af sprongen. Søren zonder ook maar de geringste vorm van angst in zijn ogen; geen vertrouwen, maar roekeloosheid. Het kleine jongetje dat haar toen hier in het water had zien zwemmen.

'Meen je dat serieus, Nick? Was dat hier?'

'Ja. Tuurlijk. Of ben je op goed geluk hiernaartoe gekomen, soms? Houd je toch niet langer van de domme.'

Ze schudde haar hoofd, keek naar de lucht, waar Bart nu bijna was verdwenen. *Zie je die vissersboot daar, met die meeuwen eromheen? Pas nu je ze ziet, hoor je ze, hè. Pas nu ik je erop wijs, zie je ze. Je hebt zien en zíén. Horen en hóren. Weet je wel hoe weinig we van onze hersenen ge-*

bruiken? Tien procent maar. Hoe gaaf zou het zijn om het volle potentieel van je brein te benutten?

Verdorie, ze was hier eerder geweest. Ze had niet zomaar een plek gekozen, ze had het traject afgelegd dat ze al eerder had gereden en gelopen.

Ze herinnerde zich haar eigen woorden. *Houd op, Bart. Ga weg. Je bestaat niet eens. Je bent verdorie al twintig jaar dood.*

Bart was hier nooit geweest. Toen zij en de kinderen hier waren, was hij al vijftien jaar dood.

Ze vernauwde haar ogen tot spleetjes. Een wolk dreef voor de maan vandaan en Bart verdween. Hij was weg.

Opgelost in de nacht.

Was hij alleen een illusie geweest, die haar geholpen had om meer van haar eigen brein te gebruiken dan ze onder normale omstandigheden kon?

Ze zag hem voor zich, hoe hij naast haar had gestaan bij de intercom van Søren; hoe hij op het naamplaatje van R. van Lierop en D. Han had getrommeld en zij kort daarop had 'ontdekt' dat dit Roy en Diana waren, Sørens vrienden.

Ze zag hem weer met zijn rug tegen de boekenkast zitten, pulkend aan de fotoalbums, vlak voordat zij 'bedacht' contact op te nemen met zijn oud-mentor.

Wolken vormden witte plukken in de lucht, alles om hen heen werd lichter.

'En nu?' Nick klonk boos, maar ze wist dat dat alleen maar was om zijn paniek geen ruimte te geven. 'Gezellig naar de gevangenis samen? Moord, aanranding, diefstal... En welke godvergeten verrassingen je nog meer voor me in petto hebt.'

Ze keerde haar blik weer naar het water. 'Was daar niet een hoge rots waar de kinderen een paar keer van afgesprongen zijn?'

'Tjiezus, dit is niet het moment om herinneringen op te halen.'

'Zo bedoel ik het niet, Nick.' Ze wees op Søren.

Hij maakte een woest gebaar, snapte niet wat ze dan wél probeerde te zeggen. Als een beest snoof hij hard door zijn neus, zijn hele lichaam stond gespannen.

'Nick!' Ze greep hem bij zijn bovenarmen, pakte zijn gezicht vast toen hij niet naar haar keek en zei nogmaals, dwingend zijn naam. 'Die rots is de oplossing.'

Hij knipperde met zijn ogen en werd godzijdank iets rustiger toen haar woorden zijn geest bereikten.

'Luister, we gaan hier uitkomen,' zei ze. 'Samen. Wij gaan niet de gevangenis in. Jij niet. Ik niet.'

Hij knikte.

'Oké?'

Alsof dat een startsein was, bukten ze zich en trokken ze Søren samen verder het water in. Hij zakte meteen naar de bodem, maar ze sjorden hem tegen zich aan. Nick vloekte nog een keer. Zij klemde haar kaken op elkaar. 'Kom op,' zei ze. 'We krijgen dit voor elkaar. We kunnen dit.'

Ze pakte Sørens been, dwong zichzelf de kou en de pijn niet te voelen. Ze moest sterk zijn, nu. En vooral niet denken aan waar ze mee bezig was.

Ze liepen verder het water in, zij sloeg haar armen rond Sørens middel. Nick had hem bij zijn schouders, Sørens hoofd lag tegen zijn wang aan. 'We zullen moeten zwemmen.'

Ze knikte. Sørens levenloze lijf was loodzwaar. Het was praktisch onbegonnen werk, maar het moest.

Het water trok aan haar, sneed in haar huid, benam haar zo'n beetje de adem. Maar ze zwom door. In het maanlicht ving ze af en toe een glimp van Nicks gezicht op. Hij hijgde zwaar, was niet meer in staat om zelfs maar te vloeken.

Eindelijk zag ze de punt van de rots boven zich uitsteken – hij tekende zich grillig tegen de nachthemel af.

Sørens armen dreven wijd van zijn lichaam weg, zijn rug en borst waar ze maandenlang zo naar had verlangd waren marteltuigen geworden.

Nog een paar slagen. Ze konden dit.

Ze zwommen totdat ze stenen onder zich voelde. Dit was het. Dit was de plek.

Nick liet hem los en gaf hem een zetje. Met zijn hoofd dreef hij haar richting uit, zijn haren raakten haar handen, zijn ogen keken wezenloos naar boven.

Heel even nog bleef hij aan de oppervlakte liggen, maar toen zakte hij langzaam naar beneden en sloot het water zich boven hem, alsof hij er nooit was geweest.

'Dit mag nooit uitkomen,' zei ze toen ze allebei, doornat, weer voor de tent stonden. 'Ik moet hier weg, terug naar de auto. Misschien hebben we geluk en gaat het straks weer regenen. Dan spoelen onze sporen weg.'

'Je wilt werkelijk nu terug het bos in lopen?'

'Ja. Heb je een kaart? En een goede zaklamp?'

'Natuurlijk, maar... Maar je bent doorweekt.'

'Ik heb geen andere keuze.'

Nadenkend keek hij haar aan. Het zwemmen had zijn kwaadheid geblust, ze hoorde het niet alleen aan zijn stem, ze zag het ook aan zijn ogen.

'Luister.' Ze mocht hem geen ruimte geven nu te gaan protesteren. Ja, ze wilde het liefst à la minute die tent in duiken, zich afdrogen, in een slaapzak kruipen en proberen warm te worden, maar als ze dat deed, dan werden ze morgen alsnog opgepakt. 'Dit is hoe we het gaan doen. Ik ga de auto proberen terug te vinden. Jij gaat in je tent liggen en morgenochtend bel je de politie. Je gaat hun vertellen dat jullie allebei te veel gedronken hadden. Dat Søren overmoedig was en midden in de nacht is gaan zwemmen. Dat hij met zijn dronken kop zat op te scheppen, dat hij zei dat hij van die rots aan de overkant af wilde springen. Jij hebt tegen hem gezegd dat hij dat niet moest doen, je hebt geprobeerd hem tegen te houden, maar hij ging toch. Hij is gesprongen en toen verkeerd terechtgekomen.'

Hij knikte bedenkelijk.

'Da's een geloofwaardig verhaal, toch?'

Hij veegde zijn gezicht droog, dacht even na en verdween toen de tent in. Een paar tellen later kwam hij terug met de kaart, zijn hoofdlamp en Sørens militaire zaklantaarn – *niet aan denken dat hij die net nog heeft vastgehouden.*

'Wat hier gebeurd is, mag nooit bekend worden, Nick.'

Hij keek haar aan. Eindelijk.

Ze keerde zich om naar het bos. Huiverde. Ze was verkleumd tot op het bot.

'Succes.'

'Nick?' Ze draaide zich terug.

'Ja?'

Ze aarzelde. Ze had hier geen tijd voor en dit was niet het moment, maar ze móést het vragen. Dat het nooit meer goed zou komen was duidelijk, maar na al die jaren samen hield ze toch ook nog van hem. Niet als geliefde, eerder als... Tja, als wat eigenlijk? Familie. 'Ben je wél gelukkig met Floor?'

Hij haalde zijn schouders op. 'Ik ben niet met Floor. Wilde ik wel – wilden wíj wel – maar na die foto's...' Hij maakte een machteloos gebaar.

'Die foto's van de sociëteit?'

Hij knikte. 'Ze dacht dat het waar was, dat ik aan dat kind had gezeten.' Hij schudde zijn hoofd. 'Hoe kan iemand die mij zo goed kent dat in hemelsnaam denken?'

Ze perste haar lippen op elkaar, zag Nick en Floor zo weer samen, buiten, op het bankje voor hun huis, het brandende puntje van zijn sigaret, haar boze gezicht. 'Jullie hebben volgens mij heel wat te bepraten,' had Floor gezegd.

Ze had het niet gehad over de foto's, ze had het gehad over hen samen.

Shit.

Nick keek haar vragend aan, maar zij kon niet zeggen: ik kan me inderdaad niet voorstellen dat iemand dat van jou zou denken. Zij had zelf in eerste instantie ook gedacht dat het waar was. Heel even maar, tot het berichtje van Søren, maar toch. Ze had zich toen, in die kroeg, bedrogen gevoeld.

Gold dat ook voor Floor?

Ja, natuurlijk. Ook wanneer je zelf een affaire hebt, kun je besodemieterd worden.

'Ze wilde niets meer van me weten. Als ik haar belde, dan nam ze niet op. Op appjes reageerde ze niet. Ik begrijp dat jij bij haar bent langsgegaan om te zeggen dat ze het aan iedereen verplicht was naar mijn verjaardag te komen? Ik weet niet wat je gezegd hebt, maar ze kwam. Misschien wel alleen om mij te zien, misschien wel alleen om mij te laten zien dat ze voor haar gezin had gekozen. Pas toen ik bijna dood was doordat ik werd aangereden, door Søren dus, belde ze me terug. Maar toen was het voor mij te laat.'

Ze slikte. Dit was allemaal onder haar neus gebeurd.

Opeens kreeg alles een andere betekenis.

Was hij bij haar geweest, iedere keer dat hij zei dat hij naar de sociëteit ging, of ging sporten, of wanneer hij een late vergadering had of juist een ontbijtmeeting? Had hij met haar zitten appen waar zij naast zat? Laatst misschien, toen Ruben en Colette thuis waren en hij 's avonds opeens iemand nodig moest bellen?

Opeens moest ze denken aan zijn sportschoenen in de kast, toen hij zogenaamd ging squashen. Aan die douche die hij na 'de sociëteit' had genomen.

Ze zag Floor zo weer in de keuken staan. Die blik in haar ogen.

'Wat weet jij wat ik niet weet?' had zijzelf toen gevraagd. Floor had geen antwoord gegeven. Nick had aan het eind van die dag gezegd: 'Floor is een bitch.'

'Die foto's hebben alles kapotgemaakt. We hadden net bedacht dat we het thuis zouden vertellen, dat we met elkaar verder zouden gaan, maar zij dacht werkelijk dat ik aan een zeventienjarige had gezeten.'

'Hoelang zijn jullie al samen?'

'Ligt eraan hoe je het bekijkt.'

'Kies maar een manier.'

Hij haalde zijn handen door zijn natte haar. 'Als Bart dat ongeluk niet had gekregen en jij niet zwanger was geraakt, dan...'

'Serieus? Al vanaf het begin?'

'Hoe had ik je in de steek kunnen laten, Nina? Hoe hadden wíj je in de steek kunnen laten? Je was je broer kwijt, je was in verwachting van Ruben... Had ik het dan echt op dát moment moeten uitmaken? Vlak na de begrafenis? Had ik je op het diepst van je verdriet moeten verlaten voor je beste vriendin? Dan zou je helemaal niemand meer gehad hebben.'

'Maar... Maar Floor was met Bart.'

'Om bij mij te kunnen zijn.'

'Maar...' Ze kon even geen woorden vinden.

'Het kwam door ons, dat Bart viel. Dat hij die doodsmak maakte.'

Ze voelde zich nog kouder worden dan ze al was. Het was een kou die uit haar brein kwam. 'Hij had ons betrapt. Floor en ik stonden ergens op die camping te zoenen en opeens stond hij naast ons. Hij werd pislink. Natuurlijk werd hij dat, ik was zijn beste vriend en hij dacht werkelijk dat hij een toekomst met Floor had. Hij rende weg en ik ging snel naar jou toe. Je moest het horen van mij, niet van hem. We hadden telkens maar op het juiste moment gewacht, maar...'

'Maar je zoende mij, toen Bart op ons af kwam.'

'Nee, jij zoende míj. Het was een afscheidskus. Onze laatste.'

Een afscheidskus...

Zij had Bart aangekeken, hem met haar ogen verteld dat Nick straks geweldige seks met haar ging hebben.

'Ik zag hem helemaal niet. Ik dacht dat hij alvast naar het station was vertrokken. Maar hij was dus blijkbaar omgedraaid. Ik denk dat hij me een klap voor mijn kop wilde geven of zo, maar hij... Hij...'

'Hij viel.'

Ze legde haar handen over haar neus en haar mond.

Nee.

Nee, dit was niet waar.

Het bestond niet dat zij zich al haar halve leven schuldig voelde om het verkeerde. Dat Bart in die onnatuurlijke houding op de bodem van het lege zwembad had gelegen om iets wat niet, of in ieder geval minder, te maken had met haar.

Maar terwijl zij de situatie in haar hoofd probeerde te ontkennen, vielen alle puzzelstukjes in elkaar. Floor, die er altijd was, die haar zo in haar verdriet gesteund had. Die in elk fotoboek stond, op de collage die aan de muur hing. Die zich had opgeworpen als een soort schoondochter voor haar ouders. Die de peetmoeder van Ruben en Lisanne geworden was.

Alles uit schuldgevoel.

Alles uit het verlangen dicht bij Nick te zijn.

'Maar... Maar...'

'We konden het je niet vertellen, Nina.'

'Maar je zegt net dat je op het punt stond met haar verder te gaan, vlak voordat die foto's opdoken.'

'We hebben samen een leven gehad. We hebben Ruben en Lisanne opgevoed tot mooie, zelfstandige mensen.'

'Je schuld is ingelost, bedoel je? Je hebt gedaan wat je moest doen?'

Hij hief zijn handen. Wat betekende dat? Ik weet het niet? Of: ja?

'We zouden gezegd hebben dat we pas sinds een jaar samen waren.'

Ze perste haar lippen op elkaar. Knikte. Behalve het kabbelen van het water was er geen geluid.

'Je zou het me nooit verteld hebben, hè.'

Verdrietig schudde hij zijn hoofd.

Voorzichtig begon het te regenen. Tegelijkertijd keken ze naar boven.

'Als je wilt gaan, moet dat nu,' zei hij op het moment dat zij zei: 'Ik moet gaan.'

Ze knikten.

Twee mensen.

Twee schuldigen.

Twee verantwoordelijken voor het verwoesten van elkaars leven.

Ze knipte de zaklamp aan, keek nog één keer naar Nick en naar het water dat Søren had omsloten, en liep toen zo snel mogelijk naar de bosrand. Ze hield de routekaart in haar haast bevroren handen, haar ogen op het grijze pad dat voor haar lag.

Stap voor stap.

Nooit meer denken.

De regen begon met bakken uit de hemel te komen.

Regen was goed. Regen spoelde de sporen weg.

Stil

Liefste, allerliefste,

Het spijt me zo dat ik niet sterker ben dan dit. Dat ik vandaag tegen jou zei dat dit het eind is, dat er geen toekomst voor ons is, ook al is alles wat er gebeurd is gelogen.

Lieve Nick, ik kan dit mijn kinderen niet aandoen. Dat die aangifte is ingetrokken verandert niets voor de wereld. Voor altijd zal jij de man zijn die zich misschien aan een jong meisje heeft vergrepen. Waar rook is, is vuur.

Ik zie het al voor me, hoe jij de kinderen naar school brengt. Alle ouders zullen fluisteren: dat is die ex-rector die die leerlingen heeft aangerand, die vent die wethouder wilde worden en zo fout bleek als maar kan.

Ik mag dan weten dat die foto's in scène zijn gezet, voor de buitenwereld ben en blijf je schuldig.

En al zou ik dat naast me neerleggen… Jij bent niet meer wie je was. Nina heeft je kapotgemaakt. Gebroken. Je oogopslag is veranderd, je kracht lijkt wel te zijn verdwenen.

Ik zie je in deze staat geen nieuw leven opbouwen.

Ik zie je in deze staat niet van mij houden.

En ik? Ik kan alleen maar huilen. Na alles wat we samen hebben meegemaakt, kunnen we nog niet met z'n tweeën verder. Weer is Nina tussenbeide gekomen.

Weet je wel hoezeer ik haar inmiddels haat?

Hebben we soms nog niet genoeg boete gedaan voor Bart? Hebben we verdomme niet allebei ons hele leven aan de kant gezet om dat van haar door te kunnen laten gaan? Ik had jouw kinderen moeten krijgen. Ik had jouw ring moeten dragen. Ik had elke nacht bij jou in bed moeten kruipen.

Ik!

Niet zij, verdomme. Níét zij.

Ik haat die vrouw. Ik haat het hoe ze jou stuk heeft gemaakt. Bewust! Ze had dit wel honderd keer kunnen stoppen, maar nee, ze moest zo nodig jou bedriegen met die Søren.

Ik durf er niet over na te denken wat er gebeurd was als ik jou niet had gebeld.

En tegelijkertijd denk ik: wat is erger? Dat iemand er niet meer is, of dat iemand er wel nog is, maar je toch nooit meer een toekomst met z'n tweeën kan hebben?

Nick, lieve Nick. Ik hou van je en zal dat altijd blijven doen. Jij bent de enige man in mijn leven. De enige die werkelijk telde.

Misschien is er later nog een kans voor ons.

Wellicht.

Als alles is overgewaaid.

Ik hoop het, later.

In een toekomst zonder Nina.

Nieuwe wind

Ze schoof de glas-in-looddeuren dicht en keek naar de sprookjesachtige gekleurde vlekken die de zon op de houten vloer maakte. Haar vingers gleden over het elegante houtsnijwerk.

Ze zuchtte diep. In al die jaren dat ze hier gewoond had, had ze deze deuren veel te weinig gezien.

Ooit had ze hier gestaan, met Nick aan haar zijde, Ruben aan haar hand en Lisanne in haar buik.

Nu stond ze hier helemaal alleen. Het huis was niet alleen leeg, het voelde ook leeg. Een ontmantelde stapel stenen.

Op de oprit stond het busje met daarin haar laatste spullen. Dit was het dan. Ze trok hier straks de deur achter zich dicht en reed dan naar haar nieuwe flat.

Ze snoof voor de laatste keer de geur van thuis op. Van wat daarvan over was, tenminste.

Alles waar ze ooit zo hard voor gevochten had, was weg. Alles waarin ze geloofd had was een leugen gebleken.

Het huis was verkocht, ze had ontslag genomen bij de bank, de echtscheiding was in gang gezet.

Ze legde haar hoofd tegen het oude hout en sloot haar ogen. Het leek zo ver weg, wat er allemaal gebeurd was. Alsof het een film was die ze intens had beleefd. In niets voelde het als haar echte leven.

Heel even zag ze zichzelf weer lopen door de Ardennen, hopend en biddend dat ze bij het juiste parkeerterrein uit zou komen. Bart was niet meer bij haar geweest, ze had het op eigen kracht gedaan. Het was haar gelukt. Totaal onderkoeld was ze op de parkeerplaats aangekomen. Sørens Ram Van had er nog even verlaten bij gestaan als eerst.

Toen ze in haar auto was gestapt, was het lampje in het plafond aan gesprongen. Haar achteruitkijkspiegeltje had een verwilderde vrouw getoond, besmeurd met drek, drab, modder en slib. Ze had gewenst dat ze een handdoek of een deken in de auto had, maar dat was niet het geval geweest. Rillend had ze het contact omgedraaid en had ze de verwarming op maximaal gezet. De radio was aan gesprongen en een rustig jazznummer had de situatie meteen onwerkelijk gemaakt.

Op de snelweg had ze zich afgevraagd of alles wel echt was gebeurd. Of ze de Ardennen niet gewoon gedroomd had.

Thuis, huilend onder de douche, was dat gevoel alleen maar sterker geworden. Het leek niet te zijn gebeurd. Het verhaal was te bizar. Maar de snee in haar arm en de beurse plekken op haar lijf hadden er toch echt gezeten.

Ze had haar haren gewassen, geföhnd zelfs, en daarna had ze een zachte pyjama aangetrokken en was ze in haar veilige bed gekropen.

Ze had niet kunnen slapen, had alleen maar gedacht aan Nick, die op dat moment in zijn eentje in een tentje in de Ardennen lag. Aan wat hij allemaal gezegd had. Over Søren. Over Floor.

Over Bart.

Zoveel schuld. Zoveel dood. Zoveel wraak. Zoveel ellende.

Elf uur 's morgens had de politie haar gebeld. Ze moest niet schrikken, maar er was een ongeluk gebeurd in de Ardennen. Haar man was veilig, die zouden ze naar huis brengen, maar de vriend van haar dochter, Søren Berg, was om het leven gekomen. Nick had hun gevraagd of ze haar konden bellen. Hij was in shock.

Of ze thuis was. Of ze voor hem kon zorgen.

Ze liep door naar de keuken, opende de deur naar de voorraadkast en keek met heimwee naar de streepjes op de deurstijl en de namen van haar kinderen. Hier had ze Ruben en Lisanne altijd gemeten; had ze hun groei bijgehouden met ballpoint. 'Kijk eens schatten, jullie schieten de lucht in.'

'Als ik later groot ben, dan word ik voetballer.'

'Als ik later groot ben, dan word ik fotomodel.'

'Zolang jullie maar gelukkig zijn.'

Gelukkig...

Duikers hadden Sørens lichaam gevonden. De verwondingen aan zijn hoofd werden toegeschreven aan zijn ongelukkige sprong.

Lisanne was ontroostbaar. Søren was haar grote liefde geweest, zei ze tegen iedereen die het maar horen wilde. Ze waren maar zo kort bij elkaar geweest, maar het had zo goed gevoeld. Ze hadden samen kinderen gewild. Haar tijd was zo kostbaar. Misschien moest ze haar eitjes laten invriezen? Wat als zij binnenkort in de overgang kwam? Ze had de man van haar leven verloren.

Ruben droeg zijn verdriet moedig. Toen ze Lisanne en hem vertelden dat ze gingen scheiden, hoefde hij niet te huilen. 'Ik vind het kut,' had hij gezegd, 'maar het is jullie leven.' Hij had Colettes hand vastgepakt, waarmee hij woordeloos gezegd had dat hij van plan was het anders te gaan doen.

Zij had hem altijd nog als een jongen beschouwd, maar ze had het mis gehad. Hij hielp zijn vader bij het verhuizen, stond klaar voor zijn zus, troostte haar, kwam met goede tips over hoe ze allebei snel een huis konden vinden en het idee, voor Nick, om in therapie te gaan.

Op Sørens begrafenis had hij gespeecht. Hij had gezegd dat zijn vriend gestorven was zoals hij was. Vrij. Iemand die zich van niemand iets aantrok. Vol in de actie. Met Søren verloor de wereld een bijzondere man.

God, dit huis met al z'n herinneringen. Deze muren hadden zoveel gezien, deze stenen hadden zoveel gehoord. Daar, waar de eettafel had gestaan, hadden ze champagne ontkurkt toen ze destijds haar baan als directeur had gekregen. Daar, waar de stoel en de bank hadden gestaan, had ze heel wat avonden doorgewerkt.

Gek eigenlijk, dat ze het helemaal niet erg vond dat ze niet meer bij de bank werkte. Ja, ze vond het verschrikkelijk hoe het allemaal was gegaan, de hele afwikkeling van die vermeende fraude van haar was een drama geworden. Maar nee, ze miste het niet. Ze was oud genoeg om te weten wat ze waard was en nog jong genoeg om het roer om te gooien.

Misschien kon ze zich om laten scholen tot tuinarchitect? Of kon ze mensen die in de financiële problemen zaten gaan helpen?

Ze kon er ook een tijdje tussenuit natuurlijk. Even afstand nemen. Bijkomen. Reizen.

Gisternacht had ze gedroomd dat ze op Koh Phi Phi was. In haar verbeelding was het eiland een idyllische plek geweest, omringd met kristalhelder water waarin versierde longtailboten witte strepen trokken.

Ze had op een krijtsteenrots gestaan, met onder haar de golven die onophoudelijk tegen de kliffen sloegen en voor haar het oneindige blauw. Zee en hemel. Ze was zo hoog geweest dat een vogel onder haar voorbij was gevlogen.

En opeens had ze het geweten: dit is de plek waar Jasmijn in het water is gevallen.

Uit haar rugzak had ze twee handen vol bloemen gehaald.

'Lieve Jasmijn,' had ze gefluisterd. 'Ik vind het zo erg voor je, wat er is gebeurd. Dat je hier hebt gestaan. Dat je zo bang bent geweest. Dat je hier viel.'

Ze had een handvol blaadjes naar beneden laten vallen. De gele, rode, oranje en paarse stukjes waren gracieus weggewaaid om vervolgens op te gaan in de eeuwige golven van de Andamanzee.

'Ik ben hier om je te vertellen dat ik je verhaal ken. Dat ik weet dat jouw dood geen ongeluk was, laat staan dat je er zelf voor hebt gekozen om er een einde aan te maken. Lieve meid, je was nog zo jong en je had dit zo niet verdiend. Het spijt me voor je, meer dan ik kan zeggen. Mocht je hier nog zijn, dan kun je nu hopelijk rusten. Søren zal nooit meer iemand iets kunnen doen. Ga. Wees vrij. En mocht je ooit, waar je ook naartoe gaat, mijn broer Bart tegenkomen, doe hem dan de groeten. Vertel hem dat ik van hem hou. Dat ik hem mis...'

De bloemblaadjes hadden heel lang gesurft op de thermiek en even was het net weer alsof Bart bij haar was geweest. Niet dood, levend. Zoals het vroeger was geweest.

'Ik heb het jouw ouders niet verteld dat Søren verantwoordelijk is voor jouw dood. Het zou hen in hun verdriet niet verder brengen en het zou mij en mijn gezin juist in gevaar brengen. Hopelijk snap je dat. Hopelijk is het genoeg dat ik weet wat er met jou is gebeurd en dat de wereld veilig is voor Søren. Hij is dood. Ik heb hem...'

En toen was ze wakker geworden, badend in het zweet.

Het feit dat ze Hasib meteen had gebeld met de mededeling dat ze een absurd hoog geldbedrag op haar rekening had ontvangen, had haar gered. Ze had voor een raad van hoge commissarissen en directeurs moeten verschijnen en daar had ze haar verhaal gedaan.

Ze had bij hoog en bij laag volgehouden dat ze geen idee had wie er achter de zwendel had gezeten en dat ze vermoedde dat dit een of andere wraakactie was voor wat Nick zou hebben gedaan. Ze was erin geluisd.

De politie had geprobeerd te achterhalen hoe de geldstroom had gelopen, maar dat onderzoek was spaak gelopen.

Inmiddels had de bank uitgesproken dat ze het hierbij zouden laten. Maar ze had wel ontslag moeten nemen. Van Hasib had ze niets meer gehoord. Er was geen afscheidsfeestje geweest, geen vaarwelspeech, geen: bedankt voor al die mooie jaren.

Ze was allang blij. Het moment waarop ze haar bureau leeghaalde, had gevoeld als een bevrijding. Ze was ontslagen van de ratrace om status, een goede naam en aanzien. Ze had de illusie van die waarden door weten te prikken.

Een goede reputatie is een tijdelijke staat van zijn die ieder moment omver gekegeld kan worden.

Dat besef was meer waard dan welke speech Hasib of ieder ander haar ooit had kunnen geven.

Ze maakte een foto van de groeilat van Ruben en Lisanne en sloot toen de kastdeur. Ze liep de tuin in en plukte een dood blaadje van de begonia. Straks zorgde iemand anders voor deze struik, wat een raar idee toch. Een musje landde op de tak van de appelboom.

Toen ze eraan terugdacht hoe ze zich de laatste weken telkens begluurd had gevoeld, kreeg ze kippenvel op haar armen. Søren had naar haar staan kijken.

Instinctief keek ze om zich heen, maar ze zag natuurlijk niemand staan. Ze bukte om een takje van het pad te pakken en dacht aan hoe Nick vorig jaar het paadje opnieuw had bestraat.

Godsamme, wat was er een hoop gebeurd tussen toen en nu...

De dag na die nacht in de Ardennen had de politie Nick thuisgebracht. Zijn huid was lijkbleek geweest, zijn ogen stonden schichtig.

'Ik leg hem in bed,' had ze tegen de politie gezegd. 'Ik zal voor hem zorgen.'

Zodra ze de deur achter hen had gesloten, was Nick echter opgestaan. 'We moeten praten, Nina.'

Stap voor stap hadden ze samen wat er gebeurd was doorgenomen. Welke steken hadden ze laten vallen? Wat waren ze vergeten?

De bekleding van haar auto; die moest ze zo snel mogelijk schoonmaken.

Ze moesten Floor bellen – als zij de politie inschakelde, dan kon alsnog alles uitkomen.

Ze moest haar schoenen afspoelen, haar kleding in de wasmachine gooien, zij moest vooral zo normaal doen als onder deze omstandigheden mogelijk was.

En later moesten ze Lisanne en Ruben bellen.

'Voorlopig blijf ik hier wonen,' had Nick gezegd. Hij had het niet aan haar gevraagd, hij had het haar alleen meegedeeld. 'We moeten wachten tot de storm is overgewaaid. Normaal doen. Vooral normaal doen. En daarna gaan we zo snel mogelijk scheiden.'

Ze had geknikt, gezegd dat zij dat ook wilde. Tussen hen in hadden nog steeds zijn woorden uit de Ardennen gehangen. *Op welke planeet heb je er 'alles aan gedaan om hem te stoppen'*?

Ze was in haar auto gestapt. Eerst naar de wasstraat, daarna naar het strand. Tenminste íéts goedmaken.

Op de parkeerplaats van het strandpaviljoen had ze net zolang gewacht tot Juliëtte klaar was met werken en naar buiten was gekomen.

'Je moet je aangifte intrekken,' had ze dreigend gezegd. De adrenaline van de vorige avond had nog dik door haar aderen gestroomd, het was overduidelijk geweest dat ze haar woorden meende. 'Ik weet dat er niets gebeurd is tussen die rector Nick Metsaers en jou. Je hebt die man kapotgemaakt en zijn gezin compleet verwoest.'

'Ik moet helemaal niets,' had Juliëtte geantwoord. Ze was zo langs haar heen gelopen en was haastig begonnen haar fiets los te maken.

'O nee? Weet je het zeker? Ik heb anders heel wat filmpjes op Sørens computer gevonden,' had ze gebluft. 'Video's die er niet om liegen, die heel wat verder gaan dan een hand op je borst. Ik zal niet twijfelen om alles online te zetten als je de politie de waarheid niet vertelt. Met naam en toenaam.'

'Je lult.'

'O ja? Denk dan eens na. Stond zijn laptop open, op zijn bureau, elke keer dat jullie het deden?'

'Je bent gestoord.' Uit Juliëttes ogen had haat gesproken. Of misschien was het pijn geweest, dat kon ook. Ze was keihard weggefietst en had niet meer omgekeken.

Maar de volgende dag had de politie gebeld om te vertellen dat beide aangiftes tegen Nick waren ingetrokken. Er was een artikel over verschenen in de regionale krant, Nicks naam was gezuiverd.

Niet dat dat iets uitmaakte. Hij zou nooit meer wethouder worden. Er kleefde een smet aan hem. Een die nooit, helemaal nooit zou verdwijnen.

Ze keerde zich naar het raam en keek het huis in.

Ze rilde, voelde zich opeens koud worden. Ze sloeg haar vest dichter om zich heen en wierp op de automatische piloot een blik achterom. De tuin was leeg. Natuurlijk was de tuin leeg. Ze haalde zich dingen in haar hoofd.

Soms was ze zomaar, opeens, allerlei spullen kwijt en vond ze die later op de meest bizarre plekken terug; haar dagboek in het keukenkastje, haar nieuwe huissleutels in de slaapkamer, haar telefoon op de wc. Dan kon ze zich niet herinneren dat ze die spullen zo gek had weggelegd, bekroop haar het idee dat iemand haar langzaam gek probeerde te maken.

Ze moest het loslaten, wat er was gebeurd. Søren was dood. Er was niemand meer om haar te bespieden!

Maar toch...

Daar, achter dat raam, hadden ze gezeten toen Nick vertelde dat er foto's van hem in omloop waren.

Daar, bij die vensterbank, had ze naar buiten staan kijken, zoekend naar Sørens gestalte tussen alle struiken.

Daar, aan die eettafel, hadden Nick en zij de kinderen verteld dat ze gingen scheiden. Precies drie weken na de Ardennen.

Hun huwelijk was op, zeiden ze. Ze wilden allebei iets anders in het leven. Ze hielden nog wel van elkaar, maar gingen nu apart van elkaar verder. Nee, er was geen ruzie. Nee, er was niets gebeurd.

Verhalen.

Leugens.

Ze liep het huis in en probeerde iets van de rust die ze net had ervaren terug te halen.

Voor de laatste keer veegde ze met haar hand over het aanrecht, nam ze een slok water; de oude vertrouwde rituelen.

Hoeveel maaltijden had ze hier wel niet bereid? Hoeveel pleisters geplakt, ruzies gesust, glazen melk ingeschonken?

Bij de herinnering aan hoe Ruben en Lisanne hier groot geworden waren, brak er een glimlach door op haar gezicht. Een stompzinnige glimlach. Een melancholische glimlach.

En nu begon haar leven opnieuw. Geen uitgestrekte woestijn meer, maar het grote onbekende. In haar nieuwe leven kon van alles gebeuren, kon ze de meest uiteenlopende mensen tegenkomen, opnieuw allerlei keuzes maken. Vanaf nu was het allemaal weer een kwestie van opbouwen.

Ondanks alle ellende die ze gehad hadden, kriebelde er ook een gezonde spanning in haar onderbuik. Met een goed gevoel draaide ze zich om, om de tuindeuren te sluiten.

Vanaf het pad keken woedende ogen haar ijzingwekkend giftig aan.

Geschrokken zette ze een stap achteruit.

Wat...? Hoe...?

Daar stond ze, tussen de begonia en het raam van de eetkamer in, de vrouw met wie ze sinds de Ardennen niet meer had gesproken. Gespannen houding, gebalde vuisten, een blik als die van een slang die elk moment toe kan slaan om te bijten, om te doden.

'Floor?'

'Ja, wat dacht je?' Haar 'beste vriendin' liep langzaam en dreigend, zonder haar ogen los te laten, op haar af. 'Dat de tijd van achteromkijken over was?'

Alles in haar zei dat ze dit mens op dit moment ver weg moest houden. Dit was niet degene met wie ze vroeger zo hard had kunnen lachen, met wie ze een huis had gedeeld. Dit was de minnares van Nick. De andere vrouw.

Degene die Bart de dood in had gejaagd.

Ze pakte de deurklink.

'Je mist het zeker wel, geneukt worden.'

Hoe was zij in hemelsnaam ongezien de tuin in gekomen?

Opeens begon ze sneller te lopen. 'Weet je wel dat je Nick kapot hebt gemaakt? Dat hij hier nooit van zal herstellen?'

Snel trok ze de deur naar haar toe, maar Floor was al bij haar en zette haar voet vliegensvlug op de drempel. 'Wat wil je? Gewoon alles op slot doen? Me buitensluiten?'

'Hou toch op, mens. Hoe kom je erbij míj tot de orde te roepen? Als er iemand fout is, dan ben jij het wel. Jij hebt mij me al die tijd schuldig laten voelen over Bart, terwijl jij hem aan het lijntje hield om bij Nick te kunnen zijn. Jarenlang heb je mij, nee, ons hele gezin bedrogen.' Ze gaf haar een duw, maar Floor bleef staan. Witheet, buiten zichzelf van woede.

'Je bent geschift! We hebben het voor jou gedaan. Allemaal voor jou! En jij? Jij neukte buiten de deur vanwege de seks, maar bij Nick en mij was het echte liefde. Échte liefde! Hij is altijd de enige voor mij geweest, weet je dat wel? En ik was – nee, bén nog altijd de enige voor hem. Hij heeft nooit van jou gehouden.'

'Ga naar huis, Floor. Naar je gezin.'

'Heb je enig idee, énig idee, hoe kapot je die man hebt gemaakt? Hoe kapot je óns hebt gemaakt?'

Ze schudde haar hoofd; hier had ze geen zin in. En het had geen nut op dit moment, Floor was nu niet voor rede vatbaar. 'Haal je voet weg.'

'Want? Heb je haast of zo? Wat ga je doen, dan? Je toekomst zomaar opnieuw beginnen? Een nieuwe vent zoeken? Gelukkig worden in dat stomme appartement van je, met dat domme bloemetjesbehang?'

'Hoe weet jij dat ik bloemetjesbehang heb?'

Floor haalde haar schouders op.

Zij fronste haar voorhoofd. Floor was nooit bij haar thuis geweest, ze kón dit niet weten. Maar daarover zou ze later wel nadenken. Eerst moest ze deze gek hier weg zien te krijgen. 'Ik ga gewoon mijn leven verder leven. Dat zou jij ook moeten doen. Met of zonder Nick.'

'Alsof ik een keuze heb.' Haar stem sloeg over. 'Al zou ik verder willen met hem, het kan niet meer. Door jou.' Kwaad boorde Floor haar ogen in de hare, ondertussen haalde ze haar voet weg en liep ze langzaam achteruit.

'Ik wens je veel succes, Nina.' Ze fluisterde haar woorden, waardoor het klonk als een bedreiging. 'Maar weet dat het je niet gaat lukken: gelukkig worden. Jij hebt mij en Nick verwoest. Ik kom achter je aan, op het moment dat je het nooit meer verwacht.' Ze priemde haar vinger in haar richting, op haar gezicht verscheen een grijns. 'Let op mijn woorden.' Ze begon vals en gemeen te lachen. 'Ik maak niet alleen jou, maar iedereen om je heen kapot, mevrouw Metsaers.'